살아 있는 정신을 위하여

김종윤 교수의 산문과 시

살아 있는 정신을 위하여

초판인쇄일 | 2009년 5월 29일
초판발행일 | 2009년 6월 11일

지은이 | 김종윤
펴낸곳 | 황금필
펴낸이 | 金永馥

주간 | 김영탁
실장 | 조경숙
편집 | 칼라박스
표지디자인 | 칼라박스
주 소 | 110-510 서울시 종로구 동숭동 201-14 청기와빌라2차 104호
물류센타(직송 · 반품) | 100-272 서울시 중구 필동2가 124-6 1F
전 화 | 02)2275-9171
팩 스 | 02)2275-9172
이메일 | tibet21@hanmail.net
홈페이지 | http://goldegg21.com
등록번호(제2-4341)

값 10,000원

ISBN 978-89-957817-8-4-03810

살아 있는 정신을 위하여

김종윤 교수의 산문과 시

황금필

사랑과 그리움으로 설레던 지난날의 추억들을 모아 한권의 책으로 만들었다. 그것들은 내 영혼 속에 갈무리되어 있던 부끄러우면서도 소중한 내 꿈과 진실들이다. 또한 사관생도들을 무한히 사랑하겠다고 결심하면서 '사랑은 고통스러운 것'이라는 명제를 그윽하게 음미하며 그들의 열정과 순수와 낭만을 함께 즐기던 시간들의 흔적들이기도 하다.

이 부끄러운 산문과 시 속에는 그들을 가르치면서 더욱 커지게 된 내 사랑과 신념들이 고스란히 담겨 있다. 이제 떠나야 할 때를 알고 떠나는 철새들처럼 훌훌 털고 떠나야 한다. 그러나 먼바다로 나아갔다가 모천으로 회귀하는 물고기들처럼 나도 그렇게 화랑대로 돌아가기를 꿈꾸며 그리움을 앓게 될 것이다.

세상 밖으로 어둠을 밀어내며 다가서는 새벽
잘 가거라 저리던 시간들
그리움은 잠들지 않는다.

2009년 5월
연구실 창가에서

산문기행

시기행

산
문
기
행

그대들이 꿈꾸고 노래하는 것은 무엇인가?

참는다는 것이 죽는 것보다 더욱 용기 있어야 한다는 것을 그대들은 잘 알 것이다. 그러나 그대 창밖, 스산한 겨울 풍경 속에서 혼자 떨고 있는 목련가지 끝, 그 투박한 껍질 속에 잠자는 목련꽃 그늘의 비밀한 준비를 미쳐 깨닫지 못하는 이유는 무엇인가? 삶의 깊이와 폭을 재고 그 실체를 가늠하기엔 너무도 평범한 일상의 끈적한 늪속에서 허덕이는 그대들의 지성 때문인가. 아니면 조직과 규율이 그대들의 사고를 경직화하기 때문인가.

어릴 땐 무작정 대장이 되고 싶었던 그대들의 꿈들은 그 빛나는 젊음의 도전을 통해 얼마나 이루어지고 있는가. 혹은 부서져가고 있는가. 지난 시절의 고뇌와 시련을 극복하고 그대들의 가슴에 남겨진 이상은 얼마나 변질되고 작아진 것들인가.

그대들의 눈 속에 빛나야 할 의지와 신념에 찬 의욕적인 삶의 불빛을 흐리게 하는 것은 무엇인가? 규정지워진 미래에 대한 강박관념인가. 혹은 그대들이 처할 경제적 여건과 배금주의 풍조가 넘치는 사회와의 이질감 때문인가. 더욱 아니면 총총히 뒤돌아 가는 사랑하는 여인의 작은 몸짓 하나 어쩔 수 없는 그대들의 부자유 때문인가.

만일 이러한 것들로 인해 그대들이 그대들 세대 속에서 조금이라도 열등의식을 느낀다면 도대체 무엇으로 그대들의 젊음을 지탱하고 있는가. 우스꽝스러운 용기인가, 아니면 어쩔 수 없다는 던져진 주사위 식의 숙명론인가.

이 글은 강의 시간에, 또는 외출 중에 문득 만나게 되는 그대들의 눈빛 속에 고여있는 실의를 안타까와 하는 나의 제안이다. 자신이 비참할 때는 더욱 비참한 타인을 생각하라는 식의 자위가 아니라 그대들이 쓰고있는 무겁고 어두운 굴레를 벗고 쏟아지는 햇살 속에 서게 하려는 충고이다.

늘 생각하라. 조국이든, 부모든, 사랑하는 사람이든. 가능하면 돈으로 살 수 없는 것들을 생각하라. 그래서 그러한 생각들로 끊임없이 여러분의 사고력을 자극하고 세수시키라. 그대들의 사고에서 늘 신선한 비누 내음이 날 때 그것은 생을 의욕하고 있는 증거인 것이다. 다람쥐 체바퀴 도는 획일적 일상의 연속 속에서 무디어져 가는 그대들의 예민한 감수성을 세련시키기 위해 무한히 생각하고, 그래서 해답을 내려둔다는 것, 그것이 바로 그대들 삶의 지표가 된다는 사실을 잊지 말라.

그대들의 미래를 위해 준비하라. 오년 후에 또는 십년 후에 아니 임종의 순간에 그대들이 적어도 어떤 높이에, 어느 좌표에 있어야 한다고 스스로 다짐하고 있다면 미리미리 준비할 일이다. 그대들의 생활 속에서 의지와 무관하게 소모되는 시간을 점검하라. 기상에서 기상까지 꽉짜이고 바쁜 일과인 것 같아도 거기엔 무수한 여백이 있다. 화장실에서도, 학과출장 중에서도, 강의 중의 졸음 속에서도, 외출 중에서도, 그대들의 피곤한 잠 속에서도 김수영의 시에서처럼 그대들은 늘 싸우고 있고 그러한 싸움은 하늘과 땅 사이에 가득차 있다는 사실을 깨닫는다면 여백은 곧 발견될 것이다. 이 여백이 피로와 권태 그리고 게으름으로 찰 때 그대들은 쓰러질 것이요, 인내와 용기와 미래를 준비하는 의욕으로 가득 찰 때 그대들의 생활은 인상파의 그림보다도 더욱 강렬한 빛깔로 채색될 수 있을 것이다. 무엇을 준비하든 그대들의 자유다. 공부든 운동이든 연애든…… 단지 빠비욘 처럼 인생을 허비한 죄를 짓지 않을 일이다.

그대들의 인생을 속단하지 말라. 그대들 젊은 나이에 이미 인생의 모든 것을 알아버린 듯한 앵그리 영맨이 되지 말라. 그녀가 떠나버리면 모든 것이 무너질 것 같은 감상, 군인의 길과 그대들이 꿈꾸는 이상과의 상호 배반작용에 의한 좌절, 끊임없이 요구되는 인내와 그로인한 피로, 간혹 느끼게 되는 그대들의 신분에 대한 자기 혐오감…… 그 어느 것도 그대들을 쓰러뜨리지 못한다. 삶이든 죽음이든 사랑이든 결혼이든 30세가 되기 전 행복과 불행, 성공과 실패 그 어느 것도 결정하지 않을 일이다. 그대들은 아직 행복을 결정하고 인생을 가늠할 나이가 아니다. 그저 열심히 뛰고 생각하며 그대들의 행복을 준비할 나이다. 그대들의 나이와 지력이 갖고있는 무한한 가능성, 그것은 그대들이 어떠한 환경 어떠한 처지에 놓이더라도 그대들을 행복하게 할 수 있다. 그대들이 존경하는 인물들 중 자신의 젊은 날의 배고픔과 가난과 괴로움 그리고 실패들을 쑥스러워하고 저주하는 것을 본 적 있는가. 그러한 악조건, 그것은 바로 그들의 가능성이 분출되어 나간 돌파구이다.

그대들의 성신을 피로하게 하지 말라. 그대들의 생활과 환경이 그대들에게 강요하는 끊임없는 인내 그것은 육신의 곳곳에 피로감을 축적시킨다. 팔다리, 허파, 심장 등 그대들의 감각이 미치는 곳곳에…… 이 피로는 육신을 나른하게 하고 삶에의 의욕을 상실시키며 때로는 생을 포기하게도 할 수 있다. 그러나, 육신의 피로는 정신력에 의해 극복된다. 그러므로 무엇보다도 그대들의 정신을 피로하게 하지 말라. 그것은 고향의 샘물처럼 늘 맑고 투명해야 한다. 육신은 혹사할수록 피로해져도 정신은 혹사할수록 맑고 투명해 진다. 위대한 예술가들에게 고통과 정신의 혹사가 없었더라면 어찌 그들의 명작이 가능했겠는가. 보들레르가, 스땅달이, 베토벤이, 그리고 고호가 그 증인 아닌가. 그대들이 지니고 있는 온갖 현실적 고통, 그것은 삶을 세련시키는 용매다. 그대들이 무사와 안일을 추구할 때 정신은 피로하다. 정신이 방황할 때 그대들은 터무니없는 장소에서 좌초할 수도 있는 것이다. 무엇이 그대들의 정신에 활력을 주는가? 그것은 의식과 무의식 속에 감추어져 있는 진정한 삶에의 의지력과 바람소리 새소리 조국의 풀벌레와 한 줌 흙까지도 사랑할 수 있는 정서적인 감동력이다. 그대들의 고통과 고뇌를 해소하기 위해 과연 그대들 자신의 의지력을 한 번이라도 행사해 본 적이 있는가 생각해 보라. 눈을 보면 제설작업을 먼저 떠올리는 식의 정서적 불감증에 걸리지는 않았는가. 쌩떽쥐뻬리의 「인간의 대지」나 「야간비행」, 모음의 「인간의 굴레」, 베토벤의 「운명」, 고호의 「자화상」에서 인간의 참다운 의지력과 그 정서적 감응력을 배우라. 열심히 읽고 열심히 보고 듣는 것은 그대들 정신을 위한 청량제다.

통속적인 유혹을 뿌리치라. 스산한 바람만이 그대들 창밖을 배회하는 자정, 그대들의 편안한 잠을 어지럽히는 불면증의 정체는 무엇인가. 그대들이 가장 괴로워하는 것, 또는 가장 열심히 원하는 것은 과연 무엇인가. 이념적인 인간보다는 자신의 통속적인 욕망을 충족시켜 줄 수 있는 경제적 능력의 소유자를 더욱 사랑하는 그대들의 연인 때문인가, 또는 그대들이 가야 할 길에 비해 너무도 현란한 그대 친구들의 처세론에 대한 당혹감 때문인가, 아니면 이러한 모든 것들이 그대들의 미래에 던지는 어두운 회의의 그림자 때문인가. 그런 여자에게는 루이제 린저의 「니나」의 얘기를 들려주라. 그대들은 아름답고 상냥하고 친절한 여자보다는 그대들에게 꿈을 줄 수 있는 여자를 원한다고……. 술과 여자와 돈과 타락한 명예욕…… 이 모든 통속적인 유혹에 그대들의 눈빛이 흐려지지 않을 때 그대들은 저 깊은 심연에 빛나는 참다운 삶과 그 기쁨을 만나게 된다.

가끔 피곤한 몸을 쉬게 할 수 있는 안식처를 마련해 두라. 그곳은 그대들이 사랑하는 연인의 눈빛 속의 비밀한 곳일 수도 있고, 베토벤의 「운명」이 그대 창을 두드리는 소리일 수도 있고, 「적과 흑」의 줄리앙이나 「인간의 조건」의 첸, 「인간의 굴레」의 필립, 「구토」의 로깡땡, 어린 왕자, 잔느, 니나, 알룃사 등 무수한 그대들의 위안자를 만날 수 있는 장소일 수도 있다. 혹은 우람한 산의 정상이나 겨울 바다일 수도 있으며, 그대 젊음을 뛰놀게 할 수 있는 운동장일 수도 있다. 무엇이든 잠시 그대들 영혼과 육신을 편안히 쉬게 할 수 있는 비밀한 장소를 마련해 두라. 그곳은 그대들의 실의를 잠재우고 새로운 의욕을 일깨우는 침실과 같은 곳이어야 한다.

한 번쯤 그대들의 과거와 현재를 찬찬히 더듬어 볼 일이다. 과연 어떻게 살아 왔는가. 실개천에서 미꾸리 잡으며 조금씩 자아에 눈뜨기 시작해서 입지의 나이에 이르기까지 부모형제나 선생님들의 간섭과 무관하게 순전히 그대들 뜻을 펴고 살아온 순간이 몇 번이나 될 것인가. 그렇다. 그대들은 외상으로 살아온 것이다. 부모형제에게, 스승에게, 친구에게…… 그대들의 대차대조표에는 갚아야 할 빚만 가득하다. 그것은 현금으로 환산할 수 없는 그대들의 꿈과 노래이다. 진실을 견디기 위해 지녀야 하는 그대들의 꿈들은 어느 숲덤불 속에서 나래치고 있는가. 그대들의 온갖 현실적 고통을 진정시킬 수 있는 그대들의 노래는 얼마나 그대들에게 진한 눈물을 흘리게 할 수 있는가. 인간에게 참으로 중요한 것은 어떻게 살아왔느냐, 어떻게 살고 있느냐가 아니라 어떻게 죽느냐일 것이다.

모든 것은 순간에 지나가 버린다. 생의 고통이 심할수록 그것은 그대들의 일생에 더욱 진한 흔적을 남긴다. 불로소득된 성공이란 없지 않는가. 그대들은 곧 회상에 잠길 나이가 될 것이고 그때 그대들은 무엇으로 아름다운 과거를 추억할 것인가.

창을 열고 목련가지 끝에 부딪혀 가볍게 부서지는 바람을 보라. 파아란 하늘을 배경한 그 미세한 떨림과 그 리듬 속에 짙게 배어있는 생명에의 의지를……

1979.

6 · 25, 그 비극적 체험과 문학적 응전

　1950년 6월 25일, 곧 들이닥칠 미증유의 민족적 비극을 예감시키듯 부슬부슬 내리는 새벽비 속을 가르는 소련제 탱크의 캐터필라 소리와 함께 시작한 6 · 25동란, 그것은 적 인명피해 180만명, UN군측 33만명, 전비 150억 달러와 같이 산술적, 물질적 손실만으로 계산해 버릴 수 있는 성질의 전쟁이 아니다. 그것은 마치 늘 고달프지만 이제 막 가족끼리 오손도손 정겨운 식사를 시작하려는 농가의 초가지붕에 느닷없이 날아든 박격포탄처럼 해방의 감격에 잇단 사회적 불안과 무질서 속에서도 어느만큼 안정되어 가던 우리의 민족사에 떨어진 날벼락같은 사건이었으며, 우리 민족으로부터 통일된 민족으로서의 자각과 희망을 송두리채 앗아가버림으로써 그 고통 때문에 늘 신음해야하는 역사적 시련이었다. 이제 그 골육상쟁의 전쟁은 한민족의 운명의 지침을 돌려놓고 총총히 역사의 그늘 속으로 사라져갔지만, 산하에 가득했던 피의 향기와 폐허의 모습들은 우리의 정신사 속에 깊이 응어리진 상처로 남아, 아직도 여전히 우리 삶의 주변 곳곳에서 고통스런 인자로 작용하고 있다.

　6 · 25는 4 · 19와 더불어 해방 이후의 한국 현대문학사에 있어서 가장 충격적이면서도 중요한 의미를 갖는 역사적 사건이다. 전쟁기간을 통해 겪은 삶과, 죽음의 허망함과, 동족상잔의 죄의식은 치유될 수 없는 상처로 남아 민족의 실존적 고통을 가중시키는 한편, 식민지 체험 이상으로 약소민족으로서의 강박관념과 패배주의를 심화시켜 자주 독립 국가에로의 건강한 발전에 결정적인 장애요소가 되어버렸기 때문이다. 뿐만 아니라 전쟁의 결과, 분단은 기정사실화되고 이로인한 실향의식

은 민족의 구성원들을 극도의 공산주의 혐오증세로 이끌어감으로써 동족간의 극심한 대결의식을 조장하는 한편, 미군의 주둔과 더불어 정착하기 시작한 합리적 실용적 사고의 대두와 기지촌 주위로부터 퍼져나간 윤리적 풍속적 변화의 파장은 기성세대들의 엄청난 당혹감과 우려에도 불구하고 한국사회를 사회적, 문화적 변화의 소용돌이 속에 밀어넣는다.

문학은 역사적 상황속에 갇힌 민족의 고통과 환희에 가장 민감하게 반응하는 성감대와 같은 것인 동시에 역사를 투시하는 가장 치열한 정신의 작업장이다. 따라서 한국 현대사의 가장 중요한 전환점을 이루는 6 · 25전쟁을 겪는 민족의 정신적 변이를 파악하기 위해 50년대의 문학을 고찰하는 것은 퍽 의미있는 작업이라 할 수 있다.

> 祖國아, 沈淸이 마냥 불쌍하기만 헌 너로구나.
>
> 詩人이 너의 이름을 부를량이면 목이 멘다.
> ············
> 祖國아, 거기엔 희망도 절망도 못하는
> 백성들이 나날이 환장해만 가고
> 너의 원수와 그 원수를 기르는
> 벗들은 불장마를 키질하는데
> 너는 생각하며 쓰러져가는 갈대더냐
>
> 怨魂의 나라 祖國아,
> 너를 이제까지 지켜온 것은
> 모두 非命뿐이었지.
>
> — 具常「焦士의 詩 · 15」

일반적으로 50년대의 문학작품의 상당수가 이성과 논리를 등지고 과장된 영탄과 감상적 언어로 채색되었다 하더라도 그것은 긍정되어질 수밖에 없다. 왜냐하면 그날의 전쟁은 이성과 논리로서는 지탱할 수 없는, 인간정신의 한계를 넘어서는 엄청난 비극적 체험이었기 때문이다. 또한 해방의 감격 이후 문단은 정치적, 사회적 혼란의 와중에서 식민지 체험의 망령에 시달리며 이데올로기의 대립이 격화되고 있었기 때문에 미처 전쟁이란 인간존재의 극한상황을 미학적으로 수용할 응전력을 갖추지 못한 채 생존에만 급급하고 있었기 때문이다. 이러한 점은 이어령의 다음과 같은 반성적 물음에서도 극명히 드러난다.

당신들은 우리의 고국과 고국의 언어가 빼앗기려고 할 때 무엇을 노래했느냐? 길가에 버려진 학살된 童骸들을 바라볼 때 당신들은 무엇을 노래했느냐? 사창굴에서 흘러나오는 한가락의 비명, 전쟁의 초연, 그리고 빌딩과 鐵架의 그늘, 그 속에서 배회하는 상인과 걸인의 집단, 그리하여 고향은 폐허가 되고 生命은 죽음 앞에 化石이 될 때 그러한 시대가 인간을 괴롭힐 때 당신들은 어떠한 詩를 쓰고 어떠한 이야기를 창작하였느냐? 한마디로 말해서 당신들은 당신들의 세대와 당신들의 生命에 대해서 성실했으며 또한 책임질 수 있다고 말할 수 있느냐? 그러나 대답은 이미 공허할 것이다. 그 시대를 기록한 작품이 스스로 그 허망됨을 立證할 것이다. 다음에 올 세대를 향하여 침묵하는 공허, 그것은 무용한 잡초만을 번성케 한 당신들의 책임이다.

그러나 전쟁이라는 감당할 수 없는 폭력과 공포 앞에 알몸으로 노출되어 있는 무력한 인간정신을 어느 누가 단죄할 수 있을 것인가. 그것은 오히려 허망한 자의식의 발로일 뿐이다. 그보다는 50년대의 문학을 처절한 민족의 운명을 어떻게든 증언하려는 지식인들의 진실된 몸짓으로 파악함으로써 우리 문학의 일부로 정착시켜야 할 것이다. 高銀의 다음과 같은 말은 이런 점에서 퍽 시사적이다.

식민지시대의 산야를 떠돌던 진부한 앞 세대와 함께 군복, 염색군복, 그리고 미국사람이 보낸 헌 구호물자 양복 따위를 입고 그 전쟁이 만든 폐허, 그 전쟁이 만들어낸 假建物에서 발휘한 실존적 의식, 정열, 허장성세의 재능들은 과연 흔적없이 사라지지 않는다. 오히려 그것은 아무도 거부할 수 없는 깊은 外傷으로서 다른 시대의 심층에 관류하고 있다.

50년대의 한국문학에 나타나는 거의 모든 창작은 6 · 25의 비극적 체험과 직접 또는 간접으로 밀접히 연결되어 있다. 즉 이 시기의 대부분의 문학작품의 주제나 소재가 전쟁으로 인한 생존에의 위기의식이나 월남 혹은 피난으로 인해 뿌리뽑힌 자들의 실향의식과 그 좌절의 삶, 이데올로기에 희생되는 동족상잔의 비극, 전통적 가치관이나 윤리의식의 몰락 등 온통 전쟁으로 인한 좌절과 공포, 그리고 그로인한 고통으로 점철되어 있기 때문이다. 박인환의 다음 시는 이러한 모습을 집약적으로 보여준다.

機銃과 砲聲의 요란함을 받아 가면서 너는 세상에 태어났다.
죽음의 세계로 그리하여 너는 잘 울지도 못하고 힘 없이 자란다.

엄마는 너를 껴안고 삼개월 간에 일곱 번이나 이사를 했다.
서울에 피의 비와
눈바람에 섞여 추위가 닥쳐오던 날
너는 입은 옷도 없이 벌거숭이로
貨車 위 별을 헤아리면서 南으로 왔다.

나의 어린 딸이여 苦痛스러워도 哀訴도 없이
그대로 젖만 먹고 웃으며 자라는 너는 무엇을 그리우느냐.

너의 湖水처럼 푸른 눈
지금 멀리 敵을 擊滅하러 바늘처럼 가느다란
機械는 간다. 그러나 그림자는 없다.

엄마는 戰爭이 끝나면 너를 호강시킨다 하나
언제 戰爭이 끝날 것이며
나의 어린 딸이여 너는 언제까지나
幸福할 것인가.

戰爭이 끝나면 너는 더욱 자라고
우리들이 서울에 남은 집에 돌아갈 적에
너는 네가 어데서 태어났는지도 모르는 그런 계집애.

나의 어린 딸이여.

너의 故鄕과 너의 나라가 어데 있느냐.
그때까지 너에게 알려 줄 사람이
살아 있을 것인가.
　　　　　　　－「어린 딸에게」전문

　무너져내린 생활터전 위에서 미래의 희망마저도 불투명한 가운데 그저 통곡할 수밖에 없는 시대적 상황을 「검은 준열의 시대」로 파악한 이 시인은 민족의 운명을 전쟁이라는 '죽음의 세계' 앞에 내팽개쳐진 '어린 딸'의 기구한 운명과 불안한 미래로 은유하고 있는 것이다.
　일부의 문인들이 전쟁의 한 구석지에서 우울한 눈빛으로 전쟁을 바라보고만 있을 때 용감히 군문에 뛰어든 일군의 문인들은 삼군별로 종군작가단을 형성, 전선을 따라다니면서 애국심과 승전의식을 고취하는 많은 작품들을 발표하기도 있다. 육군종군작가단은 최상덕을 중심으로 김팔봉, 김송, 박영준, 최태응, 정비석, 박인환, 김이석, 이덕진 등으로 『전선문학』을 간행했으며, 해군종군작가단은 이선구를 단장으로 윤백남, 염상섭, 이무영, 박계주, 안수길, 이종환, 박연희 등으로 『해군』지를 편집하였고, 공군작가단은 마해송을 단장으로 조지훈, 최인욱, 최정희, 박두진, 박목월, 황순원, 김동리, 김윤성, 이상노 등으로 『창공』,『코메트』 등의 잡지를 통해 작품을 발표했다. 이들의 결연한 정신은 "우리들의 뜻은 허다한 우리의 순국열사들의 그것을 그대로 계승할 것이며 우리들의 행동은 좌하여 개탄하고 입하여 규호하는 것이 아니다. 진실로 폭탄을 안고 적의 참호 깊이 돌입하여 자폭하는… 용사의 그것이 아니면 안된다."는 『전선문학』의 창간사에 잘 나타나 있다. 이들은 죽음을 초극하는 절절한 조국애를 고취하는 한편 전쟁터의 현장체험을 통해 전쟁의 무모한 폭력성과 휴머니즘의 회복을 열심히 외치기도 했다.

　끝내 바라든 統一을 이룩하지 못한채
　이름도 없는 싸움터 嶺 마루에
　내가 쓰러지거든
　戰友로 하여금 들꽃을 꺾게 하지도 말라

피쏟는 가슴에 太極旗 덮게 하지도 말라

이이들에게 遺傳될 財産目錄은 마련안해도 좋고
무덤을 파고 墓標를 세워야 할 필요도 없느니라.
                              － 장호강 「내가 쓰러지거든」

저 山 너머 멀리는 前方 地域.
묵어 나자빠진 밭두렁 논바닥에는
숱해 개구리들 뻐드러지듯
질번한 주검들—혹은 이들이
들히
뜯어 먹어 기름진 것들이며
또는
사뭇 쭉정이 빈대인양 핏물 한점 없는
아아, 목화밭 이루듯 죽어나자빠진 주검의 눈방울들이 쏘아 오는 것만 같다.
그러나 焰煙이 구름같이 지나간 어느 산마루에서는 뻐꾸기 울음도 들려
오리라.
피와 포탄이 그루콩 심기우듯 한 戰野의 달밤
어느 溪谷에서는 청 개구리 울어 예는 時間도 있으리라.
이제 砲聲은 멀어졌을 어느 골짜기, 스스랑 같이들 피었다가는 어느 마을
에서는
                              － 이상노 「殺戮의 地域에서」

스스로의 뉘우침에 흐느껴 우는 듯
길 옆에 쓰러진 괴뢰군 전사
일찍이 한 하늘 아래 목숨받아
움직이던 생령들이 이제
싸늘한 바람에 오히려
간 고등어 냄새로 썩고 있는 다부원

조그만 마을 하나를
자유의 국토 안에 살리기 위해서는
한해살이 푸나무도 온전히
제 목숨을 마치지 못했거니
                              － 조지훈 「다부원에서」

실상 이들 전장시들이 6·25의 민족적 비극이 어떠했는지를 가장 적나라하게 재현한다. 도덕, 윤리, 휴머니즘 같은 일체의 가치관이 무시되고 오직 죽여야 산다는 절대절명의 명제 아래 전율한 전장체험은 동시대인으로서는 감당하기 어려운 것들이긴 했지만 인간성의 회복을 위해 절규한 그들의 뜨거운 목소리는 민족의 비극적 체험에 대한 역사적 증언인 것이다.

전쟁이라는 역사적 사건에 대한 비극적 인식은 소설에 있어서도 마찬가지다. 50년대 소설이 취급하는 대부분의 문학적 주제는 다음 몇가지로 압축될 수 있다. 즉 김동리, 황순원 등에 의해 추적된, 전쟁으로 인해 허물어진 생활기반과 이로 인해 뿌리뽑힌 자들의 삶에 대한 위기의식, 손창섭, 장용학, 김성한 등에 의한 인간 존재에 대한 근원적 절망으로 인한 실존적 불안의식, 서기원, 이호철, 하근찬, 오상원 등에 의한 전후사회에 나타나는 윤리적 파탄과 피해의식이 그것이다. 전쟁이라는 엄청난 사건에 대한 50년대 작가의 응전력은 감정적 또는 정서적 차원을 뛰어넘지 못한다. 전쟁현상을 냉철한 지적인 시선으로 응시하기엔 눈앞의 사실들이 너무도 처절하고 절실했기 때문이다. 6·25에 대한 지적이면서도 탄력성있는 성찰은 60년대 이후 최인훈, 김승옥, 이청준, 홍성원, 김원일 등에 의해서나 가능했던 점이 이것을 반영한다.

우리의 역사에 다시 있어서는 안될 처참한 전쟁인 6·25, 그날에 치른 피의 대가들은 사라지지 않는다. 그것은 우리민족의 정신사 속에 역사적 교훈으로 깊이 간직될 것이다. 분열되고 무력한 민족을 역사가 어떻게 심판하며 단죄하는지를…… "山과 山이 마주향하고 믿음이 없는 얼굴과 얼굴이 마주 향한 항시 어두움 속에서 꼭 한번은 천동같은 火山이 일어날 것을 알면서 요런 姿勢로 꽃이 되어야 쓰는가"(박봉우 「휴전선」) 라는 시구처럼 전쟁의 상처로 아직도 고통받고 있는 무수한 사람들을 위해 우리는 선 채로 꽃이 될 수는 없을 것이다.

1983. 6. 29.

創造的 生徒文化 구현의 선도자

화랑대가 온통 가을의 빛깔로 출렁이고 있다. 인고의 계절을 견딘 모든 생명들이 스스로 그 성패를 결실하는 이 가을에 육사신보가 창간 28주년을 맞이하게 된다는 것은 각별한 의미를 생각케 한다. 한 사람의 일생에 있어서도 이 스물여덟이라는 나이는 자신의 일생을 스스로 가늠하여 그 좌표를 설정하고 삶의 방향을 결정하기에 충분한 나이이며 때에 따라서는 한 전환점이 마련되는 시기이기도 하기 때문이다.

대체로 신문의 기능을 크게 두가지로 나누어 본다면 하나는 사회생활에 필요한 각종 지식과 정보의 제공일 것이고 다른 하나는 여론의 조성을 통해 사회생활과 문화의 방향을 선도해나가는 것일 것이다. 그러나 거의 부정기적으로 발행되는 기관지나 대학의 신문들은 소속 기관의 홍보나 그 집단의 이익을 중요시하기 때문에 이러한 기능은 여러 가지 측면에서 제한을 받기 마련이다. 따라서 육사신보의 경우 소속집단의 특성을 고려치않고 일반 대중매체로서의 기능을 기대한다는 것은 무리이다.

육사신보의 발전 방향은 그 소속 집단의 특수성을 충분히 고려하여 그 한계 내에서 신문으로서의 기능을 최대한 살려나가는 데서 모색되어져야 한다. 이런 점에서 볼 때 육사신보의 나아갈 길은 자명해진다. 바로 생도문화의 창달과 그 구현에 있어서 선도적 역할의 담당이 그것이다. 규율과 질서 그리고 조직사회가 강요하는 획일적 사고는 자칫 육사를 창조적 문화의 불모지로 만들기 쉽다. 비판적이면서도 창조적 정신은 지도자로서의 자질을 잉태하는 모체이다. 육사신보는 수동적 획일적 사고의 늪에 빠져있는 생도들의 언어를 일깨워 문화의 현장으로 끌어들임으로써 그들의 정신을 살아 숨쉬게 하는, 그리하여 불모의 땅에 꽃을 피우는 정원사여야 한다. 육사신보가 모방적 치기를 불식시키고 창조적 생도문화의 구현을 위해 그 기능을 충실히 수행할 때에 비로소 생도들은 그것을 통해 자신의 삶을 확인하고 반성함으로써 올바른 가치관과 신념을 정립할 수 있을 것이며, 신문으로서의 존재 의미가 분명해질 것이다.

1983. 11. 5.

절대가치와 효용가치

장미꽃의 아름다움을 10원어치만큼 아름답다느니, 100원어치만큼 아름답다느니, 1000원어치만큼 아름답다느니 하고 말할 세상이 노래할지도 모른다. 요즈음의 세상을 지배하고 있는 논리가 대부분 절대가치보다는 효용가치 즉 화폐가치에 그 바탕을 두고 있기 때문이다. 통계자료에 나타나는 대학에 있어서의 학문의 인기도 그 학문의 절대적 중요성이나 본인의 적성보다는 미래의 직업이 갖는 경제적 기여도에 크게 좌우되는 것이 오늘의 현실이다. 사위감을 선택할 때 사람 됨됨이가 중요하지 경제적 능력이 무어 그리 대단하냐고 하던 사람도 암암리에 인격보다는 재력을 탐하게 마련이다. 그야말로 결혼도 공개 경쟁 입찰에 의해 이루어지게 될지도 모르는 일이다. 골동품이 대한 심리적 예술적 안목은 없으면서 '비싼 것은 좋은 것'이라는 심리가 사물의 절대가치를 가늠하기 전에 곧바로 화폐가치로 환산해 버리는 습성을 인간에게 만연시키고 있는 것이다. 그러나 인간에게 참으로 귀한 것들, 이를테면 우정, 사랑, 자유, 인격 같은 사람다움을 보장하는 가장 기본적인 요소들은 결코 돈으로는 살 수 없는 절대가치의 것들임을 염두에 둘 때 이러한 절대가치와 효용가치에 대한 가치의 혼란은 실용성 위주의 대학교육에 심각한 반성을 촉구하게 한다.

인류 역사상 가장 위대한 과학자 아인슈타인은 "교육이란 학교에서 배운 모든 것을 잊어버렸을 때 남아있는 것(Education is that which remain when one has forgotten every thing he learned in school)"이라고 말한다. 이 말은 학교교육의 본질이 지식이 아니라 바로 인간교육에 있음을 매우 설득력있게 은유하고 있다. 또한 "생도시절에 뭐 배웠는지 모르겠다"는 식으로 교육을 운운하는 사람들에겐 미처 생각지 못했던 문제점들을 재음미시켜 줄뿐 아니라 육사교육의 방향 정립에 중대한 지침을 제공한다.

육사가 길러내야 할 인물은 전문분야를 가진 기능인이 아니라 그러한 기능인들에 대한 관리자로서의 리더(leader) 일 것이다. 따라서 육사교육은 초급장교 시절에 필요한 단편적인 지식의 제공이나 체력단련을 위한 교과과정이 되어서는 안된다. 임관 후 리더로서 계속 발전할 수 있는 덕성과 자질을 구비시키기 위한 인간교육에 그 중점이 놓여져야 하는 것이다. 지식도 많고 인격도 훌륭하다면 금상첨화이겠지만, 건전한 가치관을 지닌 사람이라면 자기 자식이나 며느리가 지식은 많은데 인격적 결함이 있는 인간이기보다는 지식은 좀 모자라더라도 인격적으로 온전하길 바랄 것이다. 육사교육도 적어도 인격적으로는 결함이 없는 인간으로 성장할 수 있는 바탕을 마련해 주는 데 치중해야 한다. 인격이나 교양이 없는 지식과 체력은 얼마든지 악용될 수 있기 때문이다. 히로시마와 나까사끼의 대학살 뒤에 오펜하이머 박사가 「그 과학자들은 죄가 무엇인지 모르고 있었다」고 한 절망적 신음은 가치에 대한 분별력이 없음으로 인해 위대한 과학자들이 인류의 문명에 얼마나 큰 위협이 되고 있는가를 단적으로 증언한 말이다.

오늘날과 같이 복잡하고 기능화된 사회일수록 전인적 인간교육의 중요성은 증대된다. 이런 점에서 대학교육의 목표를 시대에 맞는 교양인의 배출에 두고 교양교육의 중요성을 역설한 하버드 대학교 로소프스키 교수의 「Core Curriculum에 관한 보고」나, 상상력을 풍요롭게 하는 인문과학은 등한시되고 직업과 관련있는 교육일수록 우대받는 교육적 풍토를 개탄하면서 "우리시대의 가장 절실한 요구는 인간의 의미와 사람이 살아가는 의미를 발견하고, 우리 시대에 의미와 목적과 방향을 부여하고, 우리 사회와 세계가 다시 활기를 띠게 하는 것이다. 이런 목적들을 성취하는데 필요한 리더쉽은 자기의 궁극적인 운명, 영원에 대한 비전, 권력과 돈과 쾌락을 초월하는 자기의 이상주의를 의식하는 사람에게서만 나올 수 있다. 궁극적으로 그것은 무엇이 될 수 있는가에 대한 인식과 세상을 그 비전에 따라 재창조하려는 결의에 놓여있다"고 하여 젊은이들을 인간적이 되도록 가르치는 것이 중요함을 호소한 미국 노트르담 대학교 디어도 헤스버그 총장의 말에 우리는 귀를 기울여야 한다.

조국 근대화와 경제개발계획의 부작용으로 우리 사회의 곳곳에서 판을 치고 있는 황금만능주의 풍조와 효용가치가 절대가치에 우선하는 가치혼란의 시대에 우리 육사교육의 지향점은 어디인가. 원칙론에 입각한 교육은 실패하지 않는다. 임기응변식으로 유행을 따르는 교육은 결코 위대한 인간을 창조할 수 없다. 육사교육이 인간교육을 전제로 하지 않는다면 그것은 사상누각의 어리석음이다. 따라서 농서고금을 통해 인간교육에 있어서 세 개의 고전적 과목으로 인식되어 온 문학 역사 철학교육의 중요성은 아무리 강조되어도 지나치지 않을 것이다.

1983. 11. 30.

장교의 지적조건

力拔山氣蓋世의 項羽가 鳥江의 물고기 밥이 될 수밖에 없었던 垓下의 전투는 호국간성의 인재양성을 목표로 하는 육사교육의 허실을 규명하는 데 가치있는 지침을 제공한다. 고대전이건 현대전이건 전쟁의 승패는 지휘관에 체력이 아니라 지적인 능력에 의해 좌우되기 마련이기 때문에 사관생도 교육은 지력과 체력의 균형있는 발전을 꾀하면서도 그 우선순위는 항상 지적인 능력의 계발에 두어야 한다는 절대명제를 확인시켜 주기 때문이다.

그동안 육사의 교과과정은 국가의 기대에 부응하고 장차의 전쟁양상에 적응할 수 있는 바람직한 장교의 양성을 위해 수차례의 개선을 거듭하여 왔다. 그러한 부단한 개혁의지에도 불구하고 아직도 졸업논문제도가 유보상태에 놓여있다는 사실은 미래지향의 육사교육에 대한 반성적 물음을 제기한다. 사관생도에게 있어서 중요한 것은 단순한 지식의 습득이 아니라 습득된 지식의 효과적 응용력이기 때문이다.

물론 논문제도의 도입에는 여러가지의 장애요소가 따른다. 이를테면 생도들에게 논문을 작성하는 데 필요한 절대시간이 부족하다든가, 논문을 작성할 수 있는 전공분야에 대한 지적 깊이가 없다든가 하는 것들이 그것이다. 그러나 이런 장애요소들은 생도들이 작성한 논문에 대한 과 잉기대나 독창적이고 심오하기를 바라는 선입관만 버릴 수 있다면 저절로 제거될 수 있다. 일반대학에서도 학부과정의 논문은 학사과정에서 습득된 지식을 정리하여 그 응용력을 시험해보는 것에 의의를 두는 만큼 육사에서도 계속 발전할 수 있는 자질부여에 역점을 두어 논문을 평가한다면 얼마든지 가능할 뿐 아니라 좋은 제도로 정착 발전시켜 나갈 수도 있는 것이다. 생도시절에 체계적인 논문을 작성해본 경험이 없기 때문에 임관 후에 각종 연구보고서나 전문지식을 요하는 논문작성시 당황하게 되어 유능한 줄 알았던 장교가 형편없는 졸작을 만드는 것을 보게 되는 경우가 있다. 이것은 국제신사가 되기 위해 내무반의 각종 자질구레한 생활용구까지도 질서정연하게 정돈하는 것을 습성화하면서도 정작 중요한 학습된 지식은 논문이라는 장치를 통해 정리해두지 않았기 때문에 '배워도 남는 것이 없다'든가 '생도시절에 배운 것은 임관과 동시에 반납한다'라는 어처구니없는 궤변을 가능케한 교육풍토 때문이다.

논문이란 습득된 지식의 총결산이며 그러한 지식의 응용력을 시험해보는 좋은 기회이다. 논문작성을 통해 자신의 표현력과 지적 응용력을 시험해봄으로써 스스로 자신이 지니고 있는 지식의 양이나 그 폭과 깊이를 가늠할 수 있을 뿐만 아니라, 타인과의 학문적 교류를 통해 보다 바람직한 대타관계의 기준을 세울 수가 있다. 논문이란 바로 한 인간의 교양과 인격 그리고 가치관을 송두리채 남에게 드러내보이는 것이기도 하다. 인간의 사고력은 크게 분석적 사고와 종합적 사고라는 두 개의 범주로 나눌 수 있다. 직종이나 학문의 분야에 따라 어느 한가지 범주가 더 중요시 되기는 하지만 특히 장교에게는 주어진 임무나 상황을 세밀히 분석하여 그 결과를 논리적으로 체계화함으로써 전투에서 승리할 수 있는 능력을 갖추는 일이 필수적이다. 논문은 바로 이러한 분석적 사고력과 종합적 사고력을 동시에 훈련 개발시킬 수 있는 가장 좋은 방법이다. 인간의 논리적 사고력이란 복잡하고도 난해한 부분들을 통합할 수 있는 일관성있는 법칙을 발견해내기 위해 다양하고도 집중적인 사고의 고통스러운 반복에 의해서만 습득되는 것이다.

응용될 수 없는 지식은 서가에 꽂혀 있는 읽히지 않는 장식용 책과 마찬가지다. 이런 점에서 최근들어 몇몇 과에서 선택 생도들에게 공개 논문발표회를 갖게 함으로써 사관생도들의 지적 응용력 함양을 위해 노력하는 것은 퍽이나 고무적인 일이라 할 것이다. 분석적 사고력과 종합적 사고력 이것은 장교들에게는 필요불가결한 지적조건이므로 이의 계발을

위해 가장 효과적 방법인 졸업논문제도를 도입하는 것은 매우 시급하다
하지 않을 수 없다.

1984. 2. 20.

張吉山

1970년대에 들어서면서 창작집 『客地』에 실린 일련의 작품으로 문단의 관심을 불러일으켰던 작가 황석영은 10여년이라는 강산이 변하고도 남을 세월을 "높은 산 험한 고개를 넘으려는 나그네의 결의(작가의 말)"로 한국일보에 연재해온 대하역사소설 〈張吉山〉을 탈고함으로써 한국문학사를 빛낼 한 중요작가로서의 지위를 확보하게 됐다. 이는 민족정신의 고양이라는 미명하에 늘 천박한 대중소설이나 고급 야담류로 전락해 온 종래의 역사소설이 지니고 있던 오명을 씻고 역사적 진실을 수용하는 작가의 문학적 상상력과 예술적 기교의 한 극치를 보여주었다는 점에서도 아낌없는 찬사를 받아 마땅하다.

문학과 역사는 인간의 문화적 또는 사회적 삶의 양상을 밝히고자하는 공통의 목표를 지니고 있기 때문에 이 둘은 필연적으로 만나게 마련이다. 그러나 역사가 문학적 허구로 변질되거나, 문학이 역사적 · 전기적 사실의 나열로 일관하지 않기 위해서는 작가의 당대 사회에 대한 투철한 역사의식과 역사적 사실의 문학적 형상화를 위한 뛰어난 예술적 상상력이 그 전제조건이다. 황석영은 『장길산』을 통해 그가 작가로서 이러한 두가지 자질을 잘 갖추고 있음을 유감없이 보여주고 있다.

『장길산』은 봉건적 체제가 지닌 구조적 모순이 당쟁과 신분제도의 혼란이라는 사회 현상과 더불어 심화되면서 그 붕괴의 조짐이 드러나기 시작하는 조선조 후기 숙종년 간의 이야기다. 『朝鮮王朝實錄』, 『星湖僿說』, 『朝野會通』, 『錦營啓錄』, 『日省錄』 등에 나타나는 역사적 사실을 토대로 '장길산'이란 한 실존인물의 파란만장한 삶을 통해 당대의 민중이 봉건제도의 질곡 속에서 어떻게 고통당하며 살아왔는지를 극명하게 드러내 보여준다. 『장길산』은 바로 우리 조상들의 삶과 죽음, 사랑과 증오, 저항과 체념의 참모습을 찍은 파노라마다. 추쇄당하는 노비의 자식으로 길가 물방앗간에서 비천한 목숨으로 태어나 황해도 재인마을에서 광대로 성장, 당시 학대받던 천민들의 지도자로서 大同世上을 이루기 위해 지배계층에 항거하는 장길산이야말로 우리의 역사가 소수의 영웅적 엘리트보다는 다수의 끈질긴 생명력을 지닌 민중에 의해 부단히 재창조되어 나간다는 역사적 진리의 증인이다.

뿐만아니라 작가 스스로가 역사소설이란 소설 속의 시대보다 그 소설이 쓰여진 시대와 더 밀접히 관련된다고 말하고 있는 점은 『장길산』의 현대적 의미를 재음미시킨다. 이러한 것은 『장길산』의 출판을 기념하는 길산의 초혼굿판 중 작가 자신이 읽은 "……우리 시대는 봉건 왕조가 무너지던 시기에서 시민혁명과, 통일을 성취하는 대단원에 닿는 근대사 속의 한 과도적 시대이며, 당신들이 시작했던 반봉건, 반외세 투쟁의 흐름은 지금도 연이어지고 있는 중입니다. 이 땅덩이 우리 산천의 곳곳마다 조상님들의 뜻은 비바람에 버티고 섰는 고목과 같이 뚜렷하게 남아 있습니다. 오늘 이 터전에 벌인 굿판에는 장길산님과 숱한 민란에 총칼맞아 죽은 백성들의 원혼과 지난 수년동안에 사방에서 숨겨간 혼령들도 오셔서 저희들의 작은 정성을 흠향해 주시옵소서. ……이 잔치를 누리게 하지 마옵시고, 이 제사가 고통이 되게 하여 주시옵소서. 돌아가신 백성님들의 힘찬 넋이 여기 모인 이 시대의 벗들 하나하나에게 깃들여 당신들처럼 살다 죽게하소서. ……" 라는 제문의 일절에서도 여실히 드러난다.

원고지 15,000여장, 단행본으로 10권, 3,600여 페이지에 달하는 대하소설 속에 넘치는 소설적 재미와 해학, 육담, 비어, 구전설화 등을 거침없이 구사한 판소리적이면서도 유려한 문체는 소설을 다 읽기 전에는 손에서 놓을 수 없게 만든다. 이는 마치 소설을 통해 우리의 가슴마다에 응어리진 한의 신명풀이를 느끼게 한다.

문학은 한 시대의 정치·경제·사회·문화 등을 집약적이면서도 구

체적으로 보여줄 수 있는 유일한 것이다. 민족사에 대한 투철한 역사의
식과 비판정신을 갖추어야 할 사관생도로서는 반드시 읽어야 할 책이라
고 믿어 서평을 겸해 추천하는 바이다.

1984. 10. 18.

불확실한 미래와 헤라클레스의 선택

　어수선한 잠의 끝에 이르기 전, 한번쯤 깨어나 과거와 현재 그리고 창밖의 어둠처럼 그대들의 삶에 깊이 드리워져 있는 불확실한 미래에 대해 생각해 볼 일이다. 이제 드디어 졸업한다는 어설픈 무상감이나 서투른 감상을 버리고 물같이 흘러가 버린 시간의 빠른 흐름 속에서 미처 헤아리지 못했던 그대들이 흘린 땀과 눈물의 진한 의미를 음미해 볼 일이다. 그러한 고통의 경험들은 그대들의 피와 살 속에 살아남아 언 땅 밑에 죽음처럼 누었다가 이른 봄 일제히 일어나는 초록의 생명처럼 그대들의 삶 속에 꽃피고 열매맺을 양질의 씨앗들이기 때문이다. 산뜻한 장교 정복을 입고 보무도 당당하게 2초소를 나가는 순간 깨닫게 될 것이다. 이곳 화랑대가 일방적으로 고통과 인내를 강요한, 그리하여 외출이나 휴가 때마다 늘 귀영을 망설이게 하던 어둡고 음습한 저주의 땅이 아니라, 영원히 그리워하게 될 창조와 생명의 대지임을…….

　마음 한 구석에 무겁게 자리잡고 있던 두려움을 도전적인 젊음으로 묵살하고 처음으로 들어서던 2초소 앞에서의 잠깐 동안의 망설임과, "참아라, 참아라. 그리고 또 참아라. 사나이는 결코 울지 않는다."라는 신파조의 진부한 말에 뜨겁게 감격할 수밖에 없었던 기초군사훈련으로 시작한 생도생활. 그대들이 얻은 것은 무엇이고 잃은 것은 무엇인가. 후회 없다느니, 아쉽다느니 하는 식의 상투적인 졸업 소감으로 생도생활을 마감할 것이 아니라 그대들의 삶의 가장 중요한 일부로서 그 세월에 대해 구체적인 대차대조표를 작성하여 손익을 가늠해보라. 그것은 불확실한 미래를 향한 항해를 위해 분석해두어야 할 가장 중요한 기초자료

중의 하나이다.

일상적 자유와 본능적 욕망을 유보한 채 때로는 극한의 고통을 참고 견디며 아낌없이 투자했던 그대들의 젊음과 인내, 그리고 부지런한 투망질에 비해 막상 바구니 속은 너무도 허전한 것은 아닌가? 스스로 삶의 질서를 확립하지 못하고 정해진 일과표에 적응하기에 급급한 수동적 생활은 아니었는가? 자신에게 가해지는 온갖 육체적 정신적 고통과 불합리성, 그것이 바로 삶을 살찌우고 세련시키는 근원적 힘임을 깨닫는 긍정적이고 적극적인 사고가 아니라 그저 불평과 불만으로 회의하던 부정적 사고에 길들여지지는 않았는가? 멋있는 생도, 멋있는 군인, 멋있는 삶을 꿈꾸면서도 막상 그 멋의 구체적인 정체는 무엇인지도 모르면서 애매한 추상론으로 일관한 것은 아닌가? 늘 살아 깨어 꿈꾸고 노래하기를 원하면서도, 그래서 취침 전 일기장에다 수없이 되풀이하던 반성과 좌절의 언어들에도 불구하고 그대들의 정서적 감응력은 조금씩 마비되어 이제는 경직된 사고의 포로들이 되지나 않았는가? 세 사람의 좋은 친구를 얻기 위해 그대들이 믿었던 의리와 사랑은 총총히 뒤돌아서 가는 여인의 몸짓하나 어쩔 수 없을 정도의 허망한 인간관계이지나 않은가? 졸음과 악전고투하면서 쌓아올린 그대들의 지적 성취는 A인가, B인가, C인가, D인가, 아니면 스스로 평가하기에 F는 아닌가? 아인슈타인은 말했다. "교육이란 학교에서 배운 모든 것을 잊어버렸을 때 남아 있는 것"이라고…….

귀 기울여 겨울바람이 창을 흔드는 소리를 들어보라. 그것은 밤마다 그대들의 피곤한 잠 속으로 찾아와 그대들을 깨어있게 하려는 운명의 두드림이다. 베토벤의 「운명」이 시작하는 소리 말이다. 해야지 해야지 하고 늘 다짐만하다가 결국은 하지 못한 읽고 싶었던 책들과 하고 싶었던 공부가 제출해야 할 과제물처럼 그대들의 의식 속에 무겁게 자리잡고 있을 것이다. 최선을 다해도 아쉬움은 늘 남는다. 과거의 실패에 연연하지 말고 그대들의 튼튼한 두 다리로 딛고 일어서 새롭게 결의하라. 젊음은 끊임없는 도전을 위한 인내와 용기의 마르지 않는 샘물이어야지 세속적인 욕망의 충족을 위해 낭비되는 탕자의 돈 같은 것이어서는 안

된다. 지금까지 그대들이 살아온 인생의 대부분은 자신의 의지와 선택에 의한 것이 아니라 환경에 의해 강요된 삶에 지나지 않는다. 이제 비로소 자신의 삶을 스스로 땀흘려 가꾸어야 하는 독립된 개체로서의 인생을 시작하게 되는 것이다. 독립된 개체로서의 삶은 보람과 기쁨도 크지만 싸르트르의 '내던져진 존재'로서의 실존의 고독과 고통도 동반되게 마련임을 염두에 두어야 한다. 따라서 새로운 출발을 결의하는 그대들의 각오도 즉흥적인 것이 아니라 빛과 어둠을 동시에 수용하는 철학적 사유의 결과일 때에 가치를 발할 수 있음을 명심하라.

이제 곧 그대들은 그대들의 삶을 조건지우는 심각한 문제들에 직면하게 될 것이다. 그것들은 삶의 곳곳에 묻혀있다가 사소한 실수에 의해서도 느닷없이 폭발하여 그대들을 무참하게 주저앉히는 지뢰같은 것이다. 그러한 불확실한 미래 속을 슬기롭게 헤쳐나가기 위해 가장 우선적으로 준비해야 할 것은 가치관의 정립이다. 그것은 "그래도 지구는 돈다" 고 말하던 갈릴레오의 죽음을 두려워하지 않는 신념같은 것이어야지 현실타협적 처세를 위한 보호색같은 것이어서는 안된다. 그것은 바로 건강한 삶의 기준이기 때문이다. 그러한 삶의 기준이 확립되어 있지 않을 때 제풀에 지쳐 쓰러질 때까지 좌충우돌하는 시행착오 인생을 면치 못할 것이다. 갑자기 해제돼버린 각종 금기와 규정으로부터 오는 자유를 주체하지 못하고 부패한 삶의 무질서 속에 허덕이는 과오를 범하지 않기 위해 올바른 가치관을 정립해 두라. 崔瑗의 座右銘은 그러한 가치관의 정립을 위해 우리가 음미해 둘 만한 말이다.

남의 단점을 말하지 말며, 나의 장점을 자랑치 말라. 남에게 베푼 것은 마음에 두지말고, 남으로부터 받은 것은 잊지를 말라. 세상의 명예는 아무리 원하여도 부족하니, 오로지 仁으로 紀綱을 삼으라. 隱忍自重하여 행동하면, 남이 나를 헐뜯는다해도 傷心치 않을 것이다. 명성이 실제보다 과장되게 해서는 안되며, 스스로를 어리석다 여기는 것이 성인의 칭찬한 바이다. 진흙탕 속에 있어도 더럽혀지지 않음이 귀하니, 어둠 속에서도 빛을 품으라. 부드러움이 삶의 바른 태도이니, 老子는 굳고 강함을 경계했다. 강하게 보이려 함은 비루한 자의 쫓는 바요, 여유있고 침착해야 그 度量을 헤아리기 어렵다. 말을 삼가고 음식을 절제하며, 만족함을 알아야 재난을 이길 수 있다. 이러한 것들을 끊임없이 행해야만 그 향기가 절로 사방에 퍼질 것이다.

無道 人之短, 無說己之長. 施人愼勿念, 受施愼勿忘. 世譽不足慕, 惟仁爲紀綱. 隱心 而後動, 謗議庸何傷 無使名過實, 守愚 聖所臧在涅貴不緇, 曖曖內含光. 柔弱生之徒, 老氏戒剛强. 行行 鄙夫志, 悠悠故難量. 愼信節飮食, 知足勝不祥. 行之苟有恆, 久久自芬芳.

그대들의 앞을 가로막고 있는 문제들에 대해 항시 이성적으로 판단하도록 노력하라. 그대들의 몸 속에 흐르는 뜨거운 피 때문에 자칫 중대한 문제들을 감정적으로 처리하기 쉽다. 빛이 어둠 속에 잉태되어 있듯이 존재의 양면성을 고려하는 이성적 태도로 그러한 문제들에 대해 진지하게 임하라. 때로는 군인의 길에 대한 깊은 환멸감에 빠질 수도 있을 것이고, 그대들의 운명의 지침을 돌려놓고 뒷걸음쳐 사라진 여인이나 기약없는 사랑에 대한 외로움에 사무치기도 할 것이며, 세속적 욕망에 번민하는 밤도 있을 것이다. 무언가 그리워하고 번민한다는 것은 자신의 삶에 대한 애착의 징표이다. 그 맺혀있는 한을 그대들의 꿈을 이루기 위한 역동적 힘으로 전환시킬 수 있는 자야말로 지혜로운 자이다. 조급성은 큰 일을 그르친다. 위대한 인물이 되고자 한다면 서두르지 말라. 이성적 판단은 늘 여유있는 행동으로부터 온다.

늘 독서하는 장교가 돼라. 책은 그대들의 성공을 보장하는 유일하고도 확실한 길이다. 그대들에게 자신의 편견과 독선을 강요하는 지휘관이 있다면 그것은 바로 독서체험의 부족에서 오는 인격의 파탄임을 기억하라. 세계를 움직인 100권의 책이 무엇인지 아는가. 세익스피어나 도스토옙스키를 읽지 않고 인생을 말하거나, 삼국유사를 읽지 않고 민족적 주체성을 운운하는 사람이야말로 사람잡는 선무당임을 명심하라. 회식 석상에서 술 잘 먹고 노래 잘하는 장교이기보다는 늘 손에 책을 들고 다니는 장교가 돼라. 책 속에는 그대들이 필요로 하는 모든 것이 들어있다. 책을 통하지 않고 출세를 꿈꾸는 자는 자신의 경험만을 진실로 주장하는 지적 편견과 망상에 사로잡히기 쉽다. 멋진 인생이니 보람된 삶이니 하는 것은 바로 생활 속에서 그러한 멋과 보람을 느낀다는 말이다. 결국 우리들의 삶이란 하나의 느낌에 지나지 않는다. 무심히 지나치던 하찮은 풀꽃에서도 우리는 얼마든지 아름다움을 느낄 수 있다. 휘황찬란한 호텔 로비에 전시된 값비싼 꽃꽂이 작품보다 더 귀한 생명의 경외감을……. 동일한 대상에 대해 더 많은 것을 느낄 수 있는 사람이야말로 인생을 폭넓게, 풍성하게 사는 사람이다. 생이란 참으로 아름답고 가치있는 것이란 것을 느끼며 살기 위해 우리는 시를 읽어야 한다. 바쁘고 피곤한 일과 틈틈이 책을 읽는 장교, 그는 절대로 삶에 실패하지 않을 것이다.

자신을 속이지 말라 毋自欺와 愼獨은 예로부터 동양적 선비사상을 지탱하는 기둥이었다. 타인에게 만만한 인간으로 보이지 않도록 최선을 다하되 자신을 속이지는 말라. 양심이란 우리가 인간이기를 포기하지 않는 한 지켜야 하는 최후저지선이다. 立身揚名에 대한 과도한 집착 때문에, 타협을 요구하는 현실적 조건이나 유혹 때문에 너무도 쉽게 위선을 저지르는 인간은 세상에 많다. 그러고도 잘먹고 잘살 수는 있다. 그러나 결코 위대한 인물이 될 수는 없을 것이다. 자신을 속인다는 것은 자신의 삶을 창조적으로 살아가지 못하고, 그저 남의 장단에 놀아나는 광대와 같은 피동적이고 피곤한 인생일 수밖에 없다. 정직성은 모든 사람에게 신뢰감을 줄 수 있지만, 그때 그때의 상황에 따른 임기응변식 처세는 자신의 교활함을 드러낼 뿐 인간관계에 실패하기 쉽다. 자신을 속이지 않는 정직성, 그것은 그대들의 양심 속에 늘 푸른나무처럼 싱싱하게 살아있어야 한다. 한가지에 안 속으려고 모든 것을 속이는 어리석음을 저지르지 않기 위해.

종교를 갖도록 하라. 이왕이면 사이비종교가 아닌 유구한 역사를 살아 견딘 뼈대있고 권위있는 종교를 말이다. 가장 불행한 역사를 지닌 민족이면서도 가장 위대한 민족으로 찬양받는 유태인을 정신적으로 결속시킨 것은 무엇인가. 술 먹는 자리엔 빠지지 않으면서, 바빠서 신앙같은 덴 신경 쓸 시간이 없다는 사람처럼 살아선 안된다. 나이를 먹어간다는 것은 자신의 무기력함을 확인해가는 과정일 수도 있다. 생각해 보라. 어릴 때 무작정 대장이 되고 싶었던 그대들의 꿈은 이제 얼마나 왜소해지고 변질되어 버렸는가. 적어도 일주일에 한번쯤 절대자 앞에 겸허하게 무릎을 꿇을 수 있다는 것은 그만큼 생을 건강하고 진지하게 살 수 있는 기본자세를 확립시켜 준다. 어느날 문득 우리를 엄습하는 외로움을 사랑으로 충만케 하며 극한 상황 속에서 죽음을 무릅쓸 수 있는 용기와 희망을 불어넣어 주는 것, 그것이 바로 종교의 마력이며 신비다. 신앙은 삶의 중압 위에 얹혀지는 또 하나의 짐이 아니라, 지고 있는 짐을 덜어주는 충실한 조력자임을 잊지 말라.

이제 장막을 걷어 젖히고 어둠을 내몰고 다가서는 새벽, 그 찬란한 빛의 미래를 향해 차비하라. 열두가지의 고역에 직면하는 헤라클레스처럼. 그는 쾌락을 버리고 미덕을 취하여 에우뤼스테우스왕이 제시한 열두가지의 어려운 일을 해냄으로써 헬레니즘 문명을 이룩한 희랍인들이 가장 존경하는 영웅이 되었다. 군인의 길 그것은 바로 헤라클레스의 선택이다. 이제 비로소 아침 저녁으로 암송하던 '안일한 불의의 길보다 험난한 정의의 길을 택하는' 고역에 직면하게 된다. 두려워하지 말라. 불확실한 미래의 저 편에 서성거리는 것은 불안한 그림자가 아니라 도전을 기다리는 그대들의 꿈이다. 원대한 꿈을 향해 비상하려는 자가 준비해야 하는 것은 밀납으로된 이카루스의 허황된 날개가 아니라 부지런한 나래짓으로 하룻밤에도 수백킬로를 비행하는 도요새의 작으면서도 튼튼한 나래임을 명심하라.

두 어깨로 하늘을 메고있는 거인 아틀라스처럼, 그 듬직한 어깨로 자신의 운명을 지고 나아가라. 이 정든 화랑대에 금의환향하는 날까지…….

그대들의 졸업을 진심으로, 뜨거운 박수로 축하한다.

1985. 3. 15.

판소리 ― 민족문화의 정수

1. 머리말

오랜 역사와 찬란한 문화 유산에도 불구하고 開港이후 물밀 듯 밀려들어온 서구 문화의 충격은 당대의 지식인들로 하여금 민족문화의 정통성을 수호할 수 있는 비판적 지성을 일깨우지 못한 채 異國情緖 취미에 사로잡히게 함으로써 한국 현대사에 문화적 사대주의라는 깊은 상처를 남겨놓고 말았다. 이러한 현상은 오늘날에도 여전하여 서구적 이론과 방법에 의해 교육받는 세대들에게 새로운 것 또는 서구적인 것들에 대한 미묘한 콤플렉스를 조장함으로써 우리의 전통 문화나 예술을 貶視하거나 기껏해야 골동품 정도로 평가하는 지적 분위기를 만연시키고 있다.

그러나 우리로 하여금 한국인임을 자랑스럽게 말할 수 있게 하는 민족적 주체성은 과연 어디에서 오는 것일까? 그것은 다른 민족이 지니고 있는 것을 우리도 모두 갖추고 있다는 사실보다는 그들에게서 찾아볼 수 없는 것을 우리는 가지고 있다는 이른바 문화적 특수성에서 기인한다. 역사적으로 전개되어온 민족간의 문화의 상호 교섭이나 교류에도 불구하고 여전히 존재하는 민족단위의 문화적 특수성은 바로 그 민족의 문화적 전통을 형성하면서 면면히 이어져가게 되는 것이다. 그러므로 민족적 주체성이나 한국인으로서의 긍지는 우리의 문화적 전통에 대한 올바른 이해가 전제될 때에야 가능하다. 특히 오랜 수난의 역사를 살아견딘 우리의 전통 예술은 바로 우리 민족의 정신적 노력의 결정체이므로 이에 대한 미적 가치의 올바른 인식은 그 필요 조건이라고 할 수 있는 것이다.

이런 관점에서 이조 후기에 형성되어 서민 예술의 정화로서 口碑傳承되어 오늘날 그 창조적 계승이 활발히 논의되고 있는 판소리에 대해 한번쯤 음미해 두는 것은 우리의 전통문화에 대한 시각을 여는 계기가 될수 있을 것이다. 판소리는 문학과 음악 그리고 연극적 요소들이 함께 어우러진 종합 예술로서 한국적 문화의 속성을 가장 집약적으로 보여주는 전통예술의 대표적 장르이기 때문이다. 얼마전 모 방송국에서 한국을 상징할 수 있는 소리에 대한 설문조사를 실시했을 때 사랑방에서 두드리는 어머니들의 다듬이질 소리와 함께 이 판소리가 압도적으로 거론된 것은 그것이 한국인의 심성을 가장 잘 표출해 낸 것임을 입증하고 있는 것이다.

군인이 시를 쓰거나 예술적 재능을 발휘하는 것을 보면 의아스럽게 생각하거나 부정적으로 생각하는 사람이 가끔 있다. 예술은 인간의 영혼의 불꽃인 동시에 우리의 삶이 아름답고 가치 있는 것임을 확인시켜 주며 풍부한 인간미를 지니게 해 준다. 멋있는 군인이 되기 위해 사관생도는 시를 쓰고 예술을 이해할 줄 알아야 한다. 예술을 모르는 무미건조한 삶에서는 멋진 인생을 기대할 수 없기 때문이다. 더구나 조국의 풀한 포기, 흙 한줌까지도 사랑할 줄 알아야 하는, 민족적 주체성과 한국인으로서의 긍지가 전제되어야 하는 사관생도로서는 우리의 전통 예술에 대한 이해가 필수적이라 하지 않을 수 없는 것이다.

이러한 필요성에 따라 본고는 판소리를 이해하는 데 필요한 기초적인 사항들을 간추려 소개하고자 한다. 즉 판소리의 형성과정과 미적 구성, 그리고 판소리가 지닌 사회 의식과 현대적 계승 문제 등에 대해 간략히 언급하고자 하는 것이다. 판소리에 대한 연구가 몇몇 관심 있는 학자들에 의해 꾸준히 연구되고는 있으나 아직 학문적 체계의 정립엔 미흡한 실정이다. 姜漢永 校注, 『申在孝 판소리 사설집 (全)』(민중서관, 1972), 뿌리깊은나무 편집 『판소리 다섯마당』(한국브리태니커회사, 1982), 金

東旭『한국가요의 연구』(乙酉文化社, 1981), 정병욱『한국의 판소리』(집문당, 1981), 조동일·김흥규편『판소리의 이해』(창작과 비평사, 1979) 등은 판소리에 관심을 갖고있는 사람들에게 좋은 길잡이가 될 것이다.

2. 판소리의 형성과정

판소리의 말뜻은 대체로 '놀이판을 벌이고 부르는 소리'로 이해하는 것이 타당할 것으로 보인다. 여기서의 '소리'는 오늘날의 '노래' 보다도 다소 광범위한 개념을 내포한다고 볼 수 있다. 거기에는 서사시적인 요소들이 많이 개입하기 때문이다. 이러한 판소리의 기원이 무엇인지는 아직도 분명히 밝혀지지 않고 있다. 학자에 따라서 몇 가지 견해가 주장되고 있으나 대체로 다음 두 가지 견해가 주목되고 있다.

첫째는 굿의 祭次중의 하나인 敍事巫歌에서 기원했다는 설이다. 서사무가는 장편 구비 서사시이며, 창과 아니리를 섞어서 노래 부른다는 점과 그 장단 변화에 있어서 판소리와 유사함을 보인다. 따라서 굿에서 助巫 樂工 노릇을 하는 무당의 남편이 糊口之策으로 소리광대로 발전해갔을 가능성이 크다는 것이다.

둘째는 큰 굿판이나 큰 잔치마당에서 판놀음의 일부로 演戲되던 廣大 笑謔之戲에 배뱅이굿이 끼어들게 되고 이 배뱅이굿이 가지는 연극적인 요소가 창으로 인하여 세련됨으로써 판소리가 발생했을 가능성이 있다는 견해다. 즉 배뱅이굿 형태와 야담형태가 광대에 의해 종합되어진 것이 바로 판소리인데, 이것이 그 발전과정에서 근원 설화를 기본 골격으로 당시의 민속 전승 가요를 만화경적으로 차용함으로써 이루어진 것이 바로 오늘날의 판소리라는 것이다. 필자에게는 이상의 두 가지 요소가 다 판소리 형성에 기여했을 것으로 짐작된다.

이러한 판소리의 형성 시기는 대체로 이조 후기 숙종 말에서 영조 초로 잡고 있다. 판소리에 대한 구체적인 증표로서 최초의 판소리 사설 자료인 유진한의 晚華本「춘향가」가 성립된 것이 영조 30년(1754) 이기 때문이다. 판소리의 형성과 발전에는 그 시대 상황이 중요한 의미를 갖는다. 판소리의 전성기라고 할 수 있는 18-19C는 정치적으로 상당히 불안한 시기였기 때문이다. 즉 영·정조의 치세동안 어느 정도 안정되었던 왕권이 순조 이후 안동 김씨, 풍양 조씨 등 외척의 세도 정치에 의해 농락당하게 됨에 따라 극도의 정치 문란을 가져온다. 세도가들에 아첨하여 입신출세를 노리는 관료들에 의한 농민 수탈이 극심해지고, 이에 따라 三政이 문란됨으로써 국가 재정이 궁핍해지게 되며, 그에 따른 재정적 결손은 다시 농민들에게 부과됨으로 인해 결과적으로 농민들의 고통만 격증시키는 악순환이 계속되었던 것이다. 그리하여 각처에 流民과 도적이 성행하고 이러한 불평불만은 급기야는 농민들에 의한 대규모 民亂을 빈발시키게 된다. 홍경래난, 진주민란 등이 그 대표적인 예가 되는 것이다. 또한 노비의 해방과 몰락하는 양반, 영세소작농화하는 농민들로 인한 양반신분체제의 동요는 사회적 혼란을 가중시키는 결과를 초래하였다. 전체적으로 이 시기는 이조 봉건제도의 말기적 현상을 드러내 민중에 대한 억압과 착취가 극심하였음을 보여준다. 이러한 봉건적 질곡은 민중들에 대해 부단한 억압체(repressed contents)로 작용함으로써 그 가슴마다에 恨의 응어리로 맺히게 되는 것이다.

일반적으로 판소리를 恨의 예술이라고 말한다. 판소리 예술의 궁극적 지표가 바로 한의 표출에 있기 때문이다. 그런데 우리 문화의 한 속성으로 제기되는 이 한의 정서에 대해서는 재평가할 필요가 있다. 많은 사람들이 한의 정서를 한갓 여인의 눈물과 같은 감상적이고 부정적인 것으로 생각하고 있기 때문이다. 한이란 오뉴월에 서리 내리게 하는 여인의 피울음 같은 절망적이고 소극적인 것이 아니다. 그것은 오히려 절망적 고통을 딛고 일어서 꿈이 실현되는 세계로 나아가고자 하는 역동적 힘의 근원이다. 한의 정서가 내포하고 있는 그러한 긍정적이고 적극적인 삶의 자세가 판소리 예술을 가능케 한 것이다. 판소리 사설 중에는 억압받는 계층의 해소할 길 없는 욕구불만과 신세타령이 빈번히 나타날 뿐아니라 실현 불가능한 소망이나 본능적인 욕구충족(식욕·성욕 등)을 내포하는 사설과 삽입가요가 상당수 등장한다. 이는 봉건적 제도의 억압 속에서 착취당하기만 하는 민중의 가슴마다에 한으로 응어리진 언어의 표출인 것이다. 그러한 언어 표현을 통해 고통스런 한의 정서로부터 해방되는 동시에 카타르시스를 경험하게 되는 것이다.

판소리는 전성기에 열두마당이 주로 불리워졌을 것으로 보인다. 물론 유사한 작품들도 존재하는 것으로 보아 그 이상이 있었을 가능성을 배제할 수는 없으나 송만재의 『觀優戱』에 나타난 기록을 토대로 열두마당으로 정착되었다고 보는 것이다. 이 열두마당은 춘향가, 심청가, 흥보가, 수궁가, 적벽가, 변강쇠타령, 배비장타령, 강릉매화전, 옹고집, 장끼타령, 왈자타령, 가짜신선타령인데 정노식의 『朝鮮唱劇史』에는 왈자타령과 가짜신선타령이 무숙이타령과 숙영낭자전으로 기록되어 있다. 이것이 신재효에 의해 춘향가, 심청가, 박타령, 토별가, 적벽가, 변강쇠가의 여섯마당으로 정리되었다가 다시 변강쇠가의 전수가 단절됨으로써 오늘날은 다섯마당만이 불리고 있는 것이다.

3. 판소리의 미적 구성

한국인의 전통적인 心性을 가장 집약적으로 드러내면서 우리로 하여금 그 끈끈한 한의 정조에 사무치게 하는 판소리의 아름다움은 어디에서 오는 것일까. 서양음악의 그 현란한 화음이나 귀를 간지럽히고, 말초신경을 자극하는 현대음악에 길들여진 세대에게 저 영혼을 흔드는 탁한 목소리의 감동은 도무지 생소할는지도 모른다. 미풍이 잔가지만을 가볍게 흔들고 지나가듯이 서양음악은 민족의 혼을 흔들지 못한다. 우리의 혼을 일깨우는 것은 가슴 속 깊이 고여있는 恨의 정조를 두레박질하여 쏟아붓듯 토해내는 판소리와 같은 전통 음악에 의해서 만이 가능한 것이다. 이러한 판소리의 아름다움을 구성하는 요소들을 演戱的 측면과 사설이 지니는 문학적 특성면에서 간추려보면 다음과 같다.

1) 演戲的 특성

판소리가 불리어지는 소리판은 창자와 고수와 청중으로 이루어진다. 그것은 서양식 극장에서처럼 공연자와 청중이 무대로 인해 분리되어 있는 것이 아니라 한데 어우러져 혼연일체를 이루어야만 판이 성립되도록 되어 있는 것이다. 서울대 박물관에 소장되어 있는 『평양감사부임도』 중에서 명창 모흥갑의 소리하는 장면은 이러한 소리판의 성격을 잘 보여 준다. 청중은 추임새를 통해 소리에 직접 참여하기도 하지만 판소리는 창자와 고수와 청중간의 완벽한 흥의 교합에 의해서만 성공될 수 있는 예술인 것이나. 요스음 어쩌다 공연되는 판소리가 서구식 무대에서 공연됨으로써 창자와 청중간의 단절을 초래하여 어색하고 답답한 소리판으로 변질되어가는 것은 안타까운 일이다. 구경꾼들의 적극적인 참여가 중요하지만 판소리는 역시 창자와 고수가 공연하는 2인 무대의 성격이 짙다. 또한 전통적으로 '일고수 이명창'이라고 할 정도의 역할이 명창의 역량을 발휘하는 데 결정적으로 기여한다.

신재효의 廣大歌에는 창자로서의 광대가 갖추어야 할 요건으로 인물·사설·득음·너름새를 들고 있다. 인물은 광대의 생긴 모습을 말하는 것이고, 사설은 판소리에 대한 광대의 문화적 창조력을 말한 것이며, 득음은 음악적으로 소리의 경지를, 너름새는 몸짓 표현을 통한 연기력을 말한다. 이 네 가지가 두루 갖추어져야 비로소 청중을 사로잡을 수 있는 소리꾼이 되는 것이다.

판소리 공연에서 주역으로서의 창자는 창·아니리·발림을 맡고, 고수는 장단과 추임새를 맡는다.

창은 판소리 예술의 핵심이 되는 음악적 요소를 말하는 것으로서 여기에는 平調, 羽調, 界面調와 같은 唱調가 있다. 평조는 雄深하고 正大하며 화평스런 가락을, 우조는 淸壯하고 격렬하여 시원스럽고 엄한 가락을, 그리고 계면조는 哀怨, 悽愴하여 사람의 마음을 구슬프게 하는 가락을 일컫는다. 판소리 사설이 지닌 문학적인 내용은 이러한 창조의 변화나 선택에 의해 사실성을 획득하게 되는 것이다.

이러한 기본적인 창조를 토대로 그 표현기교에 따라 창법을 달리하는 몇 개의 유파가 있다. 크게는 지리산맥 또는 섬진강 줄기를 기준으로 송흥록의 법제를 잇는 동편제와 박유전의 법제를 잇는 서편제로 나누는데, 동편제는 판소리 예술의 정통적인 유파로 주로 선천적인 음량에 의존하며 옛스럽고 소박하여 기교가 적은 반면, 서편제는 잔가락이 많이 끼어들고 발림이 풍부하여 절묘한 기교가 많이 사용된다고 할 수 있다. 이러한 2대 유파를 중심으로 각각의 명창들에 의해 개발된 특수 창법이 가풍이나 더늠(어느 대가의 장끼로 후배들이 즐겨 부르는 대목)으로 전해져 내려오는 것이 있으니 권삼득의 설렁제, 김계철의 석화제, 염계달의 경두름제, 모흥갑의 중고제 등이 그것이다.

이러한 창조나 창법 외에 판소리의 음악성을 좌우하는 요소로 음질을 들 수 있다. 이는 발성법에 따라 丹田에 힘을 주어 밀어 올리는 양성(미는 목)과 잡아당기는 음성(당기는 목)으로 나뉘는데 창조에 따라 쓰임새가 다르다. 또한 소리의 성질도 목에서 나는 소리와 배에서 나는 소리, 덜미에서 나는 소리로 구분하는데, 목에 변화를 주지않고 마구 지르는 통성이 원칙이나 성량이 부족한 경우는 '속목'이나 '감는목'(깎아서 곱게 다듬은 소리)으로 원하는 음계에 도달하는 기교를 사용한다. 또한 발성법에 따라 '푸는 목', '감는 목', '방울목', '엮는 목' 등 40여종의 목성음이 있다고 한다.

판소리에서는 선천적으로 풍부한 성량을 타고나 아름답고 애원성이 낀 '천구성'을 높이 치는데 그 중에서도 목이 약간 쉰듯한 '수리성'을 가장 이상적으로 본다. 그러나 천구성을 타고난 사람은 목을 믿고 공부를 게을리하여 명창이 되는 경우가 적으므로, 오히려 열심히 노력한 끝에 얻는 '득음한 목'을 더 높이 평가했다고 한다. 판소리의 발성법을 수련하여 득음의 경지에 이르기는 매우 어려웠으므로 옛날에는 흔히 깊은 산 계곡이나 폭포, 동굴 속에서 여러해 동안 목에서 피가 나도록 소리를 질러서 수련했는데 중도에 목이 상해 좌절하는 수도 많았으나 그런 과정을 거쳐야 막히지 않는 목이 된다고 했다. 석달동안을 폭포 밑에서 소리를 지른 끝에 목에서 검붉은 선지피를 세동이나 쏟고야 비로소 폭포 소리를 뚫고 밖으로 울려나가는 소리를 얻게 되었다는 송흥록이나, 천신만고하는 10여년의 수련 끝에 임실의 어느 폭포에서 피를 토한 후 산봉우리와 골짜기를 울리는 소리의 경지에 이르른 박만순, 광주 속골에서 木枕보다 두배나 더 큰 대추나무 죽비 세 개가 북채에 닳아서 두토막이 나도록 삼년 간을 새벽부터 밤중까지 연마하여 마침내 積功으로 대성한 김채만 등의 일화가 명창이 되기 위해 얼마나 각고의 노력이 필요한지를 잘 입증해 준다.

　　판소리의 창자는 이러한 창조와 창법, 표현기교와 발성법 외에도 장단을 정확히 익혀야 한다. 장단의 변화는 곧 감정 표현의 변화를 말하기 때문에, 등장 인물의 성격, 사설 내용에 나오는 사건의 전개나 극적 변화 등은 다 장단의 변화에 의해 생동감 있는 호소력을 지니게 된다. 판소리의 장단은 박자, 속도, 강약의 차이에 따라 매우 다양하나 대체로 진양, 중머리, 중중머리, 엇중머리, 잦은몰이, 휘몰이, 엇머리 등 7가지 장단이 기본을 이루고, 그밖에 단모리, 휘중모리, 세마치 등의 변주가 있다. 대략 빠르기 순으로 그 특징을 요약하면 진양은 가장 느려 哀怨스럽고 悲調를 띠며, 중머리는 태연하여 안정감을 주고, 중중머리는 흥취를 돋구고 우아한 맛을 주며, 잦은몰이는 섬세하면서도 명랑하고 상쾌한 맛을 주며, 휘몰이는 흥분과 긴박감을 준다. 중머리 장단이 서양음악에서의 12/4박자와, 중중머리가 12/8박자와 비슷하다고 할 수 있지만 강약에서의 차이 때문에 서양식 박자 개념과는 매우 다르다. 예를 들면 춘향가 중에서 옥중에서 시름하는 부분은 진양장단이며 어사출도 대목은 잦은몰이로 불린다.

　　판소리 장단에는 반드시 소리북을 쓰게 되어있다. 간혹 방송을 통해 나오는 판소리에 장고나 가야금 소리가 곁들어지는 것을 듣는 수가 있는데 이는 판소리와는 도무지 격이 어울리지 않을 뿐만 아니라 오히려 조잡한 느낌마저 줄 수도 있다. 북은 매우 간단한 악기처럼 보이지만 창자와 완전히 호흡이 일치하여 소리를 밀고 당기고, 맺고 푸는 장단의 변화는 매우 복잡하여 단 한 박의 실수에 의해서도 명창의 소리가 여지없이 흐트러지고 말 정도로 중요한 기능을 한다.

　판소리를 시작할 때는 먼저 목을 풀고 청중을 모으기 위해 虛頭歌를 부르는 것이 관례인데 여기에는 통상 작품의 내용과 무관한 短歌가 많이 사용되며 「백발가」「태평가」「광대가」「만고강산」 등이 그것이다. 이는 곧바로 아름다운 목소리로 노래할 수 있는 서양음악과는 달리 판소리는 소리를 시작한지 한 시간쯤 지나야 제대로 된 소리가 나기 때문이기도 하다.

　판소리의 사설 내용을 창이 아닌 말하는 듯한 대화체로 전달하는 것을 '아니리'라고 한다. 이는 주로 사건이나 시간의 경과, 작중인물의 대화나 심리묘사, 독백 등에 대한 부연 설명이 필요할 경우 사용되며, 창자에게 숨을 돌릴 여유를 제공한다.

　'창'과 '아니리'가 언어표현인데 비해 '발림'은 몸짓표현 또는 무용적 표현이다. 이는 신재효가 광대의 요건으로 말한 '너름새'를 말하는 것으로 창을 하면서 인물의 거동이나 벌어지는 장면에 현실감을 주기 위해 사용된다. 발림에 사용되는 유일한 소도구는 창자의 손에 들고 있는 부채이다. 접었다 펴고, 던졌다 받고 하는 단순 동작의 반복 같지만 거기에는 천변만화의 상징적 의미가 함축되어 있다.

　소리판에 빠질 수 없는 중요한 요소의 하나가 '추임새'이다. 이는 주로 고수와 청중이 담당하게 된다. 이 추임새는 "얼씨구 · 좋다 · 얼쑤 · 그렇지 · 허이" 등과 같은 말을 적절한 순간에 소리질러 창자의 흥을 북돋우는 동시에 청중 자신이 소리판의 분위기에 어우러지게 하는 구실을 한다. 이것은 아무렇게나 마구잡이로 소리를 질러대서는 안되며 판소리의 장단 변화에 따라 잘 조화되도록 하여야 한다.

　최소한의 소도구와 인원으로서 삼라만상의 무궁한 조화와 인간세사의 온갖 희노애락을 엮어냄으로써 구경꾼들을 웃기고 울려 아침부터 날이 저물도록, 또는 밤이 새도록 소리판을 떠나지 못하게 하는 판소리, 착하게만 살아온 민족의 넋을 호려 부르는 저 恨의 소리의 괴력은 바로 이상에서 언급한 연희적 바탕을 토대로 이루어지는 것이다.

2) 문학적 특성

신재효는 廣大歌에서 광대가 갖추어야할 두 번째 요건으로 사설치레를 들고 있다. 사설이란 口碑敍事詩的 성격을 지닌 판소리의 문학적 측면을 가리킨다. 가슴에 응어리져 맺혀 있는 恨의 정서를 얽힌 매듭 풀듯 언어로 재창조해 낸 것이 바로 판소리의 사설인 것이다. 신재효는 음악적인 재능보다 이러한 문학적 표현력을 더 중요시하여 광대가에서 다음과 같이 말하고 있나.

> 사설이라 하는 것은 쇄금미옥(碎金美玉) 좋은 말로 분명하고 완연(宛然)하게 색색이 금상첨화 칠보단장 미부인이 병풍뒤에 나서는 듯 삼오야 밝은 달이 구름밖에 나오는 듯 새눈 뜨고 웃게 하기 대단히 어렵구나. 인물은 천성이라 변통할 수 없거니와 원원(源源)한 이속판이 소리하는 법례(法例)로다.

이것은 사설이 아름다우면서도 사실적으로 표현되어 청중을 감동시킬 수 있어야 한다는 것을 강조한 것이라 할 수 있다. 어르고 빰치듯 청중을 웃기고 울리기 위해 판소리 사설에는 재담과 욕설이 난무하며 때로는 淫談悖說도 서슴치 않는다. 창자의 능력에 따라 현저한 차이를 보이기도 하지만 이야기를 엮어 가는 짜임새도 일정한 틀이 있는 것이 아니라 매우 자유분방하다. 이것은 청중의 추임새에 따라 분위기에 어울리게 발휘되어야 하는 창자의 즉흥적인 창조력에도 기인한다고 할 수 있다.

판소리에는 우리 문학의 기본 구조를 이루는 원형질적 요소들이 내포되어 있다. 논자에 따라서는 소설선행설이 주장되기도 하나 대체로 판소리가 口碑傳承되다가 문자로 정착되어 형성된 판소리계 소설이 고전소설의 중추를 이루고 있는 사실에 비추어 볼 때, 판소리 사설이 지니는 문학적 특성은 민족문학의 특성과도 직결될 수 있는 중요한 의미를 지닌다 할 수 있다.

판소리 사설이 지니는 중요한 문학적 특성의 하나로 諧謔을 통한 諷刺를 들 수 있다. 풍자란 현실이 내포하고 있는 결함이나 부조리에 대한 부정적, 비판적 태도에서 근거하는 바, 판소리 사설에는 해학성 속에 감추어진 날카로운 현실 풍자가 도처에 번득인다. 이러한 특성이 가장 생동감있게 드러난 예로서 수궁가의 어전회의 대목을 들 수 있다.

도사 가로되, "대왕의 성덕으로 어찌 충효지신이 없으리까?" 말을 마친 후에 인홀불견, 간 곳이 없것다. 공중을 향하야 무수히 사례한 후에 "수부 조정 만조백관을 일시에 들라." 영을 내려 노니, 우리 세상 같고 보면 일품 재상님네들이 모두 들어오실 터인듸, 수국이 되어 물고기떼들이 각기 벼슬 이름만 따가지고 모두 들어오는듸, 이런 가관이 없던가 보더라.

승상은 거북, 승지는 도미, 판서 민어, 주서 오징어, 한림학사 대사성 도루목, 방첨사 조개, 해운공 방게, 병사 청어, 군수 해구, 현감 홍어, 주부장 조구, 부별랑청 장대, 승대, 교리, 수찬, 낙지, 고등어, 지평, 장령, 청다리, 가오리, 금부나졸, 좌우 순령수, 고래 준치, 해구, 모지리, 원참군 남생이, 별주부, 자래, 모래모자, 멸치, 준치, 갈치, 삼치, 미끈 배암장어, 좌수 자개 사리, 가재, 깨고리까지 영을 듣고 어전에 입시하야 대왕게 절을 꾸벅꾸벅하니, 병든 용왕이 이만 허고 보시더니마는, "어, 내가 이런 때는 용왕이 아니라, 팔월 대목장날 생선전의 도물주가 되얐구나. 경들 중에 어느 신하가 세상에를 나가 토끼를 잡아다가 짐의 병을 구하리요?" 좌우 제신이 어두귀면 지졸 되야 면면상고에 묵묵부답이었다.

(한국브리태니커회사, 판소리 다섯마당)

그야말로 꼴불견의 어전회의다. 용왕은 개자추와 기신의 고사를 들먹이며 충성을 요구하나 대신들은 서로 책임을 전가하며 이 핑계 저 핑계로 자신은 빠지려하고 파벌간의 세력다툼만 벌린다. 용왕의 사활이 걸린 대사를 놓고 일신상의 안전과 이익에만 급급하여 서로 책임을 전가하거나 모략중상을 일삼는 용궁 대신들의 행동은 당쟁의 소용돌이에 휩싸여 있던 이조의 정치현실을 여실히 반영하고 있는 것이다. 이 우스꽝스러운 어전회의는 바로 주색잡기에 눈이 어두워 판단력이 마비된 임금과, 治國安民에는 관심없고 일신의 영달만을 추구하던 관료들의 부패상에 대한 신랄한 고발이기도 한 것이다.

　이러한 현실 풍자는 춘향가 중에서 본관사또의 생신잔치에 끼어든 어사또가 운봉영장과의 몇마디 수작 끝에 지어준 다음과 같은 시에 이르면 자못 섬득하기까지 하다.

　　금준미주는 천인혈이요, 옥반가효는 만성고라. 촉루낙시에 민루낙이요가성고처에 원성고라. (金樽美酒 千人血, 玉盤佳肴 萬姓膏 燭淚落時 民淚落, 歌聲高處 怨聲高)

　판소리 사설이 갖는 또 하나의 문학적 특성으로 비극과 희극 또는 悲壯과 滑稽의 이중구조를 들 수 있다. 극한적 고통이나 절망적 상황에 직면했을 때 그 심리적 위기를 웃음으로 풀어 버림으로써 극복하려는 태도는 우리네 전통문학이 지닌 특성이라고 할 수 있다. 이러한 태도가 판소리 사설에서는 비극과 희극의 이중구조적 성격으로 나타나는 것이다.

　　춘향의 고든 마음 아푸단 말하여 셔는 열녀가 아니라고 져러케 독흔 형벌 아푸든 말 아니ᄒ고 제 심중의 먹은 마음 낫낫시 발명홀 졔 십장가가 질어셔는 집장ᄒ고 치는 미의 언의 틈의 흘슈 잇나. 한귀로 몽구리되 안쪽은 졔 글즈요 밧쪽은 육담이라. 일칫 낫 싹 붓치니 일졍지심 잇스오니 이러ᄒ면 변홀테요 미우 치라 예이 쪽 이부 아니 셤긴다고 이 거조는 당치안쇼 세칫 낫 쪽 붓치니 삼강이 즁ᄒ기로 숨가이 본바닷쇼 네칫 낫 쪽 부치니 ᄉ지를 씻드리도 숫도의 쳐분이요 오칫 낫 쪽 부치니 오장을 갈나쥬면 오쪽키 좃쇼릿가 육칫 낫 쪽 부치니 육방 하인 무러보오 육시ᄒ면 될터인가 칠치 낫 쪽 부치니 칠ᄉ 즁의 없는 공ᄉ 칠디로만 쳐보시요. 팔치 낫 쪽 부치니 팔면 부당 못될 일을 팔작팔작 쮜여보오 구치 낫 쪽 부치니 구즁분우 관장되야 구진 짓슬 그만ᄒ오. 십치 낫 쪽 부치니 십벌지목 밋지 마오 십은 아니 쥴 터이요 갓득이나 분는 쇽을 풀슉풀슉 질너노니 오쪽 화가 나시것나.
　　　　　　　　　　　　　　　　　　　　(민중서관, 신재효 판소리 사설집)

신관 사또의 수청을 거부한 춘향이가 바야흐로 杖刑을 당하는 부분
이다. 매의 고통과 그 처절한 상황은 무시된 채 춘향은 하고 싶은 말을
마음껏 내뱉으며 말장난을 함으로써 청중으로 하여금 웃음을 자아내고
있는 것이다. 이러한 비장과 골계의 이중구조는 흥보가에서도 쉽게 추
출해 낼 수 있다.

> 　고향 근쳐 도로 ᄎ쳐 한곳슬 당도ᄒ니 촌명은 복덕이요 인심이 슌후한듸
> 뷘 집 흔 간 셔잇거늘 잠시 쥬겸 사라보니 집쇼리 말안도여 집 말우의 이실
> 오면 천장의 큰 비ᄬ울 부억의 불를 ᄶ면 방안은 귀ᄯᆯ이요 흑썰어진 윗ᄶ
> 궁H) 바람은 살쏘듯기 틀만 나문 헌문 쪽의 공셕으로 창호ᄒ고 방의 반ᄯᆺ
> 드러누어 천장을 망견ᄒ면 H)쳔도 부친듯기 이십팔슈 셔여보고 일ᄒ고 곤
> 흔 잠의 기직에을 블근 텨면 샹토난 허물업시 압 토방의 쑥나가고 발목은
> 어늬 사이 뒤안의 가 노여 ᄭᅮ나 밥을 ᄒ도 자로ᄒ니 아궁지 풀쏫바씨면 흔
> 마직이 못ᄌ리난 넉넉이 할테여든 그렁져렁 여러 히의 ᄌ식은 더럭더럭 풀
> 풀리 싱겨나고 가난은 벗셕벗셕 나ᄂ리 느러가니 여러 식구 굴머늬기 쵸ᄒ
> 난 집 긔갓구나.
>
> 　　　　　　　　　　　　　　　　　(민중서관, 신재효 판소리 사설집)

　흥보 일가가 놀보에게서 쫓겨나 유랑하다가 결국 고향 근처의 다쓰러
져 가는 초가에 정착하여 살아가는 모습을 묘사한 부분이다. 과장된 수
사나 비유를 사용함으로써 흥보집의 묘사가 비현실적, 반사실적 표현으
로 되어 있음에도 불구하고 흥보의 성격 창조나 가난의 묘사에 있어서
는 오히려 절박한 리얼리티를 획득하고 있다. 비극적 상황을 戱畵化함
으로써 극적 효과를 거두는 동시에 고통스러운 정서를 웃음으로 풀어버
리게 하고 있는 것이다.
　판소리 사설이 지니는 구성상의 특징으로 부분의 독자성을 들 수
있다. 논자에 따라서 불합리성, 희극적 불일치성, 발랄성, 개방성 등으
로 논의되고 있는 이러한 특징은 주로 판소리가 전편이 완창되는 경우
는 드물고 창자에 따라 그 더늠만을 부르는 부분창으로 공연되었다는
점에 기인한다. 한 마당이 전체적으로 치밀한 구성에 의해 시종일관되

게 짜여지는 것이 아니라 큰 사건의 부분별로 독자적인 성격을 지니도록 되어있는 것이다. 그러므로 내용, 사건진행, 인물의 성격 등에서 무수한 파격이 감행되며 모순이 노출된다. 양반이면서도 체신머리 없는 짓을 서슴치 않는 흥보, 정숙한 여인인 듯 하면서도 때로는 음탕하고 질투하는 춘향의 성격이 그 예다. 이러한 불합리성 또는 불일치성에도 불구하고 판소리가 예술적 감동을 주는 이유는 그 기본정신이 말의 자유스러운 구현에 있기 때문으로 보인다. 즉 언어를 답답한 정형의 틀에 감금시키는 것이 아니라 자유로운 상상력에 맡겨버리는 것이다. 따라서 일체의 이성적, 도덕적 한계를 넘어 논리적, 지적 통제를 벗어난 언어가 창자인 광대의 입을 통해 거침없이 구사되게 되는 것이다.

판소리 사설이 지닌 표현상의 특징은 그것이 장면 묘사 또는 상황 묘사에 있어서 생동감이나 현실감을 주기 위해 우리말의 효과를 최대한으로 살리고 있다는 점이다.

저 방자 미워하고 '이라' 툭처 말을 몰아 따랑 따랑 따랑 따랑 따랑 휘얼 휘얼 달려가니 그 때에 춘향이는 따라 갈 수도 없고 높은 데 올라서서 이 마위에 손을 얹고 도련님 가시는 데만 물그러미 바라보니 가는대로 적게 뵌다. 이만큼 보이다가 저만큼 보이다가 달만큼 별만큼 나비만큼 불티만큼 망중 고개 아조 깜박 넘어가니 우리 도련님 그림자도 못보겠구나.

명창 정정렬의 더늠인 춘향가의 오리정 이별 대목인 윗글에는 말타고 사라져가는 이도령과 춘향의 안타까운 마음이 청중의 눈앞에 전개되듯이 현실감있게 묘사되어 있는 것이다.

판소리는 우리말의 문학적 가능성이 최대한으로 발휘된 장르라 할 수 있다. 포복절도할 才談, 통열한 야유와 풍자, 외설적 사설과 해학, 비장미와 골계미, 언어의 운율적 효과 등이 기막히게 조화를 이루고 있는 판소리야말로 민족문화의 영원한 자랑거리라 하지 않을 수 없는 것이다.

4. 판소리의 사회의식

　문학이나 예술은 현실을 부정적 비판을 통해 드러냄으로써 그 사회에 무엇이 결핍되어 있으며, 그 사회의 구성원들의 꿈이 무엇인지를 인식시킨다. 판소리는 조선조 후기 사회가 안고 있는 갈등과 모순을 적나라하게 드러내는 동시에 당대의 민중들에게 부단한 억압체로 작용하던 봉건적 질곡에서 해방되려는 민중들의 노력을 보여준다. 즉 서민들의 고통스런 삶의 참모습들을 보여주며, 그러한 고통의 원인이 무엇인지를 규명하려 하고, 그네들이 꿈꾸는 삶이 어떠한 것인지를 제시하고자 하는 것이다. 결국 판소리의 특성을 이루는 풍자적 기법이라는 것도 일방적으로 고통을 강요하는 봉건제도의 구조적 모순에 대한, 그러한 사회적 조건에 대한 무기력한 서민들의 응전방식이라 할 수 있다.

　판소리는 주제에 있어서도 이중구조적 성격을 갖는다. 여섯 마당에 공통적으로 표면적 주제와 그에 대립 상충하는 이면적 주제가 공존하고 있기 때문이다. 이것은 전환기 사회가 안고 있는 가치관의 대립이나 갈등 양상의 반영으로 보인다. 춘향가에 나타나는 烈의 권장, 심청가의 孝, 흥보가의 형제간의 우애, 수궁가의 어리석음에 대한 징계와 충성심, 적벽가의 忠義에 대한 칭송과 奸雄의 징계, 변강쇠가의 음란함에 대한 경계 등으로 나타나는 표면적 주제는 전통적 윤리관의 확인이라고 할 수 있다. 그러나 판소리의 참다운 의미는 그러한 전통적 윤리관을 풍자를 통해 비판하고 있는 이면적 주제에서 찾아져야 한다. 봉건적 윤리관에 결박당한 채 고통당하고 있는 민중들의 마음을 흔들 수 있는 감동력의 근원은 바로 이면적 주제를 통해 나타나는 비판의식이라 할 수 있다.

　춘향가에서는 표면적으로는 烈女 춘향을 칭송하고 있는 듯하면서도 작품 내적으로는 오히려 춘향의 시련과 고통을 통해 烈이라는 전통적, 봉건적 윤리관의 허구성을 암암리에 드러낸다. 엄숙성 속에서 다루어져야 할 도덕적 주제를 해학을 통해 戲畵化함으로써 그 허구성을 동시에 포착하고 있는 것이다. 그러므로 춘향가의 주제의식은 烈의 권장보다는 당대 사회를 옭아매고 있던 신분적 제약을 뛰어넘어 사랑을 이룸으로써 참다운 인간해방을 구현하고자 한 것에서 찾아져야 한다.

홍보가에서도 형제간의 우애보다는 전통적 윤리관을 견지하고 있는 홍보와 그러한 가치관을 무자비하게 깨트려버리는 놀보와의 대결을 통해 나타나는 낡은 관념과 새로운 가치관 사이의 갈등이 더 중요한 의미를 지닌다.

이러한 점은 심청가에서는 더욱 심각한 문제를 제기한다. 대부분 孝를 위해 생명을 바치는 심청의 희생을 그 주제로 생각한다. 심청의 그러한 영웅적 행위는 한번쯤 재음미해 볼 필요가 있다. 죽음은 孝로부터의 도피행위이며, 어떻게든 살아서 불구의 부친을 잘 봉양하는 것이 전통적 윤리관에 나타나는 효의 구현으로 볼 수 있기 때문이다. 따라서 심청가의 진정한 주제는 심봉사와 뺑덕어미의 행동을 통해서도 나타나듯이 당대 사회의 현실적 조건과 전통적 윤리관의 괴리를 극명하게 드러내는 데 있다고 할 수 있는 것이다.

이러한 주제의식에 나타나는 이중구조적 성격은 현실을 바라보는 서민들의 사회의식의 소산이다. 판소리의 배경이 되고 있는 시대의 역사적 상황에 관해서는 이미 판소리의 형성과정 부분에서 언급한 바 있다. 조선왕조의 정치 철학이자 사회 규범인 유교 이념은 후기로 오면서 점차 사회의 지도 이념으로서의 기능을 상실하게 된다. 왕권과 유교적 권위 의식의 타락, 당쟁의 혼란, 三政의 문란과 관료 계급의 부정부패는 지배계층에 대한 서민들의 부정적 비판의식을 고조시키게 되는 것이다. 판소리의 주제는 바로 봉건적 질곡 속에서 생성된 부정적, 반항적 서민의식의 문학적 표출인 것이다.

수궁가에는 조선조 후기 사회의 정치현실을 바라보는 서민들의 비판정신이 매우 잘 나타나 있다. 酒色에 병든 무능한 용왕, 파벌간의 세력다툼과 일신상의 이익과 안전에만 급급하는 대신들의 어전회의, 토끼의 농간에 넘어간 용왕 때문에 자신의 아내로 하여금 토끼의 하루 밤 수청을 들게하는 궁지에 몰리는 충신 자라, 수령 서리들의 착취와 횡포를 여실히 보여주는 산중 毛族회의, 탐관오리들의 비행에 대한 서민들의 역설적 보복심리를 은유한 토끼의 용궁행과 용궁에서의 행패 등은 몰락

과정에 있는 봉건사회의 병리적 현상에 대한 풍자의 극치라 하지 않을 수 없다.

판소리 사설에는 억압받는 계층의 해소할 길 없는 욕구불만과 신세타령이 빈번히 나타날 뿐 아니라, 실현 불가능한 소망이나 본능적 욕망 충족을 내포하는 사설과 삽입가요가 상당수 등장한다. 이것은 서민계층이 당대의 현실을 부정적으로 인식하고 있다는 것을 보여주는 것이다. 결국 판소리의 중심 사상은 조동일 교수가 말하듯이 "양반의 관념적 인과론을 거부하고 민중의 경험적 갈등론을 제시하며, 기존사회의 불평등과 허위를 비판한 것"이라 할 수 있다. 이것은 또한 지배층과 그들의 유교적 이념에 의한 봉건적 질곡으로부터 해방되려는 피지배층, 즉 서민계층의 꿈의 구현인 동시에 이것의 문학적, 예술적 형상화라고 할 수 있는 것이다.

5. 판소리의 현대적 계승

한국문화가 세계적 보편성을 획득하기 위해서는 참다운 민족문화의 건설이 선결 과제이다. 우리의 전통문화를 재조명하여 그 미적 가치를 추출해 내어 창조적으로 계승 발전시키는 작업은 민족문화의 창달을 위해 참으로 중요한 일이다. 이를 위해서 민족문화의 본질을 규명하고 그 내재적 전통과 잠재 역량을 올바로 평가하여 지속시키는 일은 우리 모두의 의무이다.

열두 마당에서 여섯 마당으로, 다시 변강쇠가의 전수가 단절됨으로써 다섯 마당으로, 판소리는 날로 쇠퇴해 가고 있다. 이는 현대로 오면서 서구문화의 충격에 의해 서구적 감수성과 미의식에 감염된 결과 전통문화가 그 향유층인 대중들로부터 외면당해 온 것에 기인한다. 전통문화의 창조적 계승을 위해 판소리에 대한 부단한 관심은 중요하나 이에 대한 지나친 애착으로 장르의 보존만을 주장한다면 자칫 현대에 적응하지 못하고 과거에 집착하는 회고적 취향으로 처리되기 쉽다. 사회·문화의 변화와 이로 인한 인간 의식구조의 변화로 인해 판소리가 지닌 고전적 생명력은 점차 쇠미해질 수밖에 없다. 따라서 판소리의 현대적 계승은 장르 자체의 보존에 급급할 것이 아니라 다른 예술 장르로의 확산과 결합의 차원에서 논의되어야 한다.

민족문화의 정수인 판소리의 창조적 계승을 위해서는 현대인의 감수성과 미의식에 어울리는 현대적 판소리의 재창조가 이루어져야 한다. 이를 위해서는 우리 시대의 민중문화적 속성에 어울리는 이야기거리를 찾아내고 이를 판소리화하는 작업과, 창법이나 공연방식에 대한 현대적 변형이 이루어져야 할 것이다. 또한 이미 판소리로부터 파생되어 발전되어 온 창극이나, 판소리가 현대적으로 변형 수용된 마당놀이같은 분야를 통해 판소리 재창조의 길을 넓혀가는 것도 바람직하다.

그러나 보다 중요한 것은 판소리가 지닌 우리 문학의 원형질적 요소라 할 수 있는 悲壯과 滑稽, 또는 비극과 희극의 이중구조를 통한 풍자적 기법을 한국문학의 기본 구조로 정착시켜 그 미적 가치를 시, 소설, 희곡 등의 문학작품을 통해 끊임없이 재현해 나가는 것이라 할 수 있다. 근자에 이루어진 몇몇 담시집과 황석영의 「장길산」에 나타나는 판소리적 속성은 우리의 문화적 전통을 창조적으로 계승해 나가기 위한 방향제시로서 우리 시대가 거둘 수 있는 하나의 성과라 할 수 있다. 뜻있는 작가들에 의한 한국적 정신의 발굴과 이의 문학적 형상화를 위한 노력이 기대된다.

6. 마무리말

사랑을 하기 위해서는 대상을 잘 알아야 한다. 맹목적인 사랑은 불행한 결과를 가져오기 쉽기 때문이다. 하물며 조국을 사랑하기로 맹서한 자가 조국에 관해 잘 모른다면 그것은 기막힌 아이러니다. 춘향전을 읽지도 않고 춘향에 대해 잘 아는 듯이 말하거나, 삼국유사가 무엇에 관한 책인지도 모르면서 민족적 주체성을 운운하는 사람이 많다. 진실로 한국을 사랑하기 위해 우리는 한국인의 의식구조를 잘 알아야 한다. 우리들 삶의 총체적 표현인 우리의 문화에 대한 올바른 이해와 가치인식을 지닐 때에야 비로소 우리는 조국을 사랑할 수 있는 것이다.

판소리는 우리의 전통문화가 지닌 특성을 가장 집약적으로 드러내는 우리의 고유한 장르다. 또한 거기에는 고난을 극복하는 우리 민족의 지혜와 심성 그리고 기본적인 의식구조가 잘 나타나 있다. 사관생도에게 우리의 전통 문화에 대한 시각을 열어주기 위해 지금까지 판소리에 대한 전반적인 사항을 개괄적으로 고찰해 보았다. 좀 더 깊이 있고 흥미 있는 내용을 의도했었으나 연재의 성격상 개론적인 이야기로 일관되고 말았다. 이것이 사관생도로 하여금 우리의 전통예술을 이해시키고 나아가 나라 사랑하는 마음을 갖는 데 조금이나마 보탬이 되었으면 하는 바램과 함께 연재를 끝맺는다.

1986. 1. 31. (육사신보)

사라져 가는 것들의 의미

　창 밖에서 잿빛 하늘을 배경으로 흔들리고 있는 나무들이 조금씩 을씨년스러워 보이기 시작할 때, 우리는 달력의 마지막 장에 그려져 있는 눈에 익은 겨울 풍경을 들여다보며 물같이 흘러가 버린 세월의 빠름을 실감하게 되고 "아아! ……벌써……"라는 상투적인 영탄을 읊조리게 된다. 이 세상에서의 삶은 단 한 번 뿐이라는 사실, 그래서 단 한 번밖에 승부할 수 없다는 삶의 일회성(一回性) 때문에 해마다 이때쯤이면 영원한 과거 속으로 사라져 가는 것들의 아쉬움에 사로잡히게 되는 것이다.

　세모의 거리를 들뜨게 하는 경쾌한 음악이나, 큼직한 사건들의 목록 작성에 바쁜 매스컴의 부산한 움직임들을 통해 느끼게 되는 한해의 의미란 으례 상투성을 벗어나지 못하게 마련이다. 우리에게 중요한 것은 불확실한 미래 속으로 길게 드리워져 있는 운명적 삶의 매듭을 풀어 나갈 수 있는 내적 자기 발견의 계기를 마련하는 일이다.

　혼자만 바쁜 듯이 땀 흘리며 가꾸어 온 이 한해를 마무리하면서 풍성한 수확의 기쁨보다는 빈 바구니의 허전함이 더욱 진하게 느껴져옴은 무슨 이유일까. 그것은 십중팔구 자신의 삶이 자의적인 선택에 의한 구체적 행동화이기 보다는 외적 조건에 의해 강요된 타협이나, 수동적 추종, 또는 기회주의적 삶의 연속이었기 때문인 경우가 대부분이다. 이제 이 한해를 마무리하면서 자신이 짊어지고 있는 삶의 무게를 정확히 가늠해 보고, 현재의 위치와 미래로 나아갈 지표를 마련해 두는 것은 자의적 선택에 의한 삶을 지향하는 우리 모두에게 퍽 의미 있는 일이 될 것이다.

겨울은 춥다. 춥기 때문에 우리는 겨우내 그 삶의 외로움을 더욱 아프게 앓게 된다. 해 저무는 들길에 혼자 서 있는 자의 적막함, 화려하고 소란한 삶의 와중에서 문득문득 그러한 절대 고독의 적막함이 엄습하는 경우가 있다면 우리에겐 사랑이 결핍되어 있다는 증거다. 사랑이란 고통과 기쁨을 서로 나누어 갖는 것이다. 만나고 헤어진 무수한 사람들 중에서 진실을 털어 놓고 기뻐할 수 있었던 사람은 누구였을까. 우리가 좌절과 번민으로 비틀거릴 때 두손 잡아 주며 다독거려 줄 사람들, 그런 진실한 인간관계의 확립에 성공한 자만이 삶의 가치와 아름다움을 느낄 수 있다. 이 한해 동안 나를 위해 작은 사랑이라도 베풀어 준 모든 사람들을 위해 기도하라. 서로의 가슴 속에 가득하며 빛나는 존재일 수 있도록 진실한 인간관계의 확립을 위해 노력하라.

대학생활을 통해 우리가 가장 힘써 노력해야 할 또 한 가지는 내적으로 충만되기 위해 지적인 성취를 이루는 것이다. 현실적 조건들의 빠른 변화에 적응해 나가기 위해 우리에겐 필연적으로 잠재적 대응력이 요구되게 마련이다. 늘 계획만 세우다 흐지부지 되버린 것들을 다시 한번 정리해 볼 일이다. 용기와 결단, 그리고 끊임없는 인내—그것은 젊은 날의 꿈을 실현하기 위한 필요조건들이다. 해야지 해야지 하고 생각만 하다가 결국은 세월의 빠름만을 한탄하는 어리석은 자들은 적당한 타협주의자로 전락하고 만다. 지적인 성취를 이루기 위해서는 치밀한 계획과 더불어 고통의 대가를 지불해야 한다. 그것은 땀 흘려 가꾸어야만 풍성한 소출을 내는 저 자연의 신비를 닮은 것이다.

반성은 자기 혁신의 계기로 행동화될 때 의미 있는 것이지, 이루지 못한 아쉬움이나 미련의 정서로만 손쉽게 처리된다면 부질없는 신세타령밖에 되지 못한다. 삶이란 어차피 자신과의 끊임없는 싸움이다. 진실한 인간관계의 확립과 자아 발전을 위한 지적 성취를 이루는 것은 자신을 정복한 사람에게만 가능하다. 조직과 통제의 틀에 갇혀 자칫 소홀히 하기 쉬운 자기 발견이나 자아 발전을 위한 구체적 노력들에 대해 한번쯤 깊이 있게 성찰해 보라.

별은 사라져 가며 잠시 더욱 빛난다. 이제 돌이킬 수 없는 영원한 과

거 속으로 사라져 가는 이 한해가 사진첩 속에 한갓 빛 바랜 사진으로서
가 아니라 젊은 날의 의미 있는 고통의 흔적으로 남을 수 있도록 노력하
여야 할 것이다.

1986. 12. 20.

가치관 정립의 바른 길 — 독서

눈이 시리게 푸른 오월, 모든 생명들이 다투어 자신의 삶을 가꾸기에 바쁜 계절이다. 범무천 잔디밭에서 미팅을 하고있는 생도들의 밝은 표정과 가벼운 몸놀림 속에서 젊음과 낭만의 계절은 깊어 가고 있다. 그러나 자칫 신록의 푸르름 때문에, 화창한 날씨 때문에 자신의 삶에 대한 성실성이 망각되고 있는 것은 아닌지 한 번쯤 반성해 볼일이다. 사랑과 인생과 이상에 대해 고뇌하지 않는 젊음은 어쩌면 소모적 삶이 되기 쉽기 때문이다.

대학생활이란 대체로 사랑의 충동이나 인생의 목적, 그리고 자신의 미래에 대해 자신과 용기를 갖는 한편, 때로는 좌절과 절망의 고통을 체험함으로써 참된 자아를 발견하고, 나아가 가치관이나 신념체계를 확립함으로써 자아를 형성해 가는 창조적 삶의 시기로 볼 수 있다. 이러한 자아발견과 자아형성을 통해 행복한 삶이 보장되는 미래를 정복할 수 있는 준비를 갖추게 되는 것이다.

불확실한 미래를 정복할 수 있는 올바른 가치관이나 신념체계를 확립하고, 자신의 이상을 실현할 수 있는 방법론의 모색을 위해 생도생활 동안 가장 힘써야 할 것 중의 하나가 바로 책을 읽는 일이다. 우리에게 삶의 지혜와 진정한 용기, 사랑과 행복에 이르는 비밀한 방법들을 일깨워 줌으로써 젊은 날의 고뇌를 잠재우고 저 푸르고 싱싱한 오월의 나무처럼 삶을 의욕하게 만드는 고전적인 양서들을 말이다. 그러기 때문에 대학생활은 독서를 위해 마련된 시간이라고까지 하지 않는가.

육사신보 지난호에 실린 생도 독서 실태 보고에 나타난 사관생도들의 빈곤한 독서량은 이러한 점에서 몇 가지 문제를 제기한다. 독서는 우리로 하여금 다양한 삶의 모습을 체험케 함으로써 훌륭한 인격과 교양을 갖추고 더불어 올바른 가치관을 정립할 수 있게 하는 유일한 길이다. 따라서 독서체험이 부족한 사람은 자신의 직접 경험만을 진실로 주장하는 지적인 편견과 독선에 사로잡히게 되므로 능력 있는 장교가 될 수 없는 것이다.

독서의 필요성을 절감하면서도 상당한 생도가 시간이 없다거나, 책을 읽을 정신적 여유가 없다거나, 독서할 수 있는 여건이 조성되지 않기 때문에 충분한 독서를 할 수 없다고 호소하고 있다. 이런 푸념은 독서는 독서의 계절인 가을철에나 하는 취미생활쯤으로 생각하는 사람이나 할 수 있는 소리다. 독서가 어디 쾌적한 환경 속에서 시간적 여유가 있을 때만 하는 것인가. 삶을 의욕하고 자신의 미래를 위해 성실히 노력하며 준비하는 자에게 있어서 하루 24시간이란 참으로 바쁜 순간의 연속일 수밖에 없다. 하물며 지성과 야성의 전인적 인격을 갖춘 패기에 찬 정예 장교가 되기 위해 끊임없이 노력해야 하는 사관생도 생활이란 오히려 극한의 고통 속에서 여유를 잃지 않는 태도를 늘 견지해야 할 것이다. 우리의 일상 속에는 의미 없이 부서지는 시간이 참으로 많다. 남이 하는 것 다하면서, 먹고 싶은 것 다 먹어 가면서, 자고 싶을 때 다 자가면서 자기발전을 위한 노력은 언제 할 수 있겠는가.

때로는 육사교육이 장교로서 갖추어야 할 외적·육체적 조건을 강조한 나머지 정작 중요한 내적·정신적 성숙은 다소 소홀히 하는 것은 아닌가 반문해 보게 된다. 올바른 가치관이란 스스로 정립해 나가는 것이지 강요에 의해 생성되는 것이 아니다. 사관생도로 하여금 올바른 가치관을 정립하게 하기 위해서는 다양한 독서체험이 요구되며, 이를 위한 효율적인 독서방법의 지도가 이루어져야 할 것이다. 그리하여 안으로 부지런히 수액을 빨아 올려 더욱 푸르고 싱싱하게 성장하는 저 오월의 나무들처럼 사관생도들도 이 오월에 육체적 성장에 조화되는 정신적 성장을 이룰 수 있도록 하여야 할 것이다.

1987. 5. 30.

우리가 이어나가야 할 것은 형식이 아니라 정신이다

개체든, 집단이든, 사회든 발전을 지향할 경우 변화가 전제되기 마련이다. 인류 역사를 개관해 보면 시대간의 획을 긋는 사회적 전환기에는 항시 변화의 물결이 소용돌이침을 쉽게 확인할 수 있다. 기존의 질서에 안주하려는 집단은 정체와 퇴화에 직면할 수밖에 없다.

그런데 발전을 지향하는 사회 구성원들은 항시 보수적 성향과 진보적 의식의 갈등을 노정하게 되는데, 발전적 변화는 그 첨예한 대립의 한쪽보다는 양극의 대립을 지양하여 변증법적 종합의 방향으로 나아가는 것이 바람직하다.

이런 점에서 가을이 무르익는 화랑대에서 열린 금년도 삼사체전은 사관학교 교육이 당면하고 있는 몇 가지 문제에 대한 발전적 변화의 한 가능성을 열어 준다는 점에서 그 의미가 매우 크다. 사실 삼사체전이 사관생도 교육에 끼치는 득과 실에 대한 반성적 물음은 그것이 표면화되지 않았을 뿐 승패가 엇갈릴 때마다 꾸준히 제기되어 왔다. 따라서 금년도 삼사체전을 마치 외부의 여건 변화에 의해 강요된 변화로 보아서는 안 되다. 그것은 발전적 변화에 대한 내적인 욕구의 축적이 가져온 결과인 것이다.

종래의 삼사체전은 내적 충실성보다는 외적 현시성에 치우쳐 있었으므로 긍정적 요소보다는 부정적 요소가 더 많은, 따라서 체전을 통해 거두는 성과보다는 교육적 손실이 더 큰 외화내빈(外華內貧)의 체전이었다. 그러나 그러한 자각에도 불구하고 기존의 질서와 전통에 연연하는 보수적 성향에 의해 발전적 변화에의 의지는 쉽게 간과되어 온 것이다.

이제 우리의 교육적 역량은 학교의 제도나 전통에서부터 대외적 행사에 이르기까지 제반사항을 사관생도 교육과 관련시켜 교육적 차원에서 냉철히 분석·평가함으로써 자율적으로 수정 보완해 나아갈 수 있을 정도로 성숙되었다고 본다. 금년도 삼사체전에서 제기된 긍정과 부정의 요소들을 면밀히 분석 검토하여 반영함으로써 내년엔 더욱 알찬 체전이 되도록 하여야 할 것이다.

새로운 방식의 체전이 정착될 때까지 우리는 옛것에 대한 향수에 시달리게 될 것이다. 그러나 새롭게 태어나기 위해서는 기존의 세계를 파괴하는 고통을 감수해야 한다. 바로 데미안의 '알을 깨고 나오는 새의 아픔' 같은…… 사관생도를 민족적 주체성과 나라 사랑의 신념을 지닌 내적으로 충만된 청년 장교로 키우기 위해 우리는 그 "화려한 추억"에 연연할 수만은 없는 것이다.

차제에 삼사체전 뿐만 아니라 사관생도 교육에 중대한 영향을 미치고 있는 제도나 규정 또는 전통적 요소들에 대해 교육적 차원에서 연구 분석해 볼 필요성이 제기되어야 한다. 그것들 중에서 집단을 지배하고 있는 보수적 성향에 의해 인습적으로 보존되어온 것들은 없는지를…….

전통은 원형 보존에 급급할 때에는 그 가치가 상실된다. 그 시대와 사회에 알맞는 구조와 형식을 취하여 창조적으로 발전될 때 비로소 계승의 의미와 가치가 구현된다. T.S. 엘리어트는 "앞세대의 성과에 맹목적이거나 소심하게 집착하여 그 방식 그대로를 따르는 것이 전통의 유일한 형식이라면 전통이란 적극적으로 저지되어야 한다"고 말한다. 과거와 현재를 꿰뚫는 역사의식에 의해 재창조될 때 전통은 참된 가치를 지니게 된다.

우리가 참으로 소중하게 간직하고, 재창조를 통해 영원히 이어나가야 할 것은 공허한 형식이 아니라 본질과 내용을 이루는 정신임을 잊지 말아야 할 것이다.

1988. 10. 31.

실천적 지성의 함양

　육군의 새위상 정립 운동이 사회적 관심으로 부각되고 있다. 이는 한국군이 민주화라는 사회적 변화에 부응하여 자각과 반성을 통해 스스로 자기 발전의 방향을 모색해 나아갈 수 있다는 성숙도를 보여주는 것으로서 언론과 지식인들에 의해 매우 긍정적 평가를 받고 있다.

　2000년대 국가안보의 주역이 될 인재를 양성하고 있는 이곳 화랑대도 사회적 변화의 흐름과 고립해서 존재할 수는 없다. 사관생도들도 사회의 변화에 능동적으로 대처할 수 있는 가치관의 정립이 필요하기 때문이다. 그러나 이러한 변화의 수용이 전통의 포기나 단절이 되어서는 안되며, 그 창조적 계승이 되도록 유의하여야 할 것이다.

　불확실한 미래의 상황과 도전에 대응할 수 있는 확고한 가치관의 정립은 장교의 필수조건이다. 그런데 이러한 가치관들은 끊임없는 고통과 인내의 자기수련을 통해서만 확립될 수 있으며, 참의미를 지니게 된다. 조국을 위해 생명을 바치는 고귀한 자기희생 정신은 공허하고 추상적인 탁상공론이나 관념론을 통해서는 성취가 불가능한 것이다. 화랑대 출신들이 위국헌신 군인본분의 소명감을 바탕으로 군발전, 나아가 국가발전에 이바지할 수 있었던 것도 생도생활 기간 중 끊임없이 반복된 고통과 인내의 자기 수양이 있었기 때문이다.

　이런 점에서 단순한 지적인 성취만을 강조하는 한국의 대학 교육풍토는 우려되는 바가 크다. 민주화를 위한 투쟁적 논리에는 투철하여 가장 애국자연하면서도 정작 국가와 사회를 위한 자기 희생과 봉사에는 지극히 인색하고 이기적인 통념이 지배적인 대학 사회를 보고 국가의 장래를 염려하는 지식인도 많다.

　육사교육의 가장 큰 장점은 바로 고통과 인내의 자기희생을 통한 실천적 지성을 배양하는 데 있다. 각종 어려움과 위기 상황에 능동적으로 대처할 수 있는 용기와 지혜는 단순한 지적인 성취도에 따라 발휘되는 것이 아니라, 그것이 수반하게 될 고통과 인내까지도 감당할 수 있는 실천적 지성에 의해서만 가능하다. 행동으로 실천되지 못하는 지식들은 자칫 관념의 유희에 머무르기 쉬운 것이다. 일반적으로 대학교육이 전인교육을 목표로 하는 이유도 사회의 건강한 발전을 위해서는 실천적 지성의 소유자를 필요로 하기 때문이다. 유교적 관념론에 사로잡혀 국권이 상실이라는 절대 절명의 민족적 위기상황 앞에 그저 무력할 수밖에 없었던 조선조 지식인 계층의 허약성은 이에 대한 좋은 역사적 교훈이 될 수 있다.

　하기군사훈련 기간 중 체험하게 되는 극한적 고통과 땀의 참 의미는 올바른 가치관을 확립하고 실천적 지성을 함양하는 좋은 기회로 볼 수 있다. 위기상황에 직면하여 자신의 이익과 고통에 연연하지 않고 자기를 희생할 수 있는 결연한 행동은 단순한 지적인 훈련만을 통해서는 배양될 수 없다. 그것은 참으로 고통과 인내의 자기희생 정신이 체질화된 실천적 지성에 의해서만 가능한 것이다. 그런 점에서 삼복 더위 속에서 인내와 극기의 수양에 정진하고 있는 사관생도들이야말로 실천적 지성의 한 모범이라고 할 수 있다. 모쪼록 하기군사훈련 기간을 통해 젊은 날의 고통과 땀의 참 의미를 터득하여 이를 지적인 교육과 잘 조화시킴으로써 실천적 지성의 소유자로 성장해 갈 수 있도록 노력하여야 할 것이다.

1990. 8. 31.

휴가문화에 대한 인식 변화

현자(賢者)는 장미에 가시가 있다는 것을 우려하기보다는 가시나무에 장미가 피는 신비와 아름다움을 즐긴다. 꿈과 신념을 지닌 젊은이는 현실의 고통과 시련을 가치와 보람으로 재창조해내는 긍정적 삶을 살지만, 그렇지 못한 사람은 늘 불안하고 회의적이며 부정적 삶을 영위하기 쉽다.

지난 동계휴가 동안 교내에서 특강을 받고 있는 생도들의 진지한 태도들을 보면서 휴가문화에 대한 생도들의 인식 변화를 감지할 수 있었다. 즉 종래의 휴가는 생도 생활의 구속과 폐쇄성으로부터 벗어나 개인적 자유를 만끽할 수 있는 유일한 시간이라는 고정관념으로 인해 소모적 성격이 강했다. 그러나, 언제부터인가 자신의 꿈을 실현하기 위해서는 현실 속에서 충실히 노력해야 함을 깨달은 생도들은 휴가가 자기발전을 위한 개인적 노력을 집중할 수 있는 귀중한 시간이라는 생산적 성격으로 인식하기 시작한 것이다.

일반적으로 생도들의 휴가 양상은 그저 고향에 가서 부모님을 뵙거나 친지들을 만나고, 서로 어울려 여행하고, 이런 저런 모임에 참석하는 등의 상투성을 벗어나지 못했다. 물론 그러한 것들이 전혀 가치 없는 일은 아니다. 그러나 불확실한 미래에 도전하기 위해 필요한 다양한 능력을 계발해 나아가야 하는 생도들에게 있어서 완전히 소모적인 성격의 휴가는 결코 바람직한 것이라고 할 수는 없을 것이다.

방학중의 일반대학 캠퍼스에 가면 방문객들의 눈길을 끄는 많은 현수막과 포스터들을 볼 수 있다. 그들의 대부분은 일반 학기 중에는 하기 힘든 단체 학습이나 특강, 과외활동 프로그램들이다. 또 도서관에는 이른 아침부터 밤늦게까지 학생들로 붐비는 것을 볼 수 있다. 이렇듯 미래에 도전하고 자신의 꿈을 실현하기 위해 불철주야 성실하게 노력하고 있는 젊은이들을 도서관이나 실험실, 연구실 등 도처에서 만날 수 있다. 그들에게 있어서 방학은 자아를 발견하고, 진정한 자기 발전을 이룰 수 있는 참으로 좋은 기회인 것이다.

이런 점에서 생도대에 보이지 않게 일고 있는 휴가문화에 대한 인식의 변화는 매우 바람직한 것이라 하지 않을 수 없다. 미래 사회는 장교에게 전인적 인격 뿐만이 아니라, 다양한 능력과 깊이 있는 지적 전문성을 요구한다. 이를 충족하기 위해서는 더 많은 시간과 정력의 투자가 필요하게 마련이다. 연간 생도들에게 부여되는 길고 짧은 특박이나 휴가들이 단순히 젊음을 소모하는 시간들이 아닌지 생도들은 스스로 주의 깊게 검토해 보아야 한다.

이런 점들을 염두에 둘 때, 지난 동계 휴가 기간 중 생도들이 자기발전을 위해 신청한 몇몇 특강들이 여러 가지 불비한 여건으로 온전히 수용되지 못한 것은 매우 안타까운 일이다. 생도 교육을 담당하고 있는 모든 사람들은 그러한 생도들의 자생적 노력을 북돋아 주어야 할 것이며, 좋은 결실을 맺을 수 있도록 적극적으로 도와주어야 할 것이다. 한편, 생도들도 학교 당국의 완벽한 도움만을 요구하거나 의지할 것이 아니라, 불비한 여건이나 현실적 어려움을 스스로 개선하고 해결해 나가려는 능동적 태도를 견지하여야 한다.

이제 더 이상 소모성 휴가는 지양되어야 한다. 불확실한 미래 사회에 잘 적응해 나갈 수 있는 능력 있는 장교가 되기 위해, 휴가도 자기 발전을 위한 생산적 시간이 되도록 노력할 줄 아는 생도야말로 자신의 꿈을 실현하며, 미래 사회의 주역이 될 수 있을 것이다.

1991. 1. 31.

도덕성의 회복과 律己六條

　　금방 눈이라도 쏟아질듯이 산등성이 위로 낮게 깔리는 먹구름과 연구실 창으로 투영되는 스산한 겨울 풍경이 요즈음의 사회적 위기의식으로 증폭되어 마음을 더욱 어둡게 한다. 연일 매스컴을 흔드는 대형 사건들이 우리 사회의 도덕적 파탄의 심각성을 노출시킴으로써 이제 막 선진 산업사회로 발돋움하려는 한국의 미래에 어둡고 불길한 그림자를 드리우며 지식인들로 하여금 불안과 우려의 목소리를 높이게 하고 있다.

　　구약성서 창세기에 나오는 소돔성은 죄 없는 자가 10명만 있어도 멸하지 않겠다고 한 야훼의 약속에도 불구하고 결국은 유황불의 징벌을 받아 멸망하고 말았다. 고도 경제성장의 부산물인 황금만능과 배금주의의 타락된 가치관이 만연된 이 사회가 파멸로부터 벗어나는 길은 오직 국민 개개인이 우리의 전통적 윤리관과 도덕성을 회복하는 것밖에 없다. 누구보다도 사관생도 신조와 도덕률을 암송하며 늘 국가와 민족을 위해 의로운 삶을 살기로 다짐한 우리 육사인들이야말로 정의사회 구현의 선봉에 서기위한 도덕적 결의를 새롭게 하여야 한다.

　　얼마 전 성적이 시원찮은 중3짜리 큰 애를 과외공부라도 시켜보려고 이리저리 알아보다가 묘한 좌절감에 빠진 적이 있다. S대학 1학년 과외 선생이 수학 한 과목을 일주일에 두 번 와서 4시간을 가르치는 데 월 30만원이라는 것이다. 그것도 강북지역이기 때문에 싼 거라고 했다. 종일토록 중노동에 시달리면서도 월 20~30만원 봉급의 근로자가 수두룩하며, 대학에서 지급하는 시간 강사료도 평균 만원이 고작인데 대학 1학년짜리가 그런 고임금을 받아도 되는 건지 의아해하지 않을 수 없었다.

더욱이 그러한 모순이 당연한 것으로 받아들여지고 있는 우리의 사회적 통념은 나에게 분노와 좌절을 동시에 안겨 준 것이다.

대학을 나와야 행세할 수 있다는 사회적 통념은 과잉 교육열을 조장하는 한편 가뜩이나 열악한 교육환경을 더욱 악화시키고 있다. 입시학원화 되어 가고 있는 학교 교육은 신문도 제대로 읽지 못하고, 자신의 생각을 논리적으로 표현해 내지도 못하는 한심한 국어능력을 가진 학생을 버젓이 일류 대학생으로 합격시키고 있다. 도대체 정상적인 학교교육을 포기하더라도 일류 대학에만 많이 들어가면 명문학교가 되는 모순이 용납되는 사회, 정규 학교교육보다 엄청나게 비싼 과외비와 학원비가 당연시되는 사회의 청소년들에게서 무엇을 기대할 수 있을 것인가? 또 청소년기의 재기발랄함과 낭만, 무한한 잠재능력들을 억압하고 오로지 합격을 위해 인내할 수밖에 없었던 고통들을 대학교육은 충분히 보상해주고 있는가? 재정난을 이유로 턱없이 부족한 전임교수로 인해 수십 명 또는 수백 명씩의 집단강의가 예사로 이루어지며, 사제관계가 실종되고 운동권에 끌려 다니는 대학교육, 그래도 대학 간판만 내걸면 학생들은 구름같이 몰려든다. 이 나라 지성의 마지막 보루라고 할 수 있는 대학교수가 돈에 눈이 어두워 입시부정을 저지른 사건은 타락된 배금주의 풍조가 어느 정도로 심각한 것인지 여실히 증명하고 있다. 이러한 대학교육의 실상을 고려할 때 우리 육사야말로 참다운 대학교육이 이루어지고 있는 유일한 곳이라는 생각이 든다. 오늘날 우리 사회가 앓고 있는 모든 병리적 현상은 대부분 교육제도와 환경의 모순과 부조리에서 기인한다. 학교교육에 대한 의식의 변혁과 현행 교육제도의 모순과 부조리가 제거되지 않는 한 건전한 시민교육은 불가능할 것이고, 기형적 인격의 양산은 계속될 것이며 사회의 병리적 현상은 악순환을 거듭하며, 결국은 치유가 불가능해질 것이다.

나라가 잘 되기 위해서는 정치 지도자들이 건강해야 한다. 확고한 도덕적 가치관을 지녀야 하며, 개인적인 욕망과 명예욕에 집착하지 말고 자신의 모든 것을 던져서 나라를 사랑할 수 있어야 한다. 그런데 소위 국민을 대표한다는 국회위원들을 보라. 국민을 대변하고, 국민들의 근심과 걱정을 덜어주어야 할 국회가 오히려 국민을 걱정시키고 분노하게 하는 집단이 되어 버렸다. 5공 청문회에서 권력형 부정과 비리를 다투어 탄핵하던 그들이 바로 그러한 부정부패의 장본인으로 드러났을 때는 아직도 우리의 정치 수준은 멀었다는 생각에 분노와 슬픔을 금할 길이 없었다.

茶山은 牧民心書에서 治民의 기본은 자기 자신을 바르게 관리하는 데 있음을 강조하면서 그 여섯 가지를 律己六條라 하여 칙궁(飭躬), 청심(淸心), 제가(齊家), 병객(屛客), 절용(節用), 낙시(樂施)로 나누어 설명하고 있다. 飭躬은 제 몸의 단속에 관한 것이고, 淸心은 마음을 청렴하게 가지라는 것이며, 齊家는 먼저 자기 집안을 바르게 이끌라는 것이고, 屛客은 수령이 관아에 客을 불러들이지 말라는 것이며, 節用은 재물을 절약하라는 것이고, 樂施는 사난한 사람들에게 즐거이 재물을 베풀라는 말이다. 이 모두는 정치에 뜻을 둔 사람이면 누구나 깊이 새겨들어야 할 말들이다. 그 중에서도 특히 청렴한 마음은 모든 선정과 덕행의 근원이며, 청렴하지 않고는 목민관 노릇을 제대로 할 수 없음을 단언한 점은 오늘날의 정치풍토에 대한 경계의 말처럼 들린다. 그는 청렴하지 못한 것은 지혜가 모자라기 때문이라고 하면서 智謀가 원대하고 생각이 깊은 사람은 그 욕망이 크기 때문에 廉吏가 되고, 지모가 작고 생각이 얕은 사람은 그 욕망이 작기 때문에 貪汚한 관리가 된다고 꼬집어 말했다. 국민들을 무슨 헤진 바지저고리 취급을 하는 국회의원들은 더 이상 정치에 뜻을 두어서는 안 된다. 우리는 청문회 중계를 통해 확실히 알았다. 나라의 장래를 걱정하고 진실을 밝히기보다는 유권자의 인기에 영합하는 발언에 급급하면서도 자신만이 애국자인양 목청을 높이던 사람들의 위선을, 그들의 어리석음을⋯⋯. 자라나는 아이들이 국회의원들은 그저 욕설과 삿대질이나 잘 하고 툭하면 싸움박질이나 하는 사람들로 알고 있는데, 이제는 뇌물까지 잘 받아 챙기는 사람이라고 하게 생겼으니 이 오명을 어떻게 씻을 것인가? 이미 군문을 떠나 정계에 몸을 담고 있는 우리 육사인들도 이 점을 부디 유념하여 역사와 민족 앞에 떳떳한 사람으로 남도록 하여야 하겠다.

우리 사회의 각종 병리적 현상을 조장하는 또 하나의 부정적 요소는 언론의 무책임성이다. 사회 정의를 수호하고 민족문화의 창달에 기여하고자 하면서 퇴폐성 기사와 저질 만화로 가득 찬 신문으로 돈벌이에 몰두하는 이율배반성은 어떻게 설명할 수 있는가? 신문의 정치나 사회면을 읽다 보면 이것이 진실의 보도인지 기자의 상상에 의한 추측기사인지가 분별되지 않는 경우가 종종 있다. 특히 폭로성 기사인 경우 그 정도는 더욱 심하다. 표현의 자유나 독자들의 알 권리만 주장할 것이 아니라 기사내용이 미칠 대 사회적 영향과 억울하게 희생되는 사람들을 배려할 줄 아는 공정성을 지녀야 한다. 유언비어성의 얘기를 사실인 것처럼 보도하여 국민들을 걱정과 불안에 휩쓸리게 하는 것은 바람직한 언론의 역할이라고는 할 수 없다. 또, 다른 집단의 부정과 비리는 잘도 폭로하면서 왜 자신들의 부정과 비리에 대해서는 말이 없는가. 가끔 우리 육사 출신 인사들에 대한 부정적 기사들을 접할 때마다 기사를 작성한 기자와 게재한 신문사의 감정적 의도의 졸렬함을 느낄 수 있어 고소를 금할 수 없었다. 우리 육사인들은 그 동안의 정치적 과오로 인해 야기된 사회적 적대감을 극복하기 위해 좀 더 의연하고 지혜로울 필요가 있다. 사관생도 시절의 의로움을 잃지 않고 명예로운 삶이 되도록 꿋꿋이 노력한다면 조국을 위해 과연 우리 육사인들이 어떠했는지는 역사가 증명할 것이다.

가뜩이나 어수선한데 물가까지 치솟아 이러다가 그나마 이루어 놓은 자립경제의 기반이 무너지는 것은 아닌지 걱정이 앞선다. 국민 경제를 주도하고 있는 기업인들도 자기 장사만 걱정할 것이 아니라 가난하고 고달픈 서민들의 우울한 삶을 먼저 걱정할 줄 알아야 한다. 내로라하는 기업인 중에도 기업의 이윤으로 개인의 재산 축재에만 몰두하는 사람도 많다. 밀수하다 걸린 재벌그룹, 자기들은 먹지도 않을 불량식품을 제조해 파는 유명 식품회사들, 은행 빚 내서 부동산 투기로 횡재하는 기업인들, 시장바닥의 영세상인보다도 못한 윤리의식을 지닌 자들이 과연 국민경제를 걱정이나 하고 있을 것인가? 정직하게 땀 흘려 노력하여 돈을 버는 것이 아니라 가만히 앉아서 일확천금하는 궁리나 하고 있으니 뇌물로 매수하고, 사기와 협잡을 일삼을 수밖에 없는 것이다.

우리 시대가 안고 있는 문제의 심각성은 이와 같은 사회의 지도적 위치에 있는 사람들의 부정과 비리에 있는 것은 아니다. 그것은 오히려 사회 구성원 각자에게 있다. 사회의 제반 병리적 현상의 잘못됨을 잘 알면서도 자기 자신이 바로 그러한 악의 장본인임을 망각하는 도덕적 마비현상이야말로 이 사회를 파멸로 이끌어 가는 動因이다. 우리 모두는 요한 복음서에 나오듯이 간음한 여인을 단죄하려다 "너희 중에 누구든지 죄 없는 사람이 이 여자를 돌로 쳐라"하는 예수의 말에 슬그머니 도망쳐버린 바로 그들이다. 나쁜 짓으로 돈을 번 사람을 욕하다가도 자신에게 그런 기회가 오면 발 벗고 나서는 사람들이 얼마나 많은가. 어쩌면 우리 사회 구성원 모두가 잠재적 범법자인 셈이다. 존 가드너는 "민주주의란 그 지도자들이 얼마나 뛰어난 일들을 하느냐에 달려 있는 것이 아니라 보통 시민들이 일상적인 일을 얼마나 잘 하고 있는가에 달려 있다."고 말했다. 잘못한 사람 몇 명을 감옥에 집어넣는다고 이 사회가 앓고 있는 중병인 도덕적 마비현상이 치유될 리가 없다. 우리 모두가 律己六條와 같은 전통사회의 도덕적 가치관들을 회복하는 길만이 파멸로부터 구원될 수 있는 유일한 방법이다.

인간의 위대함은 잘못하지 않는 데 있는 것이 아니다. 반성을 통해 그 잘못을 딛고 일어서 한 차원 높은 진보의 열린 세계로 나아가고자 노력하는 인간이야말로 참으로 위대하다. 이제 우리 육사인들은 죄 없는 사람 열 명만 있었어도 멸망되지 않았을 소돔성의 신화를 거울삼아 이 불안하고 혼탁한 사회의 의인으로 남아 있도록 노력하여야 한다. 이곳 화랑대의 겨울 풍경 속에서 의연히 푸른 저 소나무처럼 말이다.

1991. 2. 28.

한국인의 전제조건

사랑하지도 않는 여인을 위해 목숨을 바칠 사나이는 없을 것이다. 또한 사랑하지도 않는 조국을 위해 생명을 바치는 희생을 자원할 사람도 없을 것이다. 자신의 일생이나 고귀한 생명을 바칠 수 있기 위해서는 그 대상에 대한 사랑이 전제되어야 한다. 그런데 대상에 대한 사랑은 그것의 아름다움이나 가치를 인식할 때 가능하다.

조국을 위해 자신의 생명을 바칠 수 있는 용기를 신앙처럼 간직한 자만이 진정한 군인이 될 수 있다. 이것은 진정한 군인에게는 나라 사랑의 마음이 신념화되어 있어야 함을 전제하는 것이다. 그러나 대상의 아름다움이나 가치를 인식하지 못하는 사랑은 맹목적이어서 파탄되거나 변절되기 쉽다. 나라 사랑은 조국의 풀 한포기, 흙 한줌과 새소리, 바람소리까지도 사랑하는, 그리하여 그 자연과 문화에 대한 아름다움과 가치를 인식하는 긍지로 가득찰 때 비로소 참 생명력을 지니게 된다.

우리는 과연 우리의 조국에 대해서 얼마나 알 수 있는가? 학교에서 역사와 지리 시간에 배운 것들은 이미 죽은 지식에 지나지 않는다. 산업사회로 진입하면서 도시 문화의 번성과 확산은 점차 고향이 없는, 내 조국의 자연의 아름다움과 신비를 이해하지 못하는 세대를 양산하고 있다. 더욱이 우리네 학교 교육은 전통 문화의 이해와는 거리가 먼 서양 문화의 이해로 가득차 있다. 유아기의 지적, 정서적 계발을 위한 예능 교육을 보라. 크레파스나 물감으로 서양식을 풍경을 그리기에 바빴지, 언제 먹을 갈아 우리의 산수화를 그려 본 적이 있는가? 풍금이나 피아노, 바이올린 소리에 길들여지도록 서양식 노래부르기에 목청을 높였지, 언제 우리네 가락과 장단에 맞추어 흥을 돋운 적이 있는가? 도대체 서양 학문과 서양 예술만을 가르치면서 학교 교육의 목표에는 버젓이 애국심이나 민족 주체성의 함양이 포함되어 있는 것은 무슨 아이러니인 가? 제 나라 문화의 아름다움과 자치를 모르는 아이들이 무슨 나라 사 랑하는 마음이 들 것인가? 방송을 듣다가도 국악만 나오면 주파수를 바 꾸는 청소년들, 박물관의 서예 작품이나 동양화들 앞에서 멍청할 수밖 에 없는 시민들을 보면 울적한 심사를 떨쳐버릴 수가 없다. 우리 사회에 는 전통 문화는 소수의 뜻있는 전문가들에 의해 보존되기에 급급하고, 서구 문화에 대한 모방 문화만이 날로 번성하고 있다. 생명력이 없는 모 방문화만이 판치는 사회가 문화적 선진국이 될 수는 없다.

나는 피아노를 잘 쳐 세계적 명성을 얻은 한국인이나, 서양화를 잘 그 려 인정받는 한국인을 별로 자랑스럽게 생각하지 않는다. 우리의 가락 과 춤이, 사물놀이가 외국의 무대에서 박수갈채를 받는 장면이야말로 눈물겹게 자랑스럽다. 전통문화의 대가들이 세계적 명성을 얻을 때 우리는 비로소 민족적 자부심과 긍지로 기뻐할 수 있다.

우리에게도 참으로 자랑스러운 문화와 자연과 역사가 있다. 우리는 그것의 아름다움과 가치를 잘 모르기 때문에 늘 서구의 문화에 대한 열 등감에 시달려 온 것이다. 고려 청자를 자랑만 했지 그것의 신비한 미적 가치를 아는 사람은 별로 없다. 춘향이, 심청이, 흥부를 모르는 한국인 은 없을 것이다. 그러나 판소리의 그 기막힌 해학과 풍자를 듣거나 읽어 본 사람은 몇이나 될 것인가? 고등교육을 받은 지식인일수록 우리 문화 를 천시하거나 무관심한 사람이 많은 것은 안타까운 일이다.

우리 문화에는 철학이 없고, 따라서 볼만한 작품이 별로 없다는 사람 을 더러 본다. 그럴때마다 과연 어떤 작품을 몇 권이나 읽고 하는 소린 지, 철학이 무언지는 아는지 한심하고 의아한 느낌이 앞선다. 한 나라의 문화나 역사를 올바로 인식하는 지름길은 문학 작품을 읽는 것이다. 사 실 모국어로 멋들어진 시 한 수 읊조릴 수 없는 사람은 인생을 이야기해 서는 안된다. 한국인의 심성과 문화와 그 자연을 노래할 줄 모르면서 나 라 사랑이나 인생을 운운하는 자는 사람잡는 선무당에 지나지 않는다.

사관학교 교육도 민족적 주체성을 지닌, 애국심이나 국가관이 투철한 장교를 육성하기 위해서는 한국문화의 아름다움과 가치를 인식시키는 교육이 강조되어야 한다. 아름다운 여인을 사랑하고 싶은 것은 인간의 상정이다. 제 나라의 문화에 대한 아름다움과 가치를 자랑스러워할 수 있을 때 비로소 우리는 진정한 나라 사랑의 마음을 가질 수 있는 것이다. 그러기 위해서는 교과과정에서도 우리의 문화와 역사에 대한 교육이 강화되어야 하겠지만, 과외활동이나 각종 공연과 발표회에도 전통문화를 이해할 수 있는 기회의 장을 넓혀야 한다. 생도들이 각종 문화행사가 대부분 서구의 모방문화의 범주를 벗어나지 못하고 있음을 볼 때마다 민족적 주체성이 강조되어야 할 곳에서 그것의 실종을 보는 것 같아 늘 서운한 생각을 금할 수가 없었다.

우리는 이 땅의 정기로 잉태되어 생명을 받아 태어났고, 이 땅에서 소출되는 것들을 먹고 자랐으며, 이 땅의 사람들과 더불어 살다가 결국은 이 땅의 한줌 흙으로 돌아가게 될 것이다. 이제는 그 동안 이룩한 경제성장의 저력을 바탕으로 서양 음악, 서양 춤이 아닌 우리의 가락과 장단에 맞는 춤을 추어야 할 것이다. 그리하여 그 섬세하면서도 끈적한 흥의 어우러짐과 멋드러짐을 즐거워 할 수 있을 때 비로소 진정한 한국인일 수 있는 것이다.

1991. 8. 31

반성과 실천적 의지

　빈 들녘에 쌓인 짚가리 사이로 빠져나가는 바람소리가 스산하다. 가로에 수북히 쌓인 낙엽 위로 겨울을 재촉하는 비가 내리더니 축제의 어수선함과 흥분도 씻어 내린 듯하다. 어느 새 겨울 풍경으로 장식된 달력의 마지막 장을 바라보며 우리는 또 한 해를 보내는 感懷와 알 수 없는 영혼의 허전함에 잠시 곤혹스러워진다.

　인간의 진정한 가치와 아름다움은 잘못을 절대로 저지르지 않는 도덕적 純潔의 유지에 있는 것은 아니다. 오히려 저지른 잘못에 대한 반성을 통해 동일한 과오를 반복하지 않도록 노력함으로써 부단히 자기발전을 이루어 나가는 데에 인간다운 가치와 아름다움이 있는 것이다. 그런데 매일 수양록에 적게 되는 반성적 언어에도 불구하고 늘 불만족스러운 삶의 일상을 반복하게 되는 이유는 무엇인가? 이는 반성한 결과나 내용들에 대한 실천적 意志의 결핍 때문이다. 반성만 하고 그 결과에 대한 실천은 留保하게 되면 오히려 그에 대한 强迫觀念이나 自責感에 시달리게 되어 생활에서 자신감과 의욕을 잃게 된다.

　특히 생도들처럼 획일적인 질서나 규율 속의 생활은 자칫 자기를 잃어버리는 수동적 삶의 태도를 체질화하기 쉽다. 정해진 일과표에 따라 시키는 대로만 하면 된다는 식의 수동적 사고는 능동적 행동이나 실천적 의지를 마비시키게 되므로 리더십의 培養에 치명적인 장애 요소가 될 수밖에 없다. 이러한 수동적 삶에 빠지지 않기 위해 생도 생활에서 부단히 점검하고 확인해 두어야 할 것이 있다. 자신의 삶을 진단하여 정확한 자기 평가를 내려두고, 이를 바탕으로 비록 통제된 생활이기는 하지만 그 테두리 안에서 자율적 삶을 영위하도록 자신의 생활을 잘 조직하여 관리하는 것이 바로 그것이다.

정확한 자기 평가를 위해서는 우선 자신의 꿈이 무엇인지를 확인해 보아야 한다. 정열과 패기로 자신만만하면서도 삶의 궁극적 목표나 꿈이 불확실한 생도들이 의외로 많다. 삶의 목표나 꿈이 분명한 사람은 자신의 삶의 방향을 결정하여 미래를 위해 성실히 준비하게 되지만, 이것이 불투명한 사람은 左衝右突하는 시행착오적 삶을 살게 되어 결국은 坐礁하는 실패한 인생이 될 수밖에 없다. 미래의 꿈은 또한 현실의 불만과 고통을 인내할 수 있는 동력을 제공한다. 그러므로 자신의 꿈을 확인하고 정립하는 일이야말로 바람직한 생도생활을 위한 先決課題라 할 수 있다. 이와 더불어 자신의 장점과 단점을 면밀히 분석하여 환경에 잘 적응하고 조화할 수 있는 자아 형성을 위해 노력하여야 한다. 원만한 인격은 좋은 인간관계를 갖게 하며 리더십의 배양에도 필수적이다.

이러한 자기 평가는 자신의 생활을 관리하는 바탕과 지침이 된다. 획일적인 일과표에 따라 통제된 생활을 하다보니 막상 휴일과 같은 자유시간이 확보되면 이를 주체하지 못하고 즉흥적이고 충동적으로 사용하는 생도들이 적지 않다. 삶의 목표나 미래의 꿈이 정립된 생도는 이를 이루기 위해 준비하고 노력해야 할 일들을 분석해내고, 이것들에 대해 자신의 모든 力量이 집중될 수 있도록 자유시간을 잘 조직하여 계획성 있게, 효율적으로 사용할 것이다.

때 맞춰 씨 뿌리고, 땀 흘려 가꾸려하지 않은 농부는 收穫을 거둘 수가 없다. 생도시절은 바로 땀 흘려 가꾸어야 하는 시기이다 한 해를 마무리하면서 뜻한 바대로 살아왔는지 자신을 평가해 보고, 그 반성의 결과에 따라 즉각적인 행동으로 실천하도록 결단을 내려야 한다. 그러한 결단과 실천의 의지를 지닌 생도만이 꿈을 이루는 위대한 인간이 될 수 있을 것이다.

1991. 11. 30.

삶의 질 높이기와 愛民六條

　무더위가 기승을 부리던 지난 여름, 동료 교수들과 더불어 배롱나무 꽃이 흐드러진 남도 길을 따라 송강가사의 현장과 다산 학문의 산실, 그리고 영랑 문학의 고향 등을 두루 답사할 기회가 있었다. 답사나 여행 때마다 느끼는 것이지만 우리네 산천의 아름다움과 포근함, 그리고 고장마다 살아 숨쉬고 있는 우리 문화의 멋과 맛은 늘 나를 즐겁게 한다. 특히 다산초당의 한쪽 귀퉁이에 있는 천일각에서 내려다본 구강포의 시원하면서도 아늑한 풍광은 잠시 책을 놓고 사색에 빠져있는 다산의 모습과 어울려 인상적인 기억으로 남아있다.

　요즈음 어느 정도 살만해진 사람들에게는 뉴질랜드 이민이 화제거리로 자주 오르내린다. 실제로 내 가까운 이웃들도 이미 여럿이 그리로 떠났다. 그때마다 좋은 이웃들이 사라진다는 허전함보다는 이 땅에서 사는 것이 무엇이 두려워서, 또는 무엇이 그리워서 저들은 이 아름다운 고향을 두고 떠나는 것인지 안타까움이 앞섰다. 낯선 땅에 발딛는 순간부터 그들은 향수에 시달리게 될 것이라는 다소 씁쓸해지는 마음을 진정시키며 과연 그들로 하여금 이민을 결심하게 한 동기가 무엇인지를 사유해보게 되었다. 결국 그것은 바로 우리 사회의 삶의 질과 관련된다는 결론에 도달할 수밖에 없었다.

　새해 국정연설을 통해 대통령은 세계 일류국가 건설이라는 역사적 소명을 달성하기 위한 접근 방법의 하나로 '국민의 삶의 질을 획기적으로 높여 국민 만족도가 높은 나라'를 만들고, '우리 국민도 물질적으로 잘 사는 차원에서 인간답게 사는 차원으로 삶의 질을 높여야'한다고 강조한 바 있다. 그것은 우리 사회의 삶의 질 문제를 생각해보는 중요한 계기가 되었다. 한편으로는 한국전쟁의 비극과 그 후유증으로 고통 당하며, 열악한 삶의 조건 속에서 생존에 급급하던 한국 사회가 어느새 삶의 질을 생각할 정도의 수준에 도달했다는 대견스러움으로 가슴 뿌듯함을 느끼기도 했지만, 다른 한편으로는 과연 우리 사회가 삶의 질 높이기를 생각할 정도로 도덕과 윤리를 중심으로한 사회적 기강과 문화적인 바탕이 든든한 사회인가에 대한 회의가 앞서 착잡하기도 했다.

얼마전 조선일보와 한국 갤럽조사연구소가 공동으로 실시한 여론 조사에 따르면 국민들이 가장 부패했다고 생각하는 분야가 정치권 - 공무원 - 법조계 - 경제계 - 교육계 등의 순으로 나타났다. 나라가 잘 되기 위해 가장 건강해야할 부분들이 가장 부패한 사회라면 그러한 현실 속에서 질 좋은 삶이 가능할 것인가? 또 어떤 문화단체의 조사에 따르면 우리나라 성인의 20% 이상이 연간 1권도 책을 읽지 않으며, 성인들의 연간 평균 독서량이 일본의 절반 수준에도 못 미친다고 한다. 뿐만 아니라 해외 입양아가 가장 많은 나라로 국제사회에서 유명한 나라가 아닌가? 질 좋은 삶을 누리기 위한 우리의 사회적, 문화적 바탕은 아직도 허술하기 짝이 없다. 또한 삶의 질이 개인이 지닌 경제적 능력이나 부와 직결된다는 통념도 버려야 한다. 삶의 질은 개인의 의식구조를 지배하는 가치관의 건강성과 이를 바탕으로 하는 사회의 건강성과 직결되는 것이지, 결코 그 사회가 누리고 있는 물질적 풍요로움과 직결되는 것은 아니다.

지난 해 우리 사회를 경악케 한 삼풍백화점 붕괴 사건은 한국사회의 미래에 대한 예언적 사건이다. 기초를 든든히 하지 않은, 날림공사로 지어진 건물 속에 빽빽하게 들어찬 외제 물품들의 화려함은 바로 오늘날 한국 사회의 모습이다. 오랜 세월 동안 한국사회를 지탱해 온 전통적 가치관들은 날로 그 영향력을 잃어 가고 있는데, 거대한 서구의 물질문명은 우리 사회의 근본을 흔들고 있다. 이는 또한 개인적 부의 축적에만 혈안이 된 한 인간의 가치관의 결함이 한 사회를 얼마나 무자비하게 파괴할 수 있는지를 입증한 좋은 예인 것이다. 한 사회가 건강하기 위해서는 그 구성원 모두가 올바른 가치관을 지녀야 한다. 우리에겐 오랜 역사를 통해 이룩한 자랑스러운 문화와 윤리 규범이 있다. 개항 이후 밀려들어 온 서구문화의 무비판적 수용으로 인해 훼손된 우리의 문화와 실종된 윤리의식을 회복해야 한다. 전통적으로 우리의 윤리의식은 나만 잘 살면 된다는 개인주의적인 것이 아닌, 더불어 잘 사는 사회를 지향하는 공동체 의식을 바탕으로 한다. 사회 구성원 모두가 더불어 잘 살려는 윤리의식을 지닐 때 비로소 삶의 질을 향상시킬 수 있는 것이다.

이런 점에서 茶山의 愛民六條는 우리가 음미해 볼 만하다. 다산은 "수령의 해야 할 일이 어찌 농사가 왕성하고, 호구는 늘어나고, 학교가 증설되고, 軍政이 정비되고, 부역이 균형되고, 詞訟이 간소하고, 姦猾한 것이 그친다는 일곱 가지일 뿐이겠는가? 요즘 위에서도 이것을 잘 하라고만 타이르고 아래에서도 그것만을 받드는 것을 능사로 생각한다."고 개탄하면서, 위정자들이 힘써야 할 愛民六條를 그의 역저인 牧民心書에서 구체적으로 설명하고 있다. 그 여섯 가지를 간추리면, 養老(늙은이를 존경하고 받들어 모시는 것), 慈幼(어린이를 사랑하고 고아들을 돌보는 것), 振窮(스스로 살아갈 능력이 없거나 의지할 곳이 없는 사람들을 부양하는 것), 哀喪(상을 당한 사람에게 애도와 조문의 예를 표하는 것), 寬病(병든 사람을 돌보고 역무를 면제해 주는 것), 救災(재난 당한 백성들을 돌보는 것) 등이다. 한국사회의 구조적 모순과 부조리를 꿰뚫어 보며 더불어 잘 사는 사회를 꿈꾼 다산의 혜안이 새삼 놀랍기만 하다.

삶의 질을 개선하고자 하는 우리들의 노력은 경제적으로 윤택한 삶이나 문화적 혜택을 누리며 살아가는 사회를 지향할 것이 아니라, 사회 구성원 모두가 함께 더불어 잘사는 사회를 지향해야 한다. 그러할 때 누구나 이 좋은 나라를 두고 이민 가기를 망설이게 될 것이다.

1996. 2. 29.

자아 성찰과 자기 정복

경제적 위기의식으로 인해 더 춥게 느껴졌던 겨울이 서서히 물러가며 생도들은 졸업식과 신학기 준비로 분주하면서도 설레게 된다. 대학생활에서는 한해의 시작보다는 새로운 학기의 시작이 더 중요한 의미를 갖는다. 따라서 이때가 되면 지난 학년의 생활을 찬찬히 돌이켜보고 반성함으로써 질적으로 향상된 새학년 생활이 되도록 준비해야 한다.

인간이 위대한 존재가 될 수 있는 것은 반성을 통해 동일한 과오를 반복하지 않도록 노력함으로써 부단한 자기발전을 추구하는 데 있다. 모든 사회적, 문화적 발전은 바로 이러한 자아 성찰 능력에서 비롯된다고 해도 과언이 아니다. 그런데 과거에 대한 반성이 구체적인 행동으로 실천되지 못하고 순간적인 사유행위로만 그칠 경우에는 오히려 수동적이고 소극적인 생활 태도를 경화시키는 역효과를 가져오기 쉽다. 즉 자기혁신의 결단과 의지가 생활에서 구체적인 행동으로 실천되지 않으면 반성에 대한 면역성만 증가될 뿐 자신의 무능에 대한 자책과 자신감의 결여로 인해 생도생활에 대한 부정적 사고에 빠지기 쉬운 것이다.

일반적으로 생도들은 자신의 신분으로 인해 갖게 되는 부자유스러움에 대해서는 자주 생각하면서도 그것이 오히려 생활을 얼마나 자유롭도록 보장해주는 것인지에 대해서는 염두에 두지 않는다. 즉 자신들이 겪어야 하는 정신적 · 육체적 고통과 인내, 청춘으로서 누려야 하는 낭만의 제한, 각종 제도와 규정에 의한 구속과 통제 등을 힘들어 할 뿐, 그것들이 오히려 냉혹하고도 치열한 생존경쟁이 계속되고 있는 현대사회에서 자신들이 담당해야 할 사회적 · 경제적 책임으로부터 자유롭게 해주고 있다는 엄연한 사실은 쉽게 망각하는 것이다. 육사 교육은 단순한 지적 성취가 목적이 아니라 고통과 인내의 체험을 병행하는 실천적 지성의 함양에 있음을 올바로 인식하고 그것에 적응할 수 있도록 성실한 노력을 계속하는 사람만이 결실을 거둘 수 있다. 따라서 자아 성찰도 자신의 삶과 환경에 대한 정확하고 균형된 인식을 토대로 할 때, 자기 발전의 활력과 동력을 제공할 수 있다.

삶의 목표나 꿈을 이루기 위해서는 먼저 자기와의 싸움에서 이겨야 한다. 에베레스트의 정상에 오른 사람이 느끼는 환희는 지구의 최고봉에 올랐다는 사실보다는 극한적 고통의 순간을 견디기 위한 자기와의 싸움에서 승리한 도취감에서 비롯되는 것이다. 생도생활의 즐거움과 보람도 그처럼 고통과 역경을 견디기 위한 자신과의 싸움에서 승리하는데 있다. 그래야만 스스로 만족하고 자신감이 넘치는 멋진 생도가 될 수 있는 것이다.

새학기를 맞으며 준비해야 할 것은 호실의 환경을 새롭게 단장하고 새 책과 노트를 준비하는 것과 같은 형식적인 일이 아니라, 지난 학년의 생활에 대한 냉혹한 자아 성찰을 통해 새 학년에서는 동일한 과오가 반복되지 않도록 구체적 행동으로 실천하고자 하는 의지와 용기이다. 그러한 의지와 용기로써 자신과의 싸움에서 승리하는 사람만이 꿈을 이루는 위대한 인간이 될 수 있기 때문이다.

1998. 2. 28.

변화에 대한 도전

심각한 경제적 위기 상황의 지속으로 인해 어수선했던 무인년이 역사 속으로 사라져가고 있다. 살림살이도 어려운데다 예년보다 혹독한 추위의 겨울이 될거라는 기상청의 예보가 국민들의 마음을 더욱 어둡게 했었는데 다행히 아직은 무사하다. 국가 경제도 회생의 기미를 보여 점차 호전되어 가고 있으니 새로운 희망의 불씨를 지펴 한겨울의 추위를 이겨낼 수 있도록 질화로 속에 잘 갈무리해 두는 지혜를 발휘해야 할 것이다.

올해는 육군사관학교의 역사에서 가장 경이로운 변화에 도전한 해로 기록될 것이다. 우리 사회에 뿌리 깊게 잔존해온 봉건적인 인습과 낡은 고정관념의 두터운 벽을 뚫고 최초로 여자 생도가 입학한 사실이 바로 그것이다. 여생도를 맞아들이기 위해 각종 제도와 시설을 준비하면서도 걱정과 우려는 그치지 않았다. 변화가 가져올 파생적인 문제들에 대한 두려움 때문이었다. 그러나 훈육관과 교수들의 헌신적인 노력과 관심, 그리고 남생도들의 협력에 힘입어 여생도들은 당찬 모습으로 생도생활에 잘 적응하고 있다. 체력적인 약점을 극복하려는 그들의 의지와 인내는 오히려 보는 사람에게 진한 감동으로 다가온다. 완강한 유교적 가치관에 길든 기성세대들은 우리 사회에 남녀 평등과 공존의 문화가 얼마나 폭넓게 확산되어 있는지를 정확하게 인식하지 못했기 때문에 여학생들의 신장된 잠재적 역량에 대해서도 과소 평가해 왔다. 여학생 입학에 대한 우려와 반론은 대부분 그런 생각들에서 기인한다.

일반적으로 대중은 특별하게 불편하지 않은 한 변화를 싫어한다. 더욱이 그 변화가 심각한 우려나 혁신적 요소를 내포할 경우에는 반론도 완강해지게 마련이다. 그러나 불확실한 미래 사회에서는 변화에 능동적으로 대응하는 자만이 경쟁에서 승리할 수 있게 될 것이다. 변화를 거부하는 집단은 현실에 안주하게 되고, 정체되어 결국은 도태되게 마련이다. 그런데 변화는 맹목적인 추종이 아니라, 충분한 내적 성찰을 통해 전통을 창조적으로 계승하면서도 다양한 변수를 고려하여 올바른 변화의 방향을 정립하는 지적인 탐구를 전제로 한다. 특히 육사와 같은 교육기관은 국가와 군이 요구하는 인재를 양성해야 하는 교육 목표와 철학이 왜곡되지 않도록 변화의 방향과 내용을 주도면밀하게 검토하여야 할 것이다.

미래의 환경에 적응하기 위해서는 우리 군도 사회의 변화와 발전에 능동적으로 대응해 나가야 한다. 급속하게 진행되고 있는 한국사회의 문화적 변화를 제대로 수용하지 못하고 낡은 군대 윤리에 집착한다면 결코 성숙된 민주 시민 군대로 발전할 수 없기 때문이다. 따라서 군의 발전에 선도적 역할을 수행해야 할 장교를 양성해야 하는 사관학교로서는 사회적 변화의 파장을 정확히 감지하여 생도 교육의 질적 변화를 위한 변수로서 고려할 줄 아는 대응력을 가져야 한다. 그런 점에서 여생도의 입학은 사회의 문화적 변화에 능동적으로 대응해 나가는 육사의 모습을 대외적으로 부각시킨 역사적 결단이었다고 하지 않을 수 없다.

발전은 필연적으로 변화를 요구한다. 무인년 한 해 동안 우리가 이룩한 변화의 성과를 토대로 우리는 또다시 새로운 변화에 도전해야 할 것이다.

1998. 12. 20.

보이는 것과 보이지 않는 것

창 밖의 스산한 풍경 속에 서 있는 나무들이 조금은 을씨년스럽게 보인다. 여름내 눈이 시리던 푸르름도, 현란하던 난풍의 빛깔들도 고스란히 대지 위에 내려놓고 맨몸으로 북풍에 맞서며 겨울을 견디고 있는 나목들 사이로 사라져가는 허전한 세월의 뒷모습처럼 모두가 쓸쓸해 보이고, 그 쓸쓸함만큼 따뜻한 사람들이 그리워지는 시간이다. 진실을 보지 못하는 사람들은 겨울 나무들이 죽어있다고 생각하기 쉽다. 그러나 그 겨울 나무들은 새봄에 보다 화려하게 꽃피고 열매맺기 위해 은밀히 수액을 빨아 올리며 준비하고 있음을 알아야 한다.

이때 쯤이면 누구나 달력의 마지막장을 바라보며 지나간 세월의 빠름과 무상함에 다소 감상적이 되지 않을 수 없다. 열심히 땀흘려 가꾸어 온 이 한 해의 결실이 막상 바구니 속의 허전함으로 다가올 때 우리는 또다시 실존의 고통에 시달리게 된다. 오로지 세속적인 욕망의 성취를 위해 동분서주해 온 자신의 존재의미의 허망함과 초라함 때문에 문득 고독해지는 것이다. 그러나 고통과 고독이야말로 진실된 자아성찰의 바탕이며 새로운 도전을 결의하는 원동력이 된다. 이런 점에서 우리의 정신이 가장 맑고 투명해지는 한겨울에 한 해를 마감하고 새로운 해를 시작하게 된다는 것은 한국인에게 있어서 신이 주는 큰 축복이며 자연과 인간의 조화로운 합일로 볼 수 있다.

지난 한 해 동안 우리 군인들은 사회적 관심을 모았던 몇 가지 군 관련 사건들에 대한 부정적 여론에 시달려야 했다. 또한 이에 대한 매스컴의 비판적 보도는 국민들의 군에 대한 부정적 인식을 심화시키는 결과를 가져왔다. 이는 변화하고 있는 군의 실상을 제대로 파악하지 못하고 기존의 군에 대한 고정관념에 사로잡혀 있는 언론이 여론에 준 부정적 영향을 그대로 반영한다. 그때마다 나는 정치권력의 억압에 시달려온 이 땅의 언론이 아직도 그 피해의식에 시달리고 있는 것은 아닌지 하는 안타까움을 떨칠 수 없다. 국가와 민족의 안전을 보장하기 위한 군대의 절대적인 필요성을 누구보다도 투철히 인식하고 있을 언론이 민주군대로서의 발전을 위해 전력하고 있는 군의 자생적 노력을 제대로 보지 못하고 그것이 군 내부에 만연된 실상처럼 보도하여 국민들의 의혹과 걱정만을 증폭시킨다면 이는 바람직한 언론의 사회적 기능으로 보기 어렵다.

군대는 사회적으로 격리 수용된 고립집단이 아니며 오히려 사회를 구성하는 중요한 일부이다. 따라서 군 관련 사건들은 그것이 군의 특수성에 기인하는 몇 가지 요인을 내포하고 있더라도 단순한 군 내부의 문제가 아니라 한국사회가 안고 있는 제반 병리적 현상의 일부로 파악하는 합리적이고 논리적인 사고에 의해서만이 그 문제의 본질적인 해결을 위한 방책을 수립할 수 있다. 군에 입대한다고 해서 장병들의 사고방식이 백지상태에서 새로 형성되는 것이 아니다. 그들에게는 유아기부터 형성된 자기중심적인 기성의 가치관들이 든든히 자리잡고 있다. 개인이 놓여있는 환경에 따른 가정교육과 학교교육에 의해, 또는 직장생활에 의해 형성된 이기적이고 자유분방한, 때로는 당혹스럽기조차 한 신세대적 가치관의 소유자들을 희생과 봉사적 생활의 고통이 따르는 군대의 일사불란한 명령과 복종의 체계 속으로 편입시키는 것은 참으로 어려운 일이다. 문제학생에 대한 책임은 가정과 사회의 탓으로 인정하면서 문제사병의 책임은 군의 지휘계통에만 묻는 것이 과연 정당하고 지혜로운 것인지 이 땅의 언론은 잘 헤아려보아야 한다. 언론과 표현의 자유가 곧 여론을 오도하는 왜곡된 보도의 자유를 보장하는 것은 아니다. 국민들에게 문제의 본질을 정확하고 올바르게 인식시키고 아울러 군에 대한 애정과 관심을 잃지 않도록 세심히 배려하는 보도 자세야말로 언론의 사회적 책임을 성실히 수행하는 것이라 할 수 있을 것이다. 그리하여 국민들도 매스컴에 오르내리는 소수의 잘못된 군인들보다도 열악한 생활 여건 속에서도 묵묵히 국가와 민족을 위한 희생과 봉사의 자세를 견지하고 살아가는 보이지 않는 다수의 군인과 그 가족들에게 따뜻한 격려와 애정을 잃지 않도록 하여야 한다.

茶山 丁若鏞의 『牧民心書』 제26권 兵典六條에는 다음과 같은 말이 나온다. 이는 文民統治를 표방하는 한국사회의 정치인과 지식인들이 깊이 음미해 볼만한 내용이다.

> 나라를 다스리는 법은 먹을 것이 풍부하고 군사가 넉넉해야 하는 것이다. 먹이는 것으로서 안으로 백성을 기르고 군사로서 밖으로 외적을 막는 것이니 나라의 가장 큰 정사는 군사를 훈련하는 데에 있다. 그러나 군대는 반드시 먹여야 하니 옛 임금들은 토지를 주어 군사를 먹였고 후세에는 쌀로 먹였다.
>
> 비록 먹이는 방법은 달랐지만 아니 먹이지는 않았다. 장차 목숨을 바칠 것을 요구하려면 반드시 먼저 생활을 넉넉하게 해주어 백성들로 하여금 軍籍에 오르는 것을 관직에 오르는 것과 같이 생각하여 머리를 동이고 팔을 걷어부치고 서로 들어가기를 다투며, 불합격될까봐 두려워하게 하여야 한다. 그렇게 한 후에라야 가히 쓸만한 군대가 될 것이다.

충과 효를 중심으로 하는 유교적 윤리관이 당연시되던 봉건사회에서 군대의 본질적인 문제를 꿰뚫어 본 다산의 혜안이 놀랍기만 하다. 병역을 기피하기 위해 온갖 비리가 저질러지며, 군에 입대할 아들을 둔 부모들은 자식이 가능하면 육체적 노동을 하지 않는 편한 곳에 배치되도록 하기 위해 군에 있는 사돈의 팔촌까지도 동원하려고 하는 우리네 사회 풍토에서는 통용되기 어려운 주장이다. 그러나 이에는 오늘의 한국군이 당면하고 있는 문제점들을 본질적으로 해결할 수 있는 방법이 무엇인지를 깨닫게 해주는 명제가 내포되어 있다. 위정자들은 다산의 이런 주장에 귀를 기울여 그것이 일리 있는 말이라고 고개만 끄덕일 것이 아니라 정책에 반영될 수 있도록 적극적으로 노력하여야 한다. 지식인들도 군에 대한 피해의식에만 시달릴 것이 아니라 부조리와 모순된 사회

풍토의 개선을 위해 객관적이고 합리적인 지성의 개진을 서슴지 말아야 한다.

맥아더는 군인은 호전주의자가 아니라 누구보다도 평화를 사랑하고 평화를 위해 기도하는 사람이라고 말했다. 전쟁의 고통을 직접 견디어야 하고 그 상처로 가장 괴로워해야 할 사람은 바로 군인 자신이기 때문이다. 부모들은 자식을 훌륭한 사람으로 만들기 위해 온갖 희생을 감수하며 그것을 사랑으로 승화시킴으로써 보람과 즐거움으로 받아들인다. 우리 군인들도 조국의 평화를 지키기 위해 그런 희생정신으로 복무에 임해야 한다. 생명을 바치는 것보다도 고귀한 사랑은 없다. 그런 점에서 군인은 가장 고귀한 사랑의 소유자들이다. 우리가 그런 사랑과 희생의 정신을 드러낼 때 국민의 신뢰를 회복할 수 있을 것이다. 우리는 언젠가는 통일이 되어 온 민족이 화해와 공존의 한마당에서 서로 어깨동무하여 춤추고 노래할 날이 오리라는 것에 대한 믿음을 가져야 한다. 또한 우리는 바로 그런 역사적, 민족적 소명을 이루는 선봉에 있음을 떳떳하고 자랑스럽게 생각하여야 한다.

얼마전 요즈음 폭증하고 있는 뉴질랜드 이민 대열에 끼어 이 땅을 떠나는 가까운 친지를 전송하며 가슴에 바람이 든 듯 허전해지는 마음을 떨칠 수가 없었다. 무엇이 그리워서, 무엇이 두려워서 저들은 이 땅을 떠나는 것일까? 극심한 가치관의 혼란을 겪고 있는 우리네 사회 풍토 속에서 그 동안 먹고사는 데 바쁜 나머지 미처 깨닫지 못했던 조국의 의미를, 우리의 핏줄 속으로 유전되어 온 문화를 이제 곧 그들은 사무치게 그리워하게 될 것이다. 우리 군인들은 그렇듯 조국을 등지고 떠난 모든 사람들이 돌아가기를 열망하는 정의와 자유와 평화의 나라, 자랑스러운 민주 한국을 건설하는 데 신명을 바쳐야 한다. 그 신화 창조의 주역이 되도록 자기 혁신의 노력을 게을리 하지 말아야 한다.

며칠째 눈이라도 쏟아질 듯 잔뜩 흐린 날씨가 계속되고 있다. 그러나 우리는 산등성이 위로 낮게 깔리는 먹장 구름위로 태양이 눈부시게 빛나고 있음을 알아야 한다. 진실은 그렇게 늘 가리워져 있지만 역사는 그것을 밝히고야 만다. 새해엔 이 땅의 모든 군인들이 인내하고 있는 고통과 불신의 아픔들이 국민들의 애정과 신뢰의 회복을 통해 치유되고, 군인으로서의.삶을 진실로 자랑스럽게 말할 수 있는 아름다운 세상이기를 기도하며, 잘 보이는 소수의 잘못됨 보다도 가리워져 잘 보이지 않는 다수의 희생과 고통의 의미를 사유해 본다.

1994. 12. 20.

선택의 결과는 선택할 수 없다

어제 내린 봄비로 세수한 교정의 풍경 속으로 장중한 불암산이 한 걸음 더 다가선 듯 신선하다. 개나리, 철쭉, 벗꽃들이 절묘하게 조화를 이루고 있는 꽃그늘 속으로 가벼운 봄차림으로 걸어가는 미팅 온 여학생들의 웃음 소리와 그네들과 어울리는 생도들의 모습도 경쾌해 보인다. 호국사 가는 꽃길 속에 묻어둔 그대들의 정겨운 추억도, 92고지 솔숲에서 울던 산새들도 모두 안녕하다. 등나무 위로 하늘을 쏘는 범무천 분수의 물보라가 시원한데, 그대들이 떠나 허전하던 빈 자리에는 당찬 源花의 후예들의 눈빛이 초롱하다. 머지 않아 그대들이 지성을 실습하던 도서관 앞 뜰에는 맹꽁이들의 시끄러운 합창이 연못에 고인 별빛과 어우러지며 밤이 더욱 깊어질 것이고……

연구실 창 밖으로 화사게 벙글어진 자목련 가지들이 '봄의 소리 왈츠'에 맞춰 흔들리고 있다. 창을 열고 그 난만한 봄기운을 연구실 가득 들여놓고 잠시 그대들과 함께했던 시간들을 추억해 본다. 그리운 얼굴들을 하나 둘 떠올리며……

1학년 첫 수업 시간에 내가 필통 뚜껑 안에 "졸면 죽는다"라고 큼직하게 쓰라고 했을 때 잠시 황당해 하던 표정과, 교수부 생활에서의 성공 여부는 졸음과의 싸움에서 이기는 데 달려있다고 설명해주면서 졸면 여러분의 꿈이 죽게 된다고 한 말에 끄덕이던 결의에 찬 눈빛도 기억난다. 이곳 화랑대에서 그대들이 흘린 피와 땀과 눈물은 결코 썩지 않을 것이다. 그것은 그대들의 추억 속에 양질의 씨앗으로 묻혀있다가 때를 기다려 화려하게 꽃피고 열매 맺을 꿈이요 그리움이다.

三國史記 列傳 第五에는 貴山과 箒項의 죽음이 숨어있다. 당대의 고승인 원광법사로부터 世俗五戒의 가르침을 받은 그들은 평생 가르침을 지키고 살 것을 맹세한다. 후에 백제군과의 아막성 싸움에서 복병에 포위되어 전멸할 위기에 봉착했을 때, 臨戰無退의 계율을 지키기 위해 도망하는 병사를 독려하며 용맹하게 싸워 전투를 승리로 이끌었으나 자신들은 만신창이가 되어 전사한다. 이에 진평왕도 감복하여 그들의 시체 앞에 나가 통곡하고 벼슬을 추증한다. 자칫하면 고대 전사에서 흔하게 볼 수 있는 무용담같지만 이야기 속에는 그대들이 아프게 음미해두어야 할 진실이 내포되어 있다. 생도시절에 정립한 가치관이나 신념은 죽음도 꺾을 수 없는 절대 명제가 되어야 한나는 것이다.

가입교를 하기 위해 두려운 마음으로 2초소를 통과하여 도착한 기훈교육대는 현실에 대한 그대들의 안일한 태도를 얼마나 무참하게 만들었는가. 또 진짜 사나이가 되기 위해서는 얼마나 많은 눈물과 고통을 인내해야하는지를 깨닫고 "참아라. 그리고 또 참아라. 사나이는 울지 않는다!"라는 연대장 생도의 말에 뜨겁게 감격하지 않았는가. 기초군사훈련은 그대들에게 꿈을 이루기 위해서는 시련의 어둡고 긴 터널을 통과해야 함을 확인시켜주었고, 기파생도들의 담금질과 동기생들 간의 격려와 위로를 통해 진정한 사랑은 결코 솜사탕같은 것이 아니라 아픔과 자기 희생이 동반된다는 사실을 가슴 뭉클하게 배우지 않았는가. 입학식 때는 이런 모든 것을 깨닫게 된 자신의 성장에 대해 스스로 대견스러워하며 부모님들께 자랑스럽고 듬직한 아들임을 확인시켜드리지 않았는가.

그렇게 시작한 생도 생활 동안 그대들이 감당해야 했던 고통과 방황에 대해서는 말하지 않겠다. 그러나 그대들은 알 것이다. 화랑대가 결코 일상적 자유와 본능적 욕망을 규제하고, 일방적으로 인내와 고통을 강요한 수용소가 아니라, 도전과 극복을 통해 그대들의 젊음과 낭만을 빛나게 하고 가치있는 삶의 의미와 보람을 터득케 한, 그래서 영원히 그리워하게 될 창조와 생명의 대지라는 것을 말이다.

그런데 과연 생도 생활 동안 씩씩하게 암송했던 사관생도 신조는 아직도 그대들의 삶을 지탱하는 든든한 기둥이 되고 있는가. 아니면 사진첩 속의 빛바랜 사진처럼 희미한 옛 사랑의 그림자가 되버렸는가. 그대들이 갈고 닦은 국가와 민족에 대한 충성심, 명예와 신의, 그리고 정의로움은 죽는 날까지 하늘을 우러러 한점 부끄러움 없는 삶을 살기 위해 소중히 갈무리해두어야 할 덕목들이다. 그대들의 피와 땀과 눈물의 대가로 정립한 가치관들은 순교자적 신앙같은 것이어야지, 현실과의 타협에서 늘 주눅이 들게 하는 굴레같은 것이 되어서는 안된다.

임관후 자유로워진 시민으로서의 사회 생활에서 그대들은 교과서에서 배운 것과는 매우 다른 현실에 당혹스러웠을 것이다. 매스컴을 통해 보거나 들어서 어느 정도 짐작은 했었겠지만 때로는 그런 어설픈 짐작을 무색하게 하는 모순과 부조리에 분개하고 절망하기도 했을 것이다. 세속적인 행복과 사랑을 요구하며 총총히 뒷걸음쳐 사라져가는 여인의 뒷모습을 망연히 바라보기도 했을 것이다. 그러나 명심해야한다. 세상은 타락된 가치관을 소유한 자들의 몫이 아니라, 절망과 실의를 딛고 일어서는 의롭고 선한 지혜를 지닌 사람들의 몫이라는 것을, 행복의 기준은 세속적이고 물질적인 욕망의 충족도에 있는 것이 아니라 떳떳하고 자유로운 정신이 추구하는 가치의 충족도에 있다는 것을 말이다.

나는 이제 그대들에게 당혹스러운 현실을 극복하는데 도움이 될 수 있는 선현의 충고를 들려주고자 한다. 崔瑗의 座右銘은 삶의 지혜로서 우리가 음미해 둘 만한 말이다.

남의 단점을 말하지 말며, 나의 장점을 자랑치 말라. 남에게 베푼 것은 마음에 두지말고, 남으로부터 받은 것은 잊지를 말라. 세상의 명예는 아무리 원하여도 부족하니, 오로지 仁으로 紀綱을 삼으라. 隱忍自重하여 행동하면, 남이 나를 헐뜯는다해도 傷心치 않을 것이다. 명성이 실제보다 과장되게 해서는 안되며, 스스로를 어리석다 여기는 것이 성인의 칭찬한 바이다. 진흙탕 속에 있어도 더럽혀지지 않음이 귀하니, 어두움 속에서도 빛을 품으라. 부드러움이 삶의 바른 태도이니, 老子는 굳고 강함을 경계했다. 강하게 보이려 함은 비루한 자의 쫓는 바요, 여유있고 침착해야 그 度量을 헤아리기 어렵다. 말을 삼가고 음식을 절제하며, 만족함을 알아야 재난을 이길 수 있다. 이러한 것들을 끊임없이 행해야만 그 향기가 절로 사방에 퍼질 것이다.

(無道人之短, 無說己之長. 施人愼勿念, 受施愼勿忘. 世譽不足慕, 惟仁爲紀綱, 隱心而後動, 謗議庸何傷 無使名過實, 守愚聖所臧 在涅貴不緇, 曖曖內含光. 柔弱生之徒, 老氏戒剛强. 行行鄙夫志, 悠悠故難量. 愼信節飮食, 知足勝不祥. 行之苟有恒, 久久自芬芳.)

선현들의 말씀은 음미할 때마다 새롭다. 우리는 일상적 삶에서 그런 지혜나 신념을 지키고 살기 위해 노력하지만 세상은 늘 우리의 변절과 타락을 강요한다. 그러나 '진흙탕 속에 있어도 더럽혀지지 않음이 귀하니, 어두움 속에서도 빛을 품'어야 한다. 그리하여 자신의 양심에 비추어 떳떳하고 자랑스러울 때 비로소 우리는 인생의 참된 가치와 보람, 그리고 행복을 소유하게 되는 것이다.

현실적인 삶에 적응해 나가면서 우리는 무수한 갈등과 선택을 하게 된다. 우리가 하게 되는 모든 말과 행동은 그런 갈등과 선택의 결과이다. 그런데 그러한 갈등과 선택의 과정에서 그대들이 유념해 두어야 할 진실이 있다. 어떤 말이나 행동을 할 것인지는 자신의 의지에 의해 자유롭게 선택할 수 있지만 그 결과는 결코 선택할 수 없다는 것이다. 그런데 바람직하지 못한 행동을 선택하면서도 그 결과는 자신에게 유리한 것을 기대하는 습성이 인간의 치명적인 약점이다. 그러므로 어떤 말과 행동을 선택하든 항상 그 결과까지 고려하는 지혜를 발휘해야 한다.

화법론 실습 시간에 어떤 1학년 생도가 도종환 시인의 「흔들리며 피는 꽃」을 낭송했다. 기초군사훈련 시절, 고통과 외로움을 견딜 수 없어 절망과 회의에 빠졌을 때 이 시를 읽으면 스스로 위로와 격려를 느껴 큰 힘을 얻을 수 있었다는 것이다. 나도 현실적 삶의 가혹성에 힘들어 하고 있을 그대들을 위해 이 시를 낭송해 본다.

흔들리지 않고 피는 꽃이 어디 있으랴
이 세상 그 어떤 아름다운 꽃들도
다 흔들리면서 피었나니

흔들리면서 줄기를 곧게 세웠나니
흔들리지 않고 가는 사랑이 어디 있으랴

젖지 않고 피는 꽃이 어디 있으랴
이 세상 그 어떤 빛나는 꽃들도
다 젖으며 젖으며 피었나니
바람과 비에 젖으며 꽃잎 따뜻하게 피웠나니
젖지 않고 가는 삶이 어디 있으랴

　꿈을 이루기 위해 노력하는 삶을 살다보면 시련과 우여곡절을 겪게 마련이다. 그것을 두려워하거나 피해서는 안된다. 그로 인해 우리의 삶이 풍성해지고 의미있어지기 때문이다. 시련을 극복하는 가장 좋은 방법은 그것을 통과하는 것이다. 그대들은 화랑대에서의 수련을 통해 어떤 고난과 역경도 극복할 수 있는 잠재적 역량과 자질을 배양했다. 불안하고 불확실한 미래를 두려워하지 말고 열두 가지의 苦役에 도전하는 헤라클레스처럼 나아가라. 그는 쾌락을 버리고 미덕을 취하여 에우뤼스테우스왕이 제시한 열두 가지의 어려운 일을 해냄으로써 헬레니즘 문명을 이룩한 희랍인들이 가장 존경하는 영웅이 되었다.

　충무관 내정의 키 큰 느티나무에 연초록 새잎들이 나기 시작했다. 한겨울 내 맨몸으로 추위를 견디는 모습이 안스러웠는데 곧 눈부신 푸르름이 내정에 가득 차게 될 것이다. 그대들의 푸른 꿈이 눈부시게 빛나는 날까지 무운장구와 화랑대로의 금의환향을 축원한다.

1999. 4. 18.

공정성에 대하여

중간시험이 끝난 후의 넉넉한 여유를 즐기고 있을 사관생도 여러분, 공연 관람이 끝나고 걸어오면서 본 달밤의 풍경은 너무도 푸근하지 않았습니까? 그것이 바로 최선을 다한 후의 여유와 행복입니다. 조국과 민족 앞에 떳떳하고 자랑스러운 육사인이 되기 위해 불굴의 인내와 용기로서 몸과 마음을 단련하고 있는 여러분을 볼 때마다 대견스러움과 사랑스러움에 마음이 흐뭇해지곤 합니다.

요즈음 저녁무렵의 산책길에서 느끼게 되는 화랑대의 봄풍경은 너무도 아름다워 살아 숨쉬는 존재로서의 경이와 기쁨을 만끽하게 합니다. 지금쯤엔 어쩌면 창 밖의 어둠 속으로 소쩍새의 맑고 투명한 울음소리가 여러분의 고향에 대한 그리운 마음의 현을 퉁기고 있을지도 모르겠습니다. 그리움은 우리를 꿈의 세계로 이끄는 길잡이입니다. 소쩍새 울음으로 깊어가는 봄 밤에 여러분의 영혼을 맑게하는 깨끗한 그리움으로 그리운 사람들을 그리워하십시오.

저는 오늘 여러분과 함께 사관학교 생활 동안 행동 규범으로 정립해 두어야 할 공정성에 대해 생각해보고자 합니다. 인간이 위대한 존재가 될 수 있는 것은 반성을 통해 동일한 과오를 반복하지 않도록 노력함으로써 부단한 자기발전을 추구하는 데 있습니다. 모든 사회적, 문화적 발전은 바로 이러한 자아 성찰 능력에서 비롯된다고 해도 과언이 아닙니다. 그런데 과거에 대한 반성이 구체적인 행동으로 실천되지 못하고 순간적인 사유행위로만 그칠 경우에는 오히려 수동적이고 소극적인 생활 태도를 경화시키는 역효과를 가져오기 쉽습니다. 즉 자기 혁신의 결단과 의지가 생활에서 구체적인 행동으로 실천되지 않으면 반성에 대한 면역성만 증가될 뿐 자신의 무능에 대한 자책과 자신감의 결여로 인해 생도생활에 대한 부정적 사고에 빠지기 쉬운 것입니다.

일반적으로 생도들은 자신의 신분으로 인해 갖게 되는 부자유스러움에 대해서는 자주 생각하면서도 그것이 오히려 생활을 얼마나 자유롭도록 보장해주는 것인지에 대해서는 염두에 두지 않는 경향이 있습니다. 즉 자신들이 겪어야 하는 정신적·육체적 고통과 인내, 청춘으로서 누려야 하는 자유와 낭만의 제한, 각종 제도와 규정에 의한 구속과 통제 등을 힘들어 할 뿐, 그것들이 오히려 냉혹하고도 치열한 생존경쟁이 계속되고 있는 현대사회에서 자신들이 담당해야 할 사회적·경제적 책임으로부터 자유롭게 해주고 있다는 엄연한 사실은 쉽게 망각하는 것입니다. 육사 교육은 단순한 지적 성취가 목적이 아니라 고통과 인내의 체험을 병행하는 실천적 지성의 함양에 있음을 올바로 인식하고 그것에 적응할 수 있도록 성실한 노력을 계속하는 사람만이 결실을 거둘 수 있습니다. 따라서 자아 성찰도 자신의 삶과 환경에 대한 정확하고 균형된 인식을 토대로 할 때, 자기 발전의 활력과 동력을 제공할 수 있습니다.

이러한 자아성찰을 바탕으로 한, 삶과 환경에 대한 정확하고 균형된 의식이 전제되어야 공정성이 발휘될 수 있습니다. 공정성이란 이해관계에 있는 모든 사람에게 공평하고 올바른 언행이나 판단을 하는 것을 말합니다. 말이 쉽지 복잡하게 얽혀 있는 인간관계와 이해관계를 충족시킬 수 있는 그런 공평하고 올바른 판단을 하는 것은 매우 어렵습니다. 어쩌면 우리가 열심히 해온 모든 공부나 수양은 공정한 판단과 행동에 필요한 지혜를 얻기 위한 것이라고 해도 과언이 아닐 것입니다.

그런데 우리는 공정성을 양적으로 균등한 분배의 개념으로 오인하는 경향이 있습니다. 예를 들어 네 사람이 공동으로 일해 100만원을 벌었다고 합시다. 여러분은 어떻게 나누는 것이 공정하다고 생각합니까? 대부분의 사람들이 25만원씩 나누는 것이 공정하다고 쉽게 말합니다. 그러나 이것은 양적으로 균등한 것일 뿐 결코 공정한 분배라고 할 수 없습니다. 땀흘려 일한 노동의 질과 양도 다를 수 있지만 부양 가족의 수에 따라 필요한 돈의 액수도 크게 다를 수 있기 때문입니다. 중요한 것은 양적인 균등성이 아니라 질적인 공정성입니다. 여생도들이 남생도와 똑같이 취급되는 것이 공정하다고 생각하는 것도 이런 오해에서 기인합니다. 공정한 언행이나 판단은 이해관계에 있는 모든 당사자들에게 똑같은 양의 영향을 주는 것이 중요하다기보다는 그들 모두가 수긍할 수 있는 질적인 충족감을 느끼게 해주는 것이 중요합니다. 생도생활을 통해 하급생이나 동기생들과 관련된 문제들에 대한 자신의 언행이나 판단이 그들 모두를 충족시키는지를 늘 고려하십시오. 복잡한 인간관계와 이해관계를 두루 충족시킬 수 있을 때 비로소 공정성이 획득되는 것입니다.

그런데 언행과 판단에 공정성을 유지하기 위해서는 공적인 것과 사적인 것에 대한 명료한 변별력을 지녀야 합니다. 소인배들은 사사로움에 집착하여 대의를 그르치게 되므로 늘 실패한 인생을 살 수밖에 없습니다. 한국인은 의리와 인정이 강하여 이를 기강이나 법도에 앞세우는 성향이 있다고 분석하는 학자도 있습니다. 그러나 지혜로운 선비들은 공사의 구분을 엄히 하였음을 고사에서 흔하게 볼 수 있습니다. 장차 공인으로서의 삶을 살아가야 할 사관생도 여러분은 공과 사를 엄격히 분리하여 행동하는 지혜를 발휘하도록 노력하십시오. 이러한 것들을 토대로 정립한 공정한 언행과 판단이야말로 리더십의 요체라고 할 수 있을 것입니다.

이제 이러한 공정성을 배양하기 위해 생활에서 실천해야 할 구체적인 방법을 말씀드리겠습니다.

1) 말이나 행동을 즉흥적으로 하지 말고 미리 생각한 후에 하도록 노력하십시오.
2) 자신의 말이나 행동이 요구되는 상황을 정확하게 파악하십시오
3) 이해관계에 있는 사람들의 입장을 고려하십시오. 가능하면 개별적으로 고려하도록 하십시오.
4) 자신의 말이나 행동이 이해관계에 있는 모든 사람에게 만족스러운 것인지, 그로 인해 특별히 고통받을 사람은 없는지 배려하십시오.

5) 자신의 말과 행동에 사사로운 감정이 개입하고 있지는 않은지 유의하십시오.

6) 상대방에게 자신의 정당성을 강요하지 말고 설득하도록 하십시오.

이런 점들을 유념하여 생활에서 실천한다면 여러분은 리더로서의 행동 규범으로 가장 중요한 공정성을 체질화할 수 있을 것입니다.

계절의 여왕 오월을 맞기 위해 신록은 더욱 푸르러가고, 철쭉꽃들은 다투어 현란한 빛깔로 우리를 눈부시게 합니다. 깊어 가는 봄밤에 피곤하고 지친 여러분의 정신에 편안하고 쾌적한 잠자리를 마련하십시오. 고통으로 인해 더욱 빛나는 여러분의 꿈처럼 오늘 밤도 별이 바람에 스치우고 있습니다.

1999. 4. 30. 방송인성교육

절제에 대하여

온통 휴가에 대한 생각으로 열에 들뜬 나머지 몸살을 앓고있는 생도 여러분! 저는 오늘 그 몸살을 진정시키기 위해 여러분께 진정제를 한 알씩 투여하고자 합니다. 20세기를 마감하는 인상적인 휴가를 보내기 위해 밤잠을 설치며 즐거워하고 있는 마당에 웬 썰렁한 소리냐고 생각할지 모르지만, 몸에 좋은 약은 입에 쓴 법이니 열 좀 내리고 잘 들어주기 바랍니다.

사랑하는 생도 여러분. 여러분은 자신의 삶의 목표가 되는 소중한 꿈을 가지고 있습니까? 한 번 잠시 생각해 보십시오. 혹시 상상력 속이 텅 비어있거나 뒤죽박죽이 되어 아무 것도 떠오르는 것이 없지는 않습니까? 만일 있다고 생각한다면 여러분의 영혼 속에 구체적인 내용으로 존재하고 있습니까? 우리가 꼭 읽어야 할 고전 중의 하나인 레마르끄의 『개선문』에서 주인공 라빅크는 "인간은 진실을 견디기 위해 꿈을 갖는다."고 말합니다. 그렇습니다. 우리는 현실적 삶에서의 고통을 극복하기 위해 꿈을 가져야 합니다.

그런데 여러분의 꿈은 어떤 속성을 갖고 있습니까? 꿈은 아름답고 순수하고 가치 있는 것이어야 합니다. 어린 왕자는 이 세상에서 참으로 가치 있고 영원한 것들은 돈으로 살 수 없는 것들이라고 말합니다. 여러분의 꿈은 과연 화폐가치로는 환산할 수 없는 절대적 가치를 지닌 것입니까?

그런데 그러한 절대적 가치를 지닌 꿈을 이루기 위해서 가장 중요한 것은 바로 욕망의 절제입니다. 꿈은 욕망의 소산인데 그 욕망을 절제하지 못하면 결국 그 욕망의 제물이 되기 때문입니다. 재물에 대한, 권력에 대한, 세속적 명예에 대한 과도한 집착 때문에 인간다움을 잃어버리는 사람들이 얼마나 많습니까? 욕망을 충족시키기에만 급급하는 사람은 욕망의 노예가 되지만 욕망을 절제할 줄 아는 사람은 진정한 자유인이 될 수 있습니다. 고등학교 시절 여러분의 그 재기발랄한 젊음으로 얼마나 하고 싶은 일이 많았습니까? 잠도 실컷 자고 싶고, TV도 보고 싶고, 영화도 보고 싶고, 소개팅도 하고 싶고, 농구도 하고 싶고, 여행도 가고 싶고, 이 지옥 같은 현실로부터 탈출하고 싶고, 죽고 싶고 등등…… 그때 만일 그런 욕망들을 절제하거나 유보하지 않았다면 현재의 '나'로 존재할 수 있었겠습니까? 그처럼 여러분이 꿈을 이루는 위대한 인간이 되고 싶다면 여러분을 유혹하여 노예가 되기를 강요하는 욕망으로부터 자유로운 인간이 되십시오. 육체적 욕망에 눈먼 사랑은 파멸에 이르지만 절제된 감정은 조금씩 그리움이 깊어지게 하여 사랑을 완성합니다.

　저는 後漢시절 최원이라는 문장가의 「座右銘」을 매우 좋아합니다. 음미할수록 새로운 깨달음을 주기 때문입니다. 여러분도 음미해 보십시오.

　남의 단점을 말하지 말며, 나의 장점을 자랑치 말라. 남에게 베푼 것은 마음에 두지 말고, 남으로부터 받은 것은 잊지를 말라. 세상의 명예는 아무리 원하여도 부족하니, 오로지 仁으로 紀綱을 삼으라. 隱忍自重하여 행동하면, 남이 나를 헐뜯는다 해도 傷心치 않을 것이다. 명성이 실제보다 과장되게 해서는 안되며, 스스로를 어리석다 여기는 것이 성인의 칭찬한 바이다. 진흙탕 속에 있어도 더럽혀지지 않음이 귀하니, 어두움 속에서도 빛을 품으라. 부드러움이 삶의 바른 태도이니, 老子는 굳고 강함을 경계했다. 강하게 보이려 함은 비루한 자의 쫓는 바요, 여유 있고 침착해야 그 度量을 헤아리기 어렵다. 말을 삼가고 음식을 절제하며, 만족함을 알아야 재난을 이길 수 있다. 이러한 것들을 끊임없이 행해야만 그 향기가 절로 사방에 퍼질 것이다.

스산한 겨울 바람 소리 때문에 더욱 포근하게 느껴지는 침실처럼, 시

련과 고통 그리고 사랑이 있기에 정신은 더욱 넉넉해집니다. 여러분의
정신을 살찌우는 좋은 휴가 되십시오.

1999. 12. 13.

굴레를 벗어 던져라

며칠 째 장마비가 오락가락하더니 먹구름 사이로 쏟아지는 여름 햇볕 속에 서있는 느티나무의 푸르름이 더욱 눈을 시리게 한다. 늘 바쁘게 오가는 생도들의 모습으로 활력이 넘치던 화랑대가 휴가를 맞아 고향으로 떠나버린 생도들로 인해 텅 빈 듯이 허전하고, 갑자기 시간이 멈춘 듯 고요하고 적막하다. 강의와 기말 시험으로 분주하고 어수선하다가 성적 처리까지 끝나고 나니 갑자기 할 일이 없어진 사람처럼 맥이 풀린다. 선생은 역시 학생들 앞에 서있을 때가 즐거운 시간인 모양이다. 휴가 갈 생각으로 들떠있던 생도들 앞에서 "비행기를 폭파하라!"고 열내며 말해 분위기를 썰렁하게 만들던 내 모습이 떠오르기도 한다.

어수선한 마음을 다잡기 위해 그 동안 짬짬이 읽어왔던 최명희의『혼불』을 끝내기로 마음먹었다. 열 권이나 되는 대하소설이라 엄두 내기가 쉽지 않았지만 마지막 책장을 덮으면서 느낀 감동은 전율적이었다. 그런데 그런 전율할 듯한 감동은 곧 아픔과 착잡한 심사로 전이되었다. 식민지 시대를 겪는 한 가문의 풍속사를 통해 지도자가 국가 경영에 실패한 민족의 비극적 삶이 너무도 아프게 감지됐기 때문이다. 그때 민족을 보위할 수 있는 강력한 군대만 있었던들 치욕적인 식민지 백성으로 전락하지 않았을 것이라는 생각은 내가 군인이기 때문에 가질 수 있는 단순 사고의 하나일까?

내겐 야전 군인의 길에 대한 꿈을 접고 강단을 선택한 이후 새롭게 정립한 꿈이 있다. 교수로서 단순한 지식의 전달자가 아니라 생도들로 하여금 고통과 실의를 딛고 일어서 의욕을 갖고 미래를 위해 성실히 준비하게 할 수 있는 꿈과 희망을 일깨워 주고, 국가와 군을 위해 희생하고 봉사하는 삶의 가치와 즐거움을 인식시켜 줌으로써 스스로 자랑스럽고 떳떳한 육사인으로서의 가치관을 정립하는데 최선을 다하는 선생이 되자는 것이 바로 그것이다. 그리하여 온 국민들로부터 존경과 사랑을 받는 군인과 군대를 만드는데 기여하고자 하는 것이다. 이것은 결코 황당한, 실현 불가능한 생각이 아니라 사관학교의 교수로서 반드시 실천해야 하는 소명이다.

2000년 6월 27일자 「한국일보」에 실린 장명수의 "우리는 당신을 잊고 있었다"라는 칼럼은 이런 나의 결의를 더욱 든든하게 해주었다. 한국전쟁 참전 용사들의 유해 발굴 작업에 대한 국민적 관심을 촉구한 글의 말미에서 그녀는 "클린턴 대통령은 한국전 50년 기념사에서 '참전용사들의 용기와 희생이 오늘 많은 국가들이 누리는 평화와 자유의 근간이 되었다. 한국전 참전은 냉전에서 최종적인 승리를 거두는데 필수적인 요소였다.'고 말했다. 6·25를, 6·25의 영웅들을 잊어서는 안 된다. 나라를 위해, 평화를 위해 목숨을 바친 이들을 잊고 있는 나라는 나라가 아니다."라고 힘주어 말했다. 우리는 조국을 위해 생명을 바칠 수 있는 군인이 되어야 하고, 우리 나라는 그러한 군인들이 누구보다도 존경받는 사회가 되어야 한다. 그러기 위해서는 현대적인 산업화 과정에서 사회적, 정치적 혼란으로 인해 왜곡되었던 군의 위상을 재정립하여 국민의 신뢰와 사랑을 회복하여야 한다. 나는 바로 그런 군인을 교육하는데 작으나마 정성을 다하고 싶은 것이다.

이런 나의 바람 때문에 가끔 생도들의 눈빛에서 회의의 그림자를 느낄 때마다 안타까움을 금할 수가 없다. 자유로움과 낭만을 추구하는 그들의 젊음이 엄격한 규율과 질서 의식을 토대로 하는 군이라는 조직 집단의 문화에 적응하는 과정에서 필연적으로 갈등과 좌절을 겪게 마련이다. 교육자로서 우리는 생도들이 그러한 통과의례적인 갈등의 시기를 지혜롭게 극복할 수 있도록 도와주어야 한다. 단순히 군인답지 못한, 젊은이답지 못한 정신으로 나무랄 것이 아니라, 오히려 고뇌와 방황을 자기 성장의 소중한 체험으로 승화시킬 수 있도록 충고와 격려를 아끼지 말아야 하는 것이다.

　내가 생도 시절 감명 깊게 읽은 W. Somerset Maugham의 작품 중에 『인간의 굴레』가 있다. 하도 오래되어 기억이 희미하지만 젊은 의학도의 고통스러운 성장과정을 그린 모옴의 자전적 소설이었던 것으로 생각된다. 소아마비로 인해 절름발이인 주인공 필립 케어리가 성장과정에서 느끼는 심각한 정신적 고통은 대인관계에서 오는 콤플렉스이다. 즉 자신이 장애인이라는 열등감으로 인해 사람을 만날 때마다 불안감에 시달리게 되는 것인데, 상대방이 자신의 능력이나 인격에 대한 진실을 보지 못하고 절름발이 병신이라는 선입관을 가지고 볼 것이라는 생각을 늘 떠올리게 되는 것이 바로 그것이다. 그러나 그는 그런 자신의 약점에 대한 고통스러운 내면적 성찰을 통해 예술적, 문학적 감수성을 세련시켜나가게 됨으로써 열등감을 극복하여 진정한 자유로운 인간으로 성장하게 된다. 대인관계에서 늘 자신이 절름발이 병신이라는 열등감을 의식하게 되는 것이 바로 필립 케어리의 정신적 굴레인데, 이는 인간 누구에게나 보편적인 상징이다. 인간은 자신의 약점을 가장 잘 알고 있는 존재이기 때문에 사회생활이나 대인관계에 있어서 늘 그것을 의식하지 않을 수 없다. 그것은 신체적 결함일 수도 있고, 가난한 가정 형편일 수도 있고, 불우한 성장 환경일 수도 있으며, 자신의 무능함에 대한 자의식의 과잉이나 이런 것들이 복합된 열등감일 수도 있다. 그런데 우리가 유념해야 할 사실은, 자신의 약점이나 열등감을 극복하지 못하고 사회적 부적응자가 될 것인지, 아니면 그것에 대한 정확한 인식을 통해 오히려 자기 발전의 동인으로 삼아 사회적 성취를 이룸으로써 진정한 자유인으로 성장해 나갈 것인지는 순전히 자신의 선택에 달려 있다는 점이다. 내가 『인간의 굴레』에서 느낀 감명은 나로 하여금 바로 이점을 깨닫게 해주었기 때문이다.

　일반적으로 생도들은 자신들이 자유와 낭만을 제대로 누리지 못하고 있다고 생각한다. 자신들은 학교의 각종 제도나 규율에 얽매어 있기 때문에 매우 부자유스러운 존재이므로 젊은이로서 즐겨야하는 낭만적 삶의 기회도 그만큼 제한된다고 단정해버리는 것이다. 그러다 보니 일반

대학생들의 자유분방한 생활을 부러워하거나 자신의 처지에 대해 연민의 정서를 갖기도 하며 알게 모르게 이에 대한 콤플렉스에 시달리는 생도들도 있다. 이는 진정한 자유와 낭만에 대한 잘못된 이해에서 비롯한다. 자유를 제한하거나 구속하는 것은 결코 제도나 규정이 아니다. 예를 들어, 교통법규에는 운전자들이 지켜야 할 여러 가지 제한 사항이 명시되어 있어 그것을 어길 경우에는 벌금 정도가 아니라 형사 처벌까지도 당할 수 있다. 그렇다고 교통법규가 운전자들의 자유를 제한하는 구속적인, 불필요한 제도라고 생각하는 시민은 없다. 오히려 교통법규가 없다면 요즈음 같은 교통 환경으로 볼 때 도로는 매일 아수라장화 할 것이고, 정상적인 일상생활이 불가능해지는 극도로 혼란스러운 상황에 직면하게 될 것이며, 그로 인해 엄청난 불안과 부자유에 시달리게 될 것이다. 교통법규는 그것을 잘 지키기만 한다면 오히려 운전자들로 하여금 편안하고 자유롭게 도로를 질주할 수 있게 하는 안전장치인 것이다. 이처럼 인간의 자유를 제한하는 것은 물질적, 제도적인 요소들이 아니라 그것들을 구속으로 인식하는 개인의 사고이다.

생도들도 이점을 명심해야 한다. 사관학교의 제도나 규정이 자신들의 자유를 제한하는 요소들이 아니라 오히려 사회생활에 필요한 온갖 부담으로부터 자유롭게 해 주는 보호장치라는 사실을 말이다. 만일 부모의 도움을 받지 않고 스스로의 힘으로 벌어서 사관학교에서 제공하는 수준의 대학교육을 받는다고 가정해보자. 요즈음의 임금 수준과 생활에 필요한 경비를 고려해 볼 때 새벽부터 밤늦게까지 일한다 하더라도 의식주 문제를 해결하기가 쉽지 않을 것이다. 하고 싶은 대학 공부나 낭만적인 여가생활은커녕 생존에 급급해야하는 극도로 고통스럽고 부자유스러운 생활의 연속이 되기 쉽다. 또 대학을 다니는 아이들의 말을 들어보면 용돈 씀씀이나 하고 다니는 용모와 복장, 대인관계와 각종 동아리 활동비용, 이로 인한 상대적 빈곤감이나 열등감 등이 대학생활을 매우 힘들게 함을 알 수 있다. 정작 이들은 대학생활의 핵심인 학문연구와는 별 상관이 없는 것들인데도 말이다. 본질적이고 치명적으로 인간의 자유를 구속하는 것은 의식주 같은 생존을 위협하는 요소들이다. 생도들은 이런 요소들로부터는 거의 완전히 자유롭다. 일반대학 교수들이나 학부모 중에는 이렇게 개인이 자기발전이나 학습에만 전념할 수 있도록 모든 것을 보장해 주고 있는 육사의 교육환경에 놀라는 사람들이 많다.

또 육사처럼 모든 학생들에게 평등한 교육제도를 운영하는 대학도 드물다. 일반대학에서는 개인의 능력이나 부모의 경제력에 따라 교육과 대학생활의 내용이나 질이 결정되므로 가정형편이 넉넉지 못한 학생들이 겪는 심리적 고통이나 열등감도 상당하다. 그러나 생도들은 순전히 자신의 노력여하에 따라 성취 결과가 다를 뿐, 모든 기회가 평등하게 부여된다. 이런 평등한 교육제도가 자신들을 얼마나 정신적으로 편하고 자유롭게 해주는 것인지 생도들은 미처 인식하지 못하고 있다. 인간의 사고행위가 지닌 치명적인 약점 중의 하나는 대상이 지닌 긍정적 요소보다는 부정적 요소에 더 영향을 받기 쉽다는 점이다. 대인관계에서도 상대방의 장점보다는 단점을 눈여겨보거나 신경쓰는 경우가 많다. 같은 호실 동기생과의 불편한 관계로 인한 갈등이나 미팅에서 마음에 드는 짝을 만나지 못했다는 생도들의 불만을 들어보면 대부분 상대방의 단점에만 관심을 집중하고 있음을 알게된다. 조금만 관점을 바꾸어 상대방의 장점을 눈여겨보는 습관을 갖는다면 사회생활에 매우 중요한 좋은 인간관계 형성에 코페르니쿠스적인 전환을 가져올 수 있다. 마찬가지로 학교의 제반 교육제도를 구속이나 억압으로 생각하지 않고 자신의 생활과 건강, 그리고 학습활동을 효율적으로 관리해주는 최적의 프로그램으로 받아들여 그 안에서 자유와 낭만을 즐길 줄 아는 지혜를 발휘한다면 생도생활에 혁명적 변화를 가져올 수 있다. 그렇게만 한다면 외출 외박이나 휴가에 대한 집착과 강박관념에서 자유로워져 비로소 보물창고에서 보물을 찾는 시간의 즐거움을 터득하게 될 것이다.

이처럼 우리는 제도나 규정에 대해서, 사물에 대한 관점이나 대인관계의 시각에 있어서, 심지어는 자기 자신에게조차도 잘못된 고정관념이나 선입관으로 인해 무의식적으로 행동에 제약을 가하게됨으로써 바람직한 결과를 가져오지 못하는 경우가 많다. 그런 모든 것들이 바로 우리의 내면 속에 존재하는 정신적 굴레들이다. 이런 정신적 굴레를 벗어 던져야 한다. 그것들은 대상이나 꿈에 대한 부정적 생각을 유발함으로써 우리의 생활을 보이지 않게 구속하여 파탄에 이르게 할 수 있는 치명적인 요소들이다. 세상에 존재하는 모든 것들은 존재해야 하는 명분을 가지고 있다. 아울러 장점과 단점, 긍정적 요소와 부정적 요소를 공유하고 있다. 모기를 박멸하기 위해 살충제를 만든 사람이 있는가 하면, 그것을 대량으로 번식시켜 수족관 열대어의 먹이로 공급하여 떼돈을 버는 벤처 사업가도 있다. 여러분도 대상의 장점과 긍정적인 요소를 눈여겨보도록 시각을 훈련하여야 한다. 사관학교의 제도와 환경은 여러분을 보다 잘 교육하여 국가를 위해 봉사하는 경쟁력 있는 인재를 만들기 위한 노심초사의 결과이지 결코 여러분을 억압하고 구속하기 위해 만들어진 족쇄가 아니다.

그런데 이런 점들을 잘 알고 있으면서도 막상 생활에서는 행동으로 실천하지 못하는 경우가 대부분이다. 확고한 가치관을 정립하지 못했기 때문이다. 도덕적, 윤리적인 신념을 가진 자만이 진정으로 자유로운 인간이 될 수 있다. 가치관이 정립되어 도덕적, 윤리적 기준이 분명하다면 어떤 행동을 선택할 것인지 번민할 필요가 없을 것이다. 그렇게 가치관이 정립된 자유로운 정신만이 꿈을 이루는 위대한 인간이 될 수 있다.

이른 봄 화려하게 빛나기 위해 꽃나무들은 맨몸으로 한겨울 칼바람을 견디며, 알곡들은 더욱 풍성해지기 위해 한여름 땡볕과 폭우 속에 서기를 마다하지 않는다. 자유로운 정신은 시련과 고통이 삶의 내용과 질을 풍성하고 의미 있게 만드는 본질적 요소임을 명료하게 인식하기에 오히려 그것을 즐긴다. 학창시절 겪는 좌절과 방황의 시간들은 소중한 추억으로 재생되어 여러분의 미래를 수놓을 화려한 무늬들이다. 그러나 그것들이 아름다워지기 위해서는 여러분의 잠재의식 속에 그늘져 사고와 행동을 구속하는 굴레를 벗어 던지고 사물의 빛과 그림자를 분별할 줄 아는 지혜를 갖추어 모험과 도전에서 살아 남아야 한다. 그것이 바로 싱싱한 젊음이 추구해야할 낭만적 삶의 모습이다.

문득 생도들이 보고싶다. 나는 생도들을 사랑하기로 결심한 사람이다. 그 깨끗한 그리움을 달래기 위해 시를 읽어본다. 정호승의 「내가 사랑하는 사람」이다.

> 나는 그늘이 없는 사람을 사랑하지 않는다
> 나는 그늘을 사랑하지 않는 사람을 사랑하지 않는다
> 나는 한 그루 나무의 그늘이 된 사람을 사랑한다
> 햇빛도 그늘이 있어야 맑고 눈이 부시다
> 나무 그늘에 앉아
> 나뭇잎 사이로 반짝이는 햇살을 바라보면
> 세상은 그 얼마나 아름다운가
>
> 나는 눈물이 없는 사람을 사랑하지 않는다
> 나는 눈물을 사랑하지 않는 사람을 사랑하지 않는다
> 나는 한 방울 눈물이 된 사람을 사랑한다
> 기쁨도 눈물이 없으면 기쁨이 아니다
> 사랑도 눈물이 없는 사랑이 어디 있는가
> 나무 그늘에 앉아
> 다른 사람의 눈물을 닦아주는 사람의 모습은
> 그 얼마나 고요한 아름다움인가

　무더위와 폭우 속에서 인내와 용기로서 자신의 삶과 꿈과 사랑을 단련하고 있는 여러분들의 넉넉하고 자랑스러운 모습이 눈에 선하다. 제발, 스스로 과감하게 굴레를 벗어 던져라. 이 세상엔 그대들이 누려야 할 자유와 낭만과 사랑이 가득하다.

2000. 7. 12 .

약속의 땅에 대한 환상과 진실

　유난히도 무더운 올 여름도 곧 뜯어져 사라질 8월 달력 속의 해변 풍경처럼 서서히 우리 주위를 떠나갈 차비를 하고 있다. 아직은 그렇게 생각하기엔 이르다는 듯 찜통더위와 폭우가 기승을 부리고 있기는 하지만……

　지난 팔월 초순, 열 하루 동안 다녀온 성지 순례에 대한 기억이 그 동안 무더위와 피로, 휴가 후유증 등으로 인해 엉킨 실타래처럼 머리 속에서 좀처럼 잘 정리되지 않더니, 며칠 푹 쉬고 나니 조금씩 명료하게 떠올라 다시 한 번 감동의 순간들을 음미해보게 한다. 현장에서 메모한 것들과 사진첩을 뒤적이며 그때의 기억들을 더듬어 본다. 비록 내 개인적 체험의 진술이긴 하지만 상당한 부분이 우리가 함께 공유했던 감동들일 것이라는 생각이 든다. 이 글이 우리가 함께 했던 순례의 의미를 되새겨 봄으로써 우리의 신앙을 견고하게 하는 데 작은 보탬이라도 되는 것이 나의 소박한 바램이다.

　이번 성지 순례는 나의 신앙 생활에 퍽 중요한 계기가 되었다. 오래 전에 견진 성사를 받긴 했지만 그땐 매우 어설픈 상태였던 나의 신앙이 이제야 비로소 견고한 믿음의 차원에 도달한 것 같기 때문이다. 즉 그 동안 끊임없이 일던 성서의 내용이나 신앙에 대한 회의와 의문들이 이번 성지 순례를 통해서 구체적인 현실로 확인되고 이해하게 됨으로써 이제야 제대로 견진 성사를 받은 것 같은 생각이 드는 것이다. 즉 다소 추상적이고 형식적인 차원의 신앙에서 구체적이고 진실되며 생동감 있는 믿음의 세계로 나가는 계기가 된 것이다.

기억의 실타래를 차근차근 풀어가기 위해 순례를 위한 준비 단계부터 집으로 돌아오기까지의 과정을 순서대로 더듬어보기로 한다.

출발 전야 (8.1. 화요일)

그 동안 이것저것 필요한 것들을 챙겨두긴 했지만 가지고 갈 물건들을 여행용 가방에 정리해 넣는 일은 저녁 늦게야 시작하게 되었다. 우리가 성지 순례를 떠난 후 혼자 집에 남게되는 막내 바오로도 며칠 후면 유럽으로 배낭 여행을 떠나게 되어 있기 때문에 그 아이의 준비물을 먼저 챙겨주다 보니 그렇게 된 것이다. 내 짐을 챙기는 것보다 아이의 배낭을 꼼꼼히 점검해 주는 것이 더 신경 써졌다. 예수님도 늘 자신보다는 어리석은 이스라엘 백성들을 더 걱정하지 않으셨는가.

그런데 짐 정리가 대충 끝날 때쯤 레지나가 갑자기 치통이 심해져 여행을 제대로 할 수 없을 것 같다고 호소하는 것이다. 그 동안 조금 느낌이 이상하긴 했지만 괜찮으려니 방치해 둔 것이 결국 사단이 나고 만 것이다. 밤늦은 시간에 치통 가지고 종합병원 응급실에 갈 수도 없고, 그렇다고 치통의 괴로움을 익히 잘 알고 있는 나로서는 그냥 진통제나 먹고 참으라고 하기도 어려웠다. 내일 오전에는 병원에 들릴 시간적 여유가 없으므로 난감한 심정으로 궁리를 하고 있는데 퍼뜩 학교에 있는 군병원에 전화를 해보아야겠다는 생각이 들었다. 걱정스런 마음으로 병원 당직실에 전화를 걸어 확인해 보니 오늘 당직군의관이 바로 치과과장이라고 하지 않는가! 머리 속에 전광석화처럼 "오! 하느님. 알렐루야! 아멘!" 같은 단어들이 스치고 지나갔다. 그런데 더 놀라운 것은 마냥 착하게 생긴 그 치과과장이 연세대 후배에다 안드레아 본명을 가진 교우가 아닌가! 친절한 그 군의관은 치료받은 치아에 염증이 생긴 것이니 크게 걱정하지 않아도 되겠다는 말과 함께 치통에 대한 약 뿐만 아니라 해외여행 시에 필요한 몇 가지 상비약까지 챙겨주었다. 주님은 우리가 구하는 것을 늘 그렇게 넘치게 주시지만 인간의 탐욕이 그것을 깨닫지 못하게 하는 것이다. 감사의 기도가 저절로 콧노래로 나왔다.

집으로 돌아와 짐 정리를 끝내고 편안한 마음으로 잠을 청했지만 소풍가는 어린애처럼 쉽게 잠이 오지 않았다. 10여 년 전에 아내와 아이들을 데리고 미국 연수를 다녀온 적이 있어 해외 여행이 별로 낯선 것은 아니지만 오랫동안 꿈꾸던 성지 순례인지라 설렘도 그만큼 컸기 때문이다.

로마를 향하여 (8.2. 수요일)

열대야 현상에다 성지순례의 흥분이 결국 잠을 설치게 했다. 여유 있게 공항에 도착할 요량으로 잠이 깬 김에 세수하고 짐을 챙겨 현관에 내놓은 다음 막내를 깨워 집안 청소도 시켰다. 녀석은 부모의 여행보다는 제가 갈 배낭여행에 더 신경 쓰고 있는 눈치다. 식사를 하면서 집에 남아서 해야 할 일과 배낭여행 시 주의해야 할 것들을 다시 한 번 깨우쳐 주었다. 여비가 너무 빡빡하다고 좀 더 주었으면 하는 눈치지만 놀러 가는 것이 아니라 고생 체험하러 가는 것이니 그만하면 충분할 거라는 말로 묵살해 버렸다. 사실 적은 돈은 아니지만 그리 넉넉한 액수도 아니므로 좀 더 줄까 하는 생각도 들었지만 참기로 했다. 전도를 떠나는 사도들에게 여벌의 옷조차 지니지 못하게 한 예수님 말씀이 생각났기 때문이다. 내 말을 늘 이해하고 따르는 아이들이 기특하고 대견스럽다. 비록 처음으로 혼자 가는 유럽 배낭여행이지만 나는 막내 바오로가 보람있고 즐거운 체험의 시간을 만들고 돌아오리라는 것을 확신한다. 지금까지 그렇게 키워왔기 때문이다.

식사와 설거지까지 끝내고 후배 교수의 차편을 제공받아 막내에게 가방을 들려 태능 네거리에 있는 공항 리무진 버스 타는 곳으로 갔다. 잠시 기다리니 버스가 도착하여, 타고 공항으로 갔다. 내부 순환도로를 경유하니 공항까지 40분 정도밖에 걸리지 않았다. 박요셉 형님이 차량 편을 제공해 줄 테니 함께 가자고 했었으나 여행 가방이 좀 커서 서로 불편할 것 같고 또 막내도 공항까지 가겠다고 해 버스를 타고 가기로 한 것이다.

예정보다 일찍 도착한 김포공항 국제선 청사는 여행객들로 북새통을 이루고 있었다. IMF의 쓰라린 교훈을 벌써 잊어버리고 사치스런 해외 여행객이 폭주하고 있다는 TV 뉴스를 본 터라 다소 씁쓸하긴 했으나, 나야 몇 년을 벼른 여행이라는 생각으로 자위하며 곧 그 무리 속에 섞여 버렸다. 일행들이 모두 도착하자 가이드의 도움을 받아 출국 수속을 끝내고 면세점 구역으로 들어가 필요한 물건들을 사기로 했다. 레지나가 미리 주문해둔 화장품과 마카다미아를 사 들고 집합 장소로 가다가 도중에 쎄이코 시계점을 지나게 되었는데, 뜻하지 않게 내 시계를 사게 되는 바람에 집합시간에 조금 늦고 말았다. 집합시간 엄수하라는 경고장을 우리 부부가 최초로 받게 되어 부끄럽기도 하고 미안해서 레지나는 어쩔 줄을 몰랐다. 그러나 탑승 시간은 여유가 있었기 때문에 별 탈 없이 비행기에 올랐다.

오후 1시 40분 경 우리가 탄 항공기가 김포 공항을 이륙했다. 사실 탈 때마다 느끼는 것이지만 비행기는 좀 불안하다. 요즈음 자주 보도된 항공기 추락 사고들이 더욱 그렇게 만든다. 그러나 대희년을 맞아 성지순례 가는 건데 주님이 보호해 주시겠거니 하는 생각으로 마음을 다잡았다.

로마까지는 장장 9000여 Km에 12시간 가까이 걸리는 여정이다. 전면의 모니터에 비행 경로, 현 위치, 속도, 고도, 외부 온도, 목적지까지의 거리와 남은 비행 시간 등이 표시되는 것을 보다가 어제 설친 잠 때문에 나도 모르게 잠이 들었다. 그러다 오줌이 마려워 깨니까 전면의 모니터에서는 영화가 상영되고 있었다. 화장실에 다녀와 그 영화를 계속 보게 되었는데 주인공은 X-File에서 멀더역을 하는 낯 익은 배우였다. 교통사고로 죽은 아내의 심장을 이식한 여자와 사랑하게 되는 내용이었다. 이어서 열린음악회가 방영되었는데 이생강이 임동창의 피아노 반주에 맞추어 연주한 Danny Boy 피리 연주는 너무도 감동적이었다. 박수가 절로 나왔다. 우리 문화나 예술도 세계화에 성공할 수 있는 가능성을 확인시켜주는 연주였다. 나는 서양 악기들 연주하여 외국인에게 인정받는 것보다는 우리의 전통 악기를 연주하여 박수갈채를 받는 것이 훨씬 더 자랑스럽다.

비행기 창 밖을 좀 내다보고 싶어 창가의 자리로 가서 광활한 러시아 땅을 내려다보고 있으려니 회장님이 아까 자기는 곰도 봤다고 하면서 다 큰 사람을 놀렸다. 비행기는 대충 우랄산맥 근방을 통과하고 있었다. 운해를 통해서 창조의 신비를 보는 듯 했다. 하느님도 만들어 놓고 자신의 정교한 능력에 스스로 감탄하지 않으셨을까 하는 생각이 얼핏 들었다.

시차에 적응하기 위해서는 비행기에서 잠을 좀 자두는 것이 좋은데 잠을 통 잘 수가 없었다. 영화를 보고 있으려니 눈이 피로해져 잠간잠간씩 선잠이 들기도 했는데 어느새 로마 상공에 도착했다. 쾌청한 하늘에서 내려다 본 로마는 다소 서울보다는 작아 보였으나 아름답고 평화로워 보였다. 레오나르도 다빈치 공항에 착륙하여 비행기를 나서니 후끈한 공기가 지중해의 여름 날씨를 짐작케 했다. 로마 시간으로 오후 6시 30분쯤 되는 것 같았다.

공항에서 현지 가이드를 만나 리무진 버스를 타고 로마 시내로 저녁 식사를 하러 가면서 우리를 인솔하는 김보영 가이드가 여행 시 특별히 주의할 사항을 재삼 강조했다. 건강에 유의하고, 여권과 소지품 관리 잘 하고, 현지의 문화를 이해하고 받아들이라는 세 가지와 물은 먹을 때도 버릴 때도(화장실 사용) 돈이 드니 유념하라는 것을 특히 강조했다.

이태리 순례 동안 우리를 안내할 이미옥 요안나 자매가 로마 시를 관류하는 떼베레강과 로마의 중앙역인 떼르미니역에 대한 기억을 분명히 하기 위해 우스개 소리를 했다. 떼베레 강은 중랑천 정도 되는데 강이라니 좀 의아했다. 로마 시내로 접어들면서 느끼는 첫인상은 오래된 건물들이 주는 고풍스러움과 역사성을 빼면 다소 실망스러웠다. 그만큼 호기심과 설렘이 컸기 때문이리라. 길은 좁고 마티즈 만한 소형차 일색이며 가로에는 유도화꽃들이 만발해 있었다. 줄지어 있는 야자수 같은 아열대성 식물들이 서울보다는 더운 지방임을 알게 해주었다.

한식당인 고려정에서 로마식 육개장으로 저녁식사를 했다. 한국에서 그 맛으로 장사했다가는 벌써 망했을 수준의 식사이지만 참을 수밖에 없었다. 식사를 하고 나니 서서히 시차 효과가 나타나 눈이 밤 새워 시험 공부한 후처럼 충혈되고 경련이 날 정도였다. 서울은 이미 하루가 지난 다음 날 한밤중일 테니 그럴 만도 했다. 식사 후 로마 교외의 신로마 지역에 있다는 숙소인 호텔 Selene로 이동했다.

Hotel Selene는 서울의 장급 여관과 비슷했는데 한국 여행객들로 붐벼 마치 한국의 여관 같았다. 엘리베이터가 작아 짐을 가지고 타기가 어려웠고, 복도와 방도 좁아 다소 불편한 구조였다. 359호실을 배정 받아 들어가 보니 싱글 침대가 두 개 떨어져 놓여 있었고, 비품도 간단했다. 회장님 방에 모여 이태리 관광 일정과 매일 미사 계획, 공동 경비 거출과 사용에 대한 의논을 하고 방으로 돌아오니 레지나는 꿈속을 헤메고 있었다. 나도 간단히 샤워를 끝내고 침대에 발을 뻗으니 로마 시간으로 12시가 지나고 있었다. 비행기 안에서 떠들었던 로마 야경 구경은 시차로 인한 피로와 일정 지연으로 물거품이 되었지만 내일의 로마 순례에 대한 기대로 잠을 청했다.

4대 성당 순례의 경이로움 (8.3. 목요일)

잠을 제대로 자지 못해 머리가 무겁긴 했지만 5시쯤 일어나 세수하고 호텔 주위를 산책했다. 주위 경관이 별로 아름답진 않지만 기분은 상쾌해졌다. 7시에 이태리식 빵과 햄, 치즈, 씨리얼, 요구르트, 과일 등으로 푸짐하게 아침 식사를 했다. 강행군을 해야 하니 든든하게 먹어두라는 가이드의 말이 생각나 평소보다 많이 먹었다. 식사 중에 휴대용 물병에 물을 채우다 직원들로부터 잔소리를 듣는 한국인 여행객들을 보았다. 너무 야박하다는 생각이 들기도 했지만 규정은 지키는 것이 좋을 것 같다.

침실로 돌아가 대충 방 정리를 하고 베개 위에 1$ 짜리 팁을 놓고 버스를 타러 나갔다. 시내 관광 중에는 화장실 사용 시 돈을 내야 한다고 해서 모두들 버스를 타기 전에 화장실에 다녀오는 눈치다. 나이 들면 화장실을 자주 가야하는 것도 문제다. 8시 10분 경 버스로 구로마를 향해 출발했다. 출발하자마자 길잡이에 있는 아침 기도를 바쳤다. 기도 후 요안나 자매가 오늘 날씨는 맑고 무더우며 최고 기온은 33℃ 정도가 될 거라는 일기예보를 전하며, 오늘 일정에 대해 설명하면서 로마 순례는 순교의 희생을 바탕으로 이룩된 것임을 깨달아야 한다고 강조했다.

먼저 구로마 성 밖에 있는 성 바오로 성당으로 갔다. 거리는 온통 소형차들로 붐비고 있었으며, 아파트 베란다에는 꽃이 핀 화분들을 내놓아 풍경이 아름다웠다. 그러나 벽이나 문마다 페인트로 휘갈긴 낙서들은 비록 이태리 젊은이들의 자유로운 예술적 개성의 표현이라고는 하나 지저분해 보여 별로 좋은 인상을 주지 못했다.

성 바오로사도가 순교한 무덤 위에 세워진 성 바오로 대성당은 규모가 어마어마해 놀라지 않을 수 없었다. 거대한 궁전 같았다. 세계 각지에서 온 순례객들로 붐비는 정문을 들어서니 내정 가운데 큰 칼을 비스듬히 든 바오로 사노의 입상이 서있었다. 베드로 사도는 천국의 열쇠를, 바오로 사도는 칼을 들고 있는 것이 특징이라고 요안나 자매가 설명해 주었다. 전대사를 얻을 수 있다는 오른편 성문을 통과하면서 양 신부님의 인도로 대희년 기도를 바치고 성가를 불렀다. 성당 안으로 들어서니 아름답고 장중한 장식들과 드넓은 광장 같은 규모가 우리를 압도해 감탄사가 절로 나왔다. 특히 내부의 웅장한 기둥 위로 죽 배열되어 있는 역대 교황님들의 모자이크 초상화와 제단 뒤의 찬란한 모자이크가 인상적이었으며, 성모님 죽음을 애도하는 모자이크화에서, 마치 참배객들의 시선을 따라 움직이는 듯이 보이는 관의 모양은 신비스러운 느낌이 들었다. 성당에는 성 베네딕토와 성녀 스콜라스티카의 유해가 안치되어 있다. 성당을 나와 주위를 둘러보니 회랑도 매우 아름다웠다. 기념 사진들을 찍고 가이드의 재촉에 따라 아쉬운 마음을 뒤로하고 버스에 올랐다.

다음은 기독교도들의 순교의 현장인 카타콤베 중에 아피아 대로에 있는 성 칼리스토 카타콤베로 갔다. 도중에 아우렐리아 성벽과 쿠오바디스 성당을 볼 수 있었다. 출입을 통제하는 검표원이 "천천히, 빨리빨리!"하는 한국말을 인사말처럼 하는 것을 듣고 한국인 순례객들이 많이 옴을 실감했다. 지하 공동 묘지인 칼리스토 카타콤베에는 초기 주교들과 교황님들의 무덤도 있었다. 부활 신앙에 근거하여 지어진 동굴 무덤 형태인 카타콤베는 성역이기 때문에 황제의 명이 없이는 군인들도 출입이 금지되어 있어서 박해시대엔 신자들의 모임 장소로 사용되었다고 한다. 지하 4층으로 이루어진 방대한 규모의 이 지하 공동 묘지는 총 20Km에 달하며 50만 명 정도가 묻힌 것으로 추정된다고 했다. 우리는 음악의 주보 성인인 세실리아 성녀의 무덤도 참배했으며, 내부의 작은 성당에서 미사도 봉헌했다.

카타콤베 참배 후 중국인 식당에 가서 한식도 중국식도 아니어서 맛도 이상한 식사를 했다. 그래도 가지고 간 고추장과 서울생수(소주)를 곁들이니까 먹을 만 했다. 후식으로 나온 수박이 푸짐해 나오면서 잘 먹었다는 인사도 했다.

식사 후 버스를 타고 세계 3대 박물관 중의 하나인 바티칸 박물관으로 갔다. 박물관 입장 절차가 마치 공항에서 입국 수속하는 것 같았다. 강 레오 형님은 메고 간 배낭을 보관시켜야 했다. 박물관의 규모는 어마어마했다. 자세히 보고 감상하기에는 내 미적 인식 능력이 부족해 그냥 편하게 대충 볼 수밖에 없었다. 정말 대단하다는 생각과 탄성을 연발하다가 들어간 씨스틴 성당은 오히려 입을 다물게 했다. 소리를 내는 것조차도 불경스러운 생각이 들었기 때문이다. 목이 아프도록 쳐다 본 예수와 모세의 일생 벽화와, 천장의 천지 창조와 최후의 심판 그림들은 인간의 능력으로 완성된 작품이라고 생각하기 어려울 정도였다. 특히 하느님이 아담에게 기를 불어넣는 그림은 마치 전류가 흐르고 있는 듯한 느낌이 들었다. 그림으로 그려진 유일한 하느님의 모습이라는 가이드의 설명에 다시 한 번 유심히 쳐다보았다. 특히 최후의 심판 그림에서 자신과 감정이 좋지 않은 주교의 얼굴을 지옥 구석에 그려 놓았다거나 성인이 들고 있는 흉물스러운 인간의 탈에 자기 얼굴을 그렸다는 미켈란젤로에 대한 몇 가지 에피소드도 흥미로웠다.

세계 최대의 성당이라는 성 베드로 대성당의 성문을 들어설 때는 전대사의 은총이 느껴지는 듯이 흥분되었다. 성문을 들어서자 미켈란젤로의 서명이 들어있는 피에타상이 눈길을 끌었으며, 교황님 만이 집전하신다는 성 베드로의 무덤 제대와, 천장 굽돌이에 쓰여진 베드로 사도에게 천국의 열쇠를 준다는 성서 구절과, 성당 정면의 역대 교황님들의 조각상들도 인상적이었다. 지하에 있는 교황님들의 무덤을 참배하고 베드로 광장으로 나오니 스위스 근위병들이 근무 교대식을 하고 있었다. 가이드가 스위스 군대가 야민족으로부터 교황을 지킨 공로로 영원히 베드로 성당의 근위병으로 임명되었다는 설명을 해주었다. 성 베드로 광장에서 대성당을 배경으로 단체 사진을 몇 장 찍은 다음 버스 정류장으로 갔다.

그 다음에 둘러본 성모 마리아 마조레 대성당(성모 설지전 성당)이나 라테라노의 성 요한 대성당도 감동은 비슷했으나 워낙 어마어마한 규모의 성당을 계속 보다보니 놀라움은 그만큼 줄어들 수밖에 없었다. 단순한 건물이 아니라 부분 부분이 모두 예술 삭품으로 이루어져 있어서 우리 나라의 성당과는 차원이 달랐다. 성모 설지전 성당 안에서는 레지나 성모상 앞에서, 성 요한 대성당 안에서는 마태오 사도상 앞에서 기념 사진도 찍었다. 우리 부부의 본명이기 때문이다.

성 요한 대성당을 나와 길 건너에 있는 계단 성당으로 갔다. 그러나 곧 문을 닫을 시간이 되어, 들어가 돌계단을 무릎으로 기어올라가며 묵주의 기도를 바치는 고행을 하기는 했으나 내부 참배는 결국 하지 못했다. 아쉬웠지만 그것으로 로마 성지 순례를 끝낼 수밖에 없었다.

저녁은 한식당 〈하나〉에 가서 동태 매운탕을 먹었다. 식사 후에 간단히 로마 관광을 하려고 했었으나 일정이 지체되는 바람에 그냥 버스를 타고 콜로세움과 팔라티노 언덕 등을 둘러본 후에 호텔로 돌아왔다. 다리도 아프고 피로가 몰려와 샤워를 한 후에는 그냥 골아떨어졌다. 로마의 밤은 내 꿈속에서 깊어가고 있었다.

프란치스코 성인과의 만남 (8. 4. 금)

6시쯤 일어나 어제와 비슷한 식사를 하고 7:40경 프란치스코 수도원이 있는 아씨씨를 향해 출발했다. 버스에서 가이드가 아씨씨를 거쳐 베니스에 도착하기까지의 일정을 안내해주었다. 버스는 아펜니노 산맥을 관통하는 고속도로를 시속 120km 정도로 달렸다. 고속도로변에는 흰색과 빨간색의 유도화가 만발해 있었으며, 낮은 구릉지대 위로 평화롭고 목가적인 농촌 풍경이 계속되었다. 전쟁의 위협이 없는 나라이기 때문인지 모든 것이 편안해 보였다. 집들은 대부분 황토흙색이거나 회색이었으며, 간간이 나타나는 키작은 해바라기 밭의 노란색이 인상적이었다.

그렇게 목가적인 풍경을 감상하며 고속도로를 달려가다가 버스가 과열되어 정차하는 사고가 발생했다. 다행히 차에는 별 이상이 없어 냉각수를 보충하고 잠시 쉬었다가 다시 출발했다. 아씨씨에서 버스를 교체하기로 했다고 가이드가 양해를 구했다. 그런데 이번에는 안젤라 형수가 화장실에 가야하는 비상사태가 발생했다. 다행스럽게도 참을만한 거리에 주유소가 있어 사고상황(?)은 면할 수 있었다. 주유소에 도착하니 급한 사람이 안젤라 형수만이 아니었다. 화장실이 하나밖에 없어 급한 사람들은 풀숲에 가서 해결했다.

잠시 휴식을 취한 후 다시 고속도로를 달렸다. 고속도로는 우리 나라보다 별로 좋지 않다는 생각이 들었다. 과열을 염려하여 냉방장치를 끄고 달리다 보니 차안은 후끈거릴 수밖에 없었다. 한여름에 에어컨이 고장난 버스를 타고 가는 고역이라니 불평이 터져 나오기도 했지만 보람 있는 성지 순례를 위한 희생으로 감수할 수밖에 없었다.

아씨씨가 가까워지면서 요안나자매가 프란치스코 성인의 일생에 대해 설명해주었다. 가난한 사람들의 고통스러운 삶에 관심과 애정을 기울여 작은 형제회를 만들어 평신도 운동의 모범이 된 성인의 삶은 매우 감동적인 것이었다. 부친과의 갈등, 글라라 성녀와의 교감 등에 관한 이야기도 해주었고, 특히 성서에 나오는 가난하고 청빈한 생활을 강조한 내용에 감동하여 이를 생활신조로 삼아 평생을 헌신했다는 설명을 들을 때는 문득 말씀의 신비가 느껴지기도 했다. 예수님과 가장 닮은 삶과 모습을 지녔다는 프란치스코 성인과의 만남이 은근히 기대되기도 했다.

얼마를 가니까 멀리 산 중턱으로 프란치스코 수도원이 있는 아씨씨마을이 보이기 시작했다. 지진 피해가 컸다고 들었는데 산마을은 매우 평화로워 보였다. 우리는 먼저 프란치스코 성인이 돌아가시기 전에 계시던 천사의 마리아 성당으로 갔다. 성당 안의 중앙에는 성인이 운명하신 작은 성당이 원형대로 보존되어 있었는데, 대성당은 그 소성당을 보호하기 위해 지은 것이라고 가이드가 설명해주었다. 그곳에서 우리는 프란치스코 성인이 운명하신 장소와 기거하시던 곳을 참배했고, 성인의 동상 품안에 날아 와 둥지를 튼 비둘기와, 금욕과 극기를 위해 둘렀더니 가시가 없어졌다는 장미 나무들을 볼 수 있었다. 실제로 만져 본 장미 나무에는 가시가 없었는데 말로만 듣던 것을 사실로 보니 더욱 신기하다는 생각이 들었다.

성 프란치스코 성당에 도착해서는 먼저 미사를 드렸다. 다른 나라에서 온 순례객들도 일부는 미사에 함께 참여했다. 미사를 드리면서 성인의 삶에 대한 흠숭 때문인지 은총이 더 크게 느껴지는 듯 해 기분이 좋았다. 성 프란치스코 성당은 지진 피해가 거의 복구되기는 했으나 군데군데 복원되지 못한 부분을 볼 때는 안타까움이 컸다. 성인의 무덤 앞에서 묵상을 하며 나도 그런 삶을 본받아 실천하도록 노력해야겠다는 다짐도 했다. 성인의 무덤 맞은 편에 있는, 죽어서도 성인과 함께 하고 싶어 한 로마 귀족 부인의 유해와, 성모님께 요한과 프란치스코 중에서 누구를 더 사랑하는지를 묻고 있는 예수님을 그린 벽화는 성인이 얼마나 훌륭한 신앙인이었는지를 보여주는 좋은 증거로 이해됐다.

성당 참배를 끝내고 밖으로 나와 근처에 있는 식당에서 점심을 먹었다. 스파게티와 구운 닭고기에 포도주를 곁들려 푸짐하게 먹기는 했지만 맛은 한국에서 먹던 것들보다 영 입에 맞지 않았다.

식사를 마치고 근처에 있는 성 다미아노 성당까지 걸어갔다. 그 성당은 프란치스코 성인이 성당을 보수해 달라는 십자가의 예수님의 말씀을 들은 곳인데 그 십자가는 지금 성 글라라 성당에 보관되어 있다고 했다. 또한 프란치스코 성인과 깊은 교감을 나누며 비슷한 삶을 산 글라라 성녀가 살던 곳이기도 한데 나중에는 봉쇄 수도원이 되었다고 한다. 글라라 성녀가 자고 식사하고 임종한 장소에는 예쁜 꽃병이 놓여 있었다. 내정에 있는 우물과 성당 정면의 건물 틈서리에 매달려 있는 작은 종이 매우 인상적이었다.

성녀 글라라 성당은 지진으로 인한 피해가 커 대규모 보수 공사 중이므로 출입이 금지되었다고 해서 참배를 포기할 수밖에 없었다. 성 다미아노 성당의 아담한 돌담과 올리브 농장 사이로 난 길을 따라 주차장까지 걸어가서 베니스를 향해 출발했다. 그동안 버스가 다른 것으로 교체되어 있었다.

베니스로 이동하는 버스 안에서 블라치도 회장님의 연날리기 중계방송과 김보영 가이드의 재담으로 한바탕 웃음 소동이 벌어졌다. 안젤라 형수의 유쾌한 웃음소리는 다른 사람도 즐겁게 한다. 한참 가다가 쌍무지개가 출현하여 잠든 사람들을 깨웠다. 오랜만에 보는 것이라 모두들 흥미있어 했다. 그러나 베니스에 가까이 가면서 극심한 교통체증으로 2시간 이상 늦게 도착하고 말았다. 배도 고프고 지친 상태로 11시도 지나 중국식당에 가서 밤참같은 저녁식사를 하고 서둘러 숙소로 이동했다. 내일의 일정을 생각하고 모두들 잠자리에 들려는 눈치다. 베니스에서의 첫 밤을 술 한잔도 없이 그렇게 심심하게 잠들어야 했다. 토마스 형님이 왔더라면 하는 아쉬움이 컸다.

아름다운 베니스와 피렌체(8. 5. 토)

늘 사진이나 TV에서나 보던, 세계에서 가장 아름답고 특이한 도시라는 베니스 관광에 대한 설렘으로 일찍 눈이 떠졌다. 그러나 실망스럽게도 비가 내리고 있었다. 호텔 휴게실 같은 방에서 아침 미사를 하고, 식당으로 가 빵, 햄, 치즈, 우유, 쥬스 등으로 푸짐하게 아침 식사를 했다. 신선한 과일이 먹고 싶었으나 없어 아쉬웠다. 방으로 돌아와 오늘은 이태리를 떠나 이스라엘로 가야하므로 짐을 챙겨 버스를 타러 갔다. 비가 내리고 있어 우산과 긴팔 옷을 준비했다. 날씨가 선선했기 때문이다.

차가 출발하면서 미사 후 감사기도를 드리고 마냐니따와 데꼴로레스 노래로 분위기를 좀 띄웠다. 잠시 후 가이드가 주의사항과 베니스에 대한 설명을 해 주었다. 오늘이 아마 여행 중 가장 힘들고 바쁜 날이 될 거라는 말과 함께 협조를 부탁했다.

베니스는 크게 둘로 나누어져 있지만 100개가 넘는 섬으로 구성된 도시라고 했다. 야만족의 침략을 피해 섬으로 가 살던 것이 번창해 오늘의 베니스를 이루게되었으며, 골목길이 모두 운하로 된 뱃길이어서 곤돌라를 타고 다니게 되어 있는 수상 도시라고 했다. 500년 전통의 크리스탈 산업이 유명한데 지금은 본섬이 점점 물에 가라앉아 주민들이 뭍으로 이주하고 있다고 설명해주었다. 또 이태리에서는 까페에서 서서 마시는 것보다 앉아서 마시는 것이 5배 정도 비싸고 팁도 주어야 하니 주의하라는 말도 했다. 본섬으로 가는 배를 타기 위해 버스는 아드리아해를 낀 도로를 따라 선착장으로 달려갔다. 물안개가 피어오르는 해안 풍경이 퍽 인상적이었다.

배를 타고 가면서 바라본 베니스의 정경들이 매우 아름다워 모두들 뱃전에 나와 탄성을 지르기도 하며 사진을 찍었다. 한국 관광객들이 시끄럽다는 말을 듣는다고 해 조심했는데 같이 타고 있는 중국인 관광객들은 더 시끄럽게 떠들었다. 그런데 오히려 그런 시끌벅쩍한 분위기가 여행의 흥취를 돋우는 것 같아 별로 싫지는 않았다.

본섬에 도착하여 한숨의 다리를 거처 나폴레옹이 가장 아름다운 광장이라고 극찬했다는 성 마르코 광장으로 갔다. 마르코 복음 사가의 유해가 모셔져있는 성 마르코 성당 옆에는 시간의 흐름을 상징한다는 아름다운 종탑이 있었다. 잠시 광장을 둘러본 후 곤돌라 유람을 하기 위해 선착장으로 갔으나 비가 오는 관계로 곤돌라 운행을 하지 않는다는 불쾌한 소식이 기다리고 있었다. 비가 별로 많이 오는 것도 아니어서 한국 같으면 먼 이국에서 온 손님들을 생각해서라도 운행을 하겠건만 가이드가 아무리 사정해도 그들은 막무가내였다. 그들의 철저함에 공감하면서도 입에서는 욕이 절로 나왔다. 곤돌라 탑승을 포기하고 마르코광장으로 돌아와 보니 성당 참배를 위한 순례객들의 줄이 길게 늘어져 있었다. 30분도 더 기다려야 할 것 같아 크리스탈 공장을 견학하러 갔다. 구불구불한 골목길을 지나 들어간 크리스탈 공장에서 관광객들을 위해 마련한 크리스탈 세공 과정을 구경했는데, 그 모든 것은 결국 크리스탈 제품을 팔아먹기 위한 쇼였다. 옆방에는 정교하게 세공된 작품들이 진열되어 있었고, 일행 중 몇몇은 제품을 사기도 했다. 제품들이 너무 이뻐서 레지나도 사고싶어 하기도 했으나 워낙 가격이 비싸고, 또 깨질 것이 걱정되어 그만두었다. 크리스탈 공장을 견학한 후에 밖으로 나오니 그사이 비가 그쳐 날씨가 개이고 있었다. 가이드가 순발력을 발휘하여 곤돌라 사공들과 협조한 결과 희망자들은 곤돌라 유람을 하게 되었다. 그러다 보니 일부 먼저 마르코 성당 참배를 간 사람들은 곤돌라 유람을 하지 못하게 되고 말았다. 그런데 곤돌라 유람은 별로 유쾌하지가 않았다. 골목 수로의 물이 더럽고 악취가 풍겼으며, 뭍으로 이주를 많이 한 탓인지 폐가들이 많아 풍경들도 흉물스러운 곳이 여기저기 눈에 띠었기 때문이다. 그래도 탑승을 해본 사람들이 나중에 못해본 사람들을 약올리지 말자고 약속했으나 함께 모이자 저절로 약올리는 분위기가 조성되고 말았다. 특히 프란치스코 형님 내외가 아쉬워하는 것 같아 좀 미안했다. 대신 우리는 성 마르코 성당의 아름다운 모자이크는 구경하지 못했다. 선착장 부근의 토산품 가게를 구경하면서 가장무도회의 작은 모형 가면을 하나 사고 싶었으나 레지나가 말리는 바람에 그만두었다.

본섬 관광을 끝내고 육지로 돌아와 중국인 식당으로 점심을 먹으러 갔다. 또 스파게티와 닭고기라는 말에 다소 실망했으나 아씨씨보다는 좀 맛이 나아서 그나마 다행이었다. 레오 형님이 포도주를 빨랑카해주어 좀더 맛있는 식사가 될 수 있었다.

식사를 하고 13:00경 서둘러 피렌체로 출발했다. 고속도로에 들어서니 주말이라서 그런지 베니스로 들어가려는 휴가 차량들이 길게 늘어서 있었다. 우리 나라와 비슷한 광경이었다. 고속도로 연변의 포도밭들은 이태리도 포도주의 주산지임을 실감나게 했다. 고속도로 주변의 풍광을 감상하다가 잠이 들었는데 깨어보니 아펜닌산맥을 넘어가고 있었다. 화장실에 들리기 위해 휴게소에 정차했을 때에는 갑자기 폭우가 쏟아져 비를 흠뻑 맞기도 했다.

16:00경 꽃의 도시라는 피렌체에 도착했다. 르네상스의 발상지며 중심 도시인 이곳은 관광버스의 통행료만도 50$이라고 가이드가 설명했다. 또 피렌체는 유럽의 명가인 메디치가문의 예술가들에 대한 적극적 후원에 힘입어 단테와 보카치오, 미켈란젤로, 죠토, 레오나르도 다 빈치, 마키아벨리 등과 같은 많은 대가들을 배출한 문화예술의 도시라

고 했다. 우리는 13세기의 대건축가인 아르놀포 디 깜비오의 작품인 두오모 성당과 베끼오 궁전, 미켈란젤로의 다비드상을 비롯한 거대한 조각상들이 전시되어있는 씨뇨리아광장, 단테의 생가 건물 등을 둘러보았다. 그런데 두오모 성당은 관람시간이 종료되어 들어가 보지는 못했으나, 대신 단테가 세례받았다는 세례당의 내부는 들어가 볼 수 있었다. 세례당으로 들어가는 문 중에는 르네상스 최고의 걸작으로 꼽히는 천국의 문이 있는데 이는 구약 성경의 내용을 금빛으로 장식한 매우 정교하고 아름다운 문이었다. 내부의 비잔틴 양식의 모자이크도 웅장하면서도 화려해 보였다.

세례당올 나와 피렌체의 특산품이라는 가죽세품 가게를 구경하러 갔다. 구경만 실컷 하고 물건은 별로 사지 않았다. 바가지 요금인 듯 비쌌기 때문이다. 가게를 나와 중국인 식당인 절강반점에서 저녁 식사를 하고 미켈란젤로의 언덕으로 갔다. 그곳에서 아름다운 피렌체를 조망하며 기념사진들을 찍었다. 흐린 하늘을 배경으로 한 피렌체는 이태리 문화예술의 요람 답게 매우 아름다운 모습이었다.

버스를 타자 식곤증으로 잠이 들었는데 어느새 로마의 레오나르도 다빈치 공항에 도착하고 있었다. 서둘러 이스라엘 항공사 구역으로 갔는데 그곳은 기관단총으로 중무장한 경비병들이 검문을 하고 있었다. 가이드의 귀뜸이 있었지만 분위기가 살벌해 기분이 별로 좋지 않았다. 그런데 그곳에 야릇한 운명의 장난 같은 사건이 나를 기다리고 있을 줄이야……

탑승 수속을 하기 위해 기다리는 동안 화장실에 간 레지나가 잘못하여 면세구역 안으로 들어가버린 것이다. 내가 따라 들어가려고 했으나 경비병이 갑자기 나타나 제지하는 바람에 들어가지 못하고 밖에서 레지나가 다시 나오기를 기다리고 서있을 수밖에 없었다. 그런데 탑승시간이 다 되어 가는데도 레지나가 나타나지를 않는 것이다. 초조하고 당황되기 시작했다. 가이드를 불러 경비병들에게 물어보았으나 근무를 엉터리로 서고 있던 그들은 본 적이 없다고만 말하는 것이다. 발만 동동 구르며 애태우다가 안내방송을 부탁하고 탑승 수속하는 곳으로 오니 거기에 레지나가 서있는 것이 아닌가. 순간 반갑기도 하고 안심되기도 했지만 내 입에서 나간 말은 결코 좋은 말이 아니었다. 몇 마디 화를 낸 것이 가뜩이나 놀라서 정신이 없었던 레지나에게 큰 충격을 주게되어 사단이 나고 만 것이다. 너무도 걱정을 했었기 때문에 그랬다고 변명과 사과를 하며 달래려고 노력했으나 한 번 상처받은 레지나의 기분은 쉽게 회복되지 않았다. 그게 레지나의 특성인 것을 잘 알고 있으면서 왜 그런 바보 같은 말과 행동을 했었는지 후회 막급이었지만 슬그머니 야속한 생각이 들기도 했다. 그로 인해 이스라엘로 가는 비행기 안은 고행길이 될 수밖에 없었다. 레지나가 마음의 평화를 회복하도록 주님께 기도하고 또 기도했다. 주님이 나에게 성지 순례의 특별한 은총을 주시기 위해 시험하고 계신 건 아닐까 하는 생각도 들었다. 레지나 내가 당신을 얼마나 걱정하고 사랑하는지 제발 좀 알아다오…… 오 하느님!!!

약속의 땅에서 갈릴리 호수를 건너다(8.6. 일요일)

레지나에게 준 마음의 상처로 인해 이스라엘로 가는 밤 비행기 안에서의 내 마음은 무겁고 심란했다. 다행스럽게도 사과하고 달래고 기도한 내 정성이 하늘에 닿았는지 레지나의 감정이 조금씩 안정되는 것 같았다. 질식할 것 같은 어둠의 긴 터널을 빠져나온 비행기가 6:30경 텔아비브의 벤 구리온 공항에 도착했다. 비행기가 무사히 공항에 착륙하자 탑승했던 승객들이 일제히 박수를 쳐서 깜짝 놀라기도 했다. 조종사들에 대한 감사와 격려의 박수인 것 같아 좋은 느낌이 들었다.

입국 수속을 마친 후 밖으로 나오니 현지 가이드인 김 글라라 자매가 우리를 기다리고 있었다. 버스를 타고 공항을 나서면서 아침기도와 묵주기도를 바쳤다. 차창 밖에는 이태리와 비슷한 건물들과 풍경이 스쳐 지나 가고 있었는데 이스라엘의 불안한 정치상황에 대한 선입관 때문인지 평화로운 느낌이 들지 않고 왠지 위태로워 보였다. 해안 평야를 따라 달리는 고속도로변에도 로마에서처럼 유도화들이 만발해 있었다. 얼핏 이것도 로마 정복의 부산물은 아닐까 하는 생각이 들었다. 집집마다 태양열을 사용하고 있기 때문에 옥상에는 집열판과 커다란 물통들이 설치되어 있었다. 가이드가 이스라엘은 건조한 기후에 사막이나 다름없는 지형이 대부분이며, 따라서 물이 귀하기 때문에 물 절약 의식도 철저하다고 설명해주었다. 유일한 수원지인 갈릴리 호수가 아랍 국가와의 분쟁에 영향을 주는 중요한 요소라는 설명도 덧붙였다.

그런데 차창 밖으로 이어지는 풍광들을 바라보면서 내 머리 속에는 착잡한 상념들이 꼬리를 물고 떠올랐다. 이 척박한 땅이 과연 약속의 땅이란 말인가? 하느님께서 이스라엘 민족에게 살게 하겠다고 약속하신 젖과 꿀이 흐르는 땅이 나무와 풀 한 포기 보기 어려운 사막과 거친 광야였단 말인가? 이런 의문과 실망에 대한 해답은 스스로 묵상 중에 얻은 결론에서 찾아냈다. 주님께서 우리에게 약속하신 천국이나 낙원은 현실적인 조건이 아니라 인간의 정신세계 속에 존재하는 것일 거라는 생각이 그것이다. 나태하고 게으른 자에게 풍요한 땅은 아무런 의미가 없다. 풍요로운 자연환경 속에서 먹고 놀기만 하는 타락한 인간보다는 척박한 땅을 일구어 낙원으로 가꾸어내는 땀흘리는 인간을 원하시는 것이다. 낙원은 우리가 가꾸어 누리고 살아야 하는 곳이지 결코 거저 주어지는 환락의 도시 같은 것이 아니라는 결론을 내리게 되었다. 거친 광야에서 살아남기 위한 고통스러운 노력의 결과가 오늘날 유태민족의 우수성으로 나타난 것이다. 따라서 약속의 땅은 현실적인 조건이 아니라 이스라엘 민족의 정신 속에 살아 있는 세계라는 생각을 하게 된 것이다.

티베리아로 가는 길목에 있는 한국인 유학생 가정에서 한국식 아침식사와 세면을 했다. 낯선 이국땅에서 동포를 만나는 것은 퍽 반가운 일이다. 부부가 반갑게 우리를 맞아주었으며 정성스레 준비한 식사도 맛있게 먹었다. 무엇보다도 레지나가 어느 정도 기분이 회복되어 있어 나도 힘이 좀 나는 것 같았다. 후식으로 선인장 열매도 먹으며 잠시 휴식을 취한 뒤 곧 버스로 갈릴리 호수를 향해 출발했다. 도중에 이스라엘에서는 가장 비옥하다는 이즈르엘 평야를 통과했는데 내 눈에는 별로 비옥해 보이지 않았다.

버스 안에서 글라라 자매가 이스라엘에 대해 설명해 주었다. 차의 소음과 창 밖의 풍광을 내다보느라 자세하게 듣지는 못했으나, 이스라은 선진국 수준의 경제력을 지니고 있고, 도시와 농촌이 별 격차가 없는 생활을 하고 있으며, 남녀 모두에게 병역의 의무가 있는데 남자는 3년 여자는 2년이고, 대학은 모두 국립이기 때문에 대학별 수준이 비슷하고, 기브츠(공동생활)와 모샤브(협동농장)가 잘 발달되어 있고, 다이아 가공 수출·관광 수입·농산물 수출 등이 주요 외화 획득 산업이라는 등의 이야기였다. 그런 이야기들을 듣다보니 어느새 갈릴리 호수에 도착하게 되었는데, 우리가 알고 있는 향어가 바로 갈릴리 호수에서 많이 잡히는 베드로 고기라는 설명도 들었다.

우리는 먼저 진복팔단 성당으로 갔다. 예수님이 불멸의 산상수훈과 진복팔단을 들려주신 곳으로, 이를 기념하여 프란치스코 수도회에서 갈릴리 호수가 내려다보이는 곳에 지었다는 매우 아름다운 성당이었다. 성당 안에서 성서 봉독과 묵상, 그리고 성가를 부른 후 밖으로 나와 아름다운 갈릴리 호수를 감상하며 기념사진들도 찍었다. 성당 밖에 있는 토산품 점에서 내가 이스라엘 육군 모자를 샀더니 멋있다고 덩달아 몇 사람이 샀다. 레지나는 오렌지가 맛있다며 한 상자를 빨랑카했다. 마음의 평화를 위해 함께 기도해준 것에 대한 감사의 표시였을까?

그 다음에 우리는 베드로 수위권 기념 성당으로 갔다. 그곳은 부활하신 주님이 제자들에게 나타나 아침 음식을 차려주고 베드로에게 사목권을 위임한 곳으로 전해지고 있다. 또 성당이 있는 주변 호숫가는 갈릴리 호수에서 물고기가 가장 많이 잡히는 곳이라고 했다. 우리는 성당 안에서 성서 봉독과 묵상, 성가를 부른 후에 호숫가로 내려가 물 속에 발을 잠그기도 했다. 마치 그곳을 오가신 주님의 발자국을 딛어보는 느낌이 들었으며, 성서에 나오는 이야기의 현장에 서있다는 생각이 그동안 추상적으로만 느껴온 성서의 내용을 구체적 현실로 인식할 수 있게 했다. 이런 느낌은 그 다음에 가본 빵과 물고기의 기적 성당에서도 마찬가지였다. 침묵 중에 묵상하며 찾아가 본 그 성당은 예수님이 빵 다섯 개와 물고기 두 마리로 5000명을 배불리 먹인 기적을 행한 곳으로 전해지는 곳이다. 제대 아래에 있는 빵 바구니와 물고기 두 마리를 형상화한 오래된 모자이크가 인상적이었다.

두 성당을 순례한 후 우리는 호숫가에 있는 식당에 가서 교포 가정에서 마련해준 도시락으로 점심 식사를 했다. 식사 후엔 레지나가 빨랑카한 오렌지와 수박도 맛있게 먹었다. 식사 후 잠시 휴식을 취한 다음 우리는 예수님이 제2의 고향으로 삼으신 가파르나움으로 갔다. 그곳은 베드로의 집이 있던 동네이기도 한데 예수님은 그곳의 회당에서 복음을 전하며 많은 기적을 행하시기도 했다. 그러나 끝내는 예수님의 노여움을 사 폐허가 된 곳이기도 하다. 우리는 가파르나움 성당에서 미사를 봉헌한 후 성 베드로의 집터라는 곳도 둘러보았다. 그런데 베드로의 집터에서는 집의 구조가 너무 엉성해, 저런 집에서 사람이 살았다는 것이 잘 이해가 되지 않을 정도여서 다소 실망했다. 순례를 마친 후 우리는 주차장에 있는 구멍가게에서 우 프란치스코 형님이 빨랑카한 얼음과자를 먹으며 무더위를 식혔다. 기온이 37도를 넘고 있었다.

잠시 후 우리는 선착장으로 가서 갈릴리 호수를 건너 티베리아로 가는 선상 관광을 시작했다. 맑고 푸른 호수 위를 배를 타고 가며 묵상도 하고 베드로의 신앙에 대한 양 신부님의 약식 강론도 들었다. 그러다가 갑자기 신부님이 우 베드로에게 물 위를 걸어가라고 명령했다. 성서에 나오는 대로 명하신 것이다. 그러나 우 베드로는 폼만 잡았을 뿐 성서의 기적은 일어나지 않았다. 배 위에서 분위기가 좀 뜨자 레지나에게 노래하라는 박수가 터져나왔다. 그런데 별로 숙기가 없는 레지나가 마이크를 잡고 "갈릴레아 호숫가에서 고기를 잡던 사람들……" 하며 성가를 그럴듯하게 부르지 않는가! 앙콜 박수까지 받았지만 데꼴로레스 노래가 먼저 터지는 바람에 모두들 신나게 합창했고 내친김에 꾸르실리스타도 불렀다. 흥겹게 불러대는 이상한 나라의 말에 놀랐는지 이스라엘 선원들과 폴란드에서 왔다는 신혼 부부가 경이로운 눈으로 지켜보고 있었다. 그 어린 부부와 어설픈 영어로 대화를 나누다가 나중에는 함께 노래도 불렀다.

그렇게 노래하며 성서에 나오는 갈릴리호수의 중요성에 대한 설명도 들으면서 우리는 예수님의 행적을 따라 배를 타고 티베리아시로 갔다. 티베리아는 매우 아름다운 호반의 도시였으며, 호숫가를 따라 휴양시설이 잘 조성되어 있었다. 군데군데 물놀이를 즐기는 사람들도 눈에 띄었다. 숙소인 Jordan River Hotel에 도착하여 방을 배정받고, 서둘러 샤워를 한 다음 뷔페식 저녁 식사를 했다. 소주를 곁드려 먹은 각종 물고기 절임의 맛이 인상적이었다.

식사 후에 시내 구경을 하러 모두들 산책을 나갔는데, 우리 부부는 우베드로 부부와 함께 혼인 갱신식에 쓸 반지를 하나 사기 위해 글라라 자매의 안내로 다이아몬드 가공 공장에 갔다. 경비가 삼엄한 공장 안으로 들어가니 휘황찬란한 보석 가공품들이 진열된 매장이 나왔다. 점포들을 죽 둘러보았으나 우리는 가격도 비싸고 별로 마음에 드는 것이 없어 구입을 포기했으나, 우베드로 부부는 100만원 상당의 토파즈 부부 반지를 샀다. 게다가 상당히 멋있어 보이는 기념 시계까지 선물로 받았다. 그런데 그렇게 이쁘다고, 잘 샀다고 칭찬해준 그 반지가 또 다른 사건의 발단이 될 줄이야 누가 알았을 것인가! 주님은 우리의 신앙을 견고하게 하기 위해 다양한 시련을 준비하고 계시다. 우리가 그것을 미리 알고 지혜롭게 대처할 수만 있다면 얼마나 좋을 것인가! 공장을 나와 기분 좋게 맥주도 마시고, 과일가게에서 먹을 것도 사가지고 디스코텍의 빠른 음악으로 시끄러운 호텔로 돌아오자마자 나는 쌓인 피로로 골아 떨어지고 말았다. 다음 날 무슨 일이 벌어질지는 아무 것도 모른 채 말이다.

가나의 혼인 잔치와 예루살렘으로의 신혼여행(8. 7. 월요일)

곤한 잠에서 깨자마자 서둘러 세수하고, 짐을 챙긴 다음 식사를 하러 갔다. 어제 저녁 메뉴와 거의 비슷한 음식들이 진열되어 있었다. 그런데 식사를 하면서 후식용으로 준비되어 있는 대추야자가 성서에 나오는지 여부를 두고 서로 주장이 엇갈렸다. 나는 엉성한 성경 읽기에도 불구하고 나온다고 우겼고, 레지나는 꼼꼼한 독서파인데도 불구하고 나오지 않는다고 주장하는 바람에 결국 신부님께 묻게 되었고, 성서에 나온다는 대답을 듣게 된 것이다. 인간의 어리석음의 극치는 자신이 잘났다는 것을 드러내기 위해 별로 대수롭지도 않은 것에 인생을 걸기도 한다는 점이다.

요르단강 세례터로 가기 위해 8시경 호텔을 출발하여 버스 안에서 아침 기도를 바친 다음 오늘 일정에 대한 소개를 들었다. 노면이 나쁜 탓으로 버스가 매우 흔들렸다. 예수께서 요한으로부터 세례를 받은 곳이라 그리스도교인들에게는 매우 성스러운 강인 요르단 강은 강이라기보다는 작은 시냇물처럼 보였다. 군데군데 수영을 하는 사람도 보였다. 해마다 많은 순례자들이 요르단강에 와서 하얀 가운을 걸치고 목욕을 한 뒤 그것을 수의로 사용하기 위해 집으로 가지고 간다고 한다. 바지를 걷어올리고 물속에 발을 잠그니 물고기들이 몰려와 발을 간지럽혔다. 우리가 있는 동안에도 엄청난 순례객들이 몰려들었다. 돌계단에 앉아 잠시 쉬면시 개신교의 침례 에식도 구경했나.

잠시 후 요르단강 세례터를 나와 가나 마을로 출발했다. 도로변은 황량한 풍경의 연속이었으며, 맥도날드 햄버거 가게조차도 서부 영화의 외딴 주막집처럼 왠지 썰렁해 보였다. 간혹 개인화기를 휴대한 군인들의 모습도 보였다. 버스에서 내려 가나의 혼인잔치 성당으로 가는 길목에는 토산품점들이 밀집되어 있었다.

가나는 예수님이 물을 포도주로 만든 첫 번째 기적을 행한 곳이다. 혼인잔치 기념 성당에 보관되어 있는 포도주 항아리들을 구경하고 밖으로 나와 혼인 갱신 미사를 봉헌하기 위해 기다리고 있는데, 갑자기 우베드로 부부의 감정 상태가 좋지 않은 것 같은 느낌이 들었다. 어제 반지를 살 때까지만 해도 그렇게 다정했던 두 사람이 하룻밤 사이에 전혀 다른 사람으로 변해 있었다. 크리스티나 자매가 무언가 오해를 하여 감정이 매우 격해져 있었으며, 내게 우베드로의 행동에 대해 서운한 마음을 하소연하듯 말했다. 그런 크리스티나 자매를 달래기 위해 여러 사람이 무진 애를 썼으나 막무가내였다. 혼인 갱신 미사를 준비하고 있던 마음들이 어수선해질 수밖에 없었다. 그런 와중에 진행된 혼인 갱신 미사였지만 모두들 감동으로 눈시울이 붉어졌다. 특히 수산나 자매님의 울음은 우리들도 목이 메게 했다. 미사 동안 나는 우베드로 부부의 화해를 위해 기도했다. 주님은 우리의 신앙을 견고하게 하기 위해 그렇게 시련을 주시는가보다.

그런데 미사 중에 예수님이 행한 기적과 유사한 일이 벌어졌다. 워낙 순례객들이 많다보니 성당에서는 미사용 포도주를 조금밖에 준비해 주지 않는데, 우리의 혼인 갱신 미사를 위해 준비한 포도주의 양도 너무 적어 양 신부님이 당황하게 된 것이다. 이를 재빠르게 눈치 챈 마르꼬 형님이 배낭 속에서 준비해 온 미사용 포도주를 꺼내 가지고 나가 보충해 준 덕분에 모두들 넉넉하게 영양성체를 할 수 있게 된 것이다. 나도 포도주를 한 모금 가득 들이 마셨다. 모두들 이것도 기적이라고 즐거워했다. 미사를 마치고 제대를 배경으로 혼인 갱신 기념 사진을 찍었다. 그러나 크리스티나 자매는 아직도 마음의 평화를 회복하지 못하고 있었다. 평소에 가깝게 지냈으면서도 별다른 위로를 해주지 못하는 것 같아 마음이 편치 않았다.

성당을 나와 버스로 이동하면서 기념품 가게에 들러 가나의 혼인잔치 기념 포도주를 구입했다. 다소 역한 맛이 느껴지는 일반 포도주와는 달리 달짝지근한 것이 먹기에 좋아 보여 나도 선물용으로 세 박스를 샀다.

버스를 타고 우리는 다음 순례지인 나자렛으로 갔다. 예수님은 고향인 그곳의 거리와 언덕에서 뛰어 놀며 어린 시절을 보냈을 뿐만 아니라, 30여 년을 목수 일을 하며 지낸 곳이기도 하다. 그러나 "어떤 예언자도 자기 고향에서는 환영받지 못합니다."라는 성서의 말씀처럼 고향 사람들로부터 배척을 당해 결국 가파르나움으로 가서 사셨다. 나자렛은 지금은 인구 40만의 대도시로 발전했으며, 유태인과 회교도들이 서로 나뉘어 살고 있다고 했다.

우리는 먼저 성모님이 가브리엘 천사로부터 예수님의 수태고지를 받은 곳으로 전해지는 성모영보 성당으로 갔다. 성당의 외부와 내부 벽에는 각국에서 봉헌한 성모님 모자이크화로 장식되어 있었다. 한국교회에서 봉헌한 고운 한복을 입은 성모자상도 있어 그 앞에서 기념 사진도 찍었다. 양 신부님은 과달루페 성모상을 보시고 매우 자랑스러워하시는 것 같았다. 내부에 있는 성모영보가 있었던 동굴도 둘러보았다. 그 다음엔 성가정성당도 참배했다. 그곳은 목수 요셉의 집이었던 곳으로 예수님이 목수 일을 배워서 하던 곳이라고 했다. 또 물을 길러다 썼던 우물도 구경했다.

나자렛을 출발하여 다음은 갈멜산으로 갔다. 그곳은 유태인들이 가장 존경하는 엘리야 예언자의 유적지이다. 540m 정도 되는 정상에는 갈멜수도원이 있었으며 정원에는 커다란 엘리야 예언자상이 서있었다. 수도원의 옥상에 올라가니 사방으로 시야가 탁 트여 주변을 조망할 수 있는 좋은 전망대에 서있는 느낌이 들었다. 그런데 갈멜산은 국립공원으로 지정된 곳이라는 설명을 들었는데 성스러운 곳이라는 것을 뺀다면 우리네 국립공원같은 아름다운 풍광과는 거리가 멀었다. 토양이 너무도 척박해 나무들도 메말라 보여 별로 풍요로운 인상을 가질 수가 없었다.

갈멜산을 내려와 가이사리아로 가는 도중에 지난번에 들렸던 한국인 유학생 집에서 점심식사를 했다. 좀 얼큰한 것이 먹고 싶어 한국에서 가지고 간 컵라면을 꺼내 먹었는데, 모두들 구미가 당기는지 함께 나누어 먹었다. 라면은 언제 먹어도 맛이 일품이다.

식사 후 잠시 휴식을 취한 뒤 지중해 연안에 있는 가이사리아로 이동했다. 버스에서 내려 유적지로 입장하자마자 공교롭게도 멕시코 꾸르실리스타 순례단을 만나게 되었다. 양 신부님의 소개로 서로 반갑게 인사를 나눈 후, 내친김에 서로 손잡고 흥겹게 데꼴로레스 노래도 합창했다. 우리가 부르는 것하고는 리듬과 멜로디가 좀 달랐지만 함께 어울려 노래하면서 세계적으로 하나인 교회를 실감할 수 있었다.

가이사리아는 헤로데대왕이 세운 도시로서 팔레스타인의 가장 아름다운 도시 중의 하나라고 했다. 로마와의 교역이 이루어지던 항구로서 로마 총독들의 관저가 있던 곳이며, 본시오 빌라도도 이곳에 살았다고 한다. 필립보가 복음을 전파한 곳이고, 사도 바오로가 감옥살이를 하며 부활하신 예수를 증거했던 곳이기도 하다. 우리는 총독 관저, 신전, 선착장, 요쇄, 세관 등을 둘러보았으며, 원형극장에서는 무대에 올라가 「크리스찬 정신」을 공연하기도 했다. 또 해변가로 나가 맑고 푸른 지중해에 발을 적셔보기도 했다.

가이사리아 순례를 마치고 우리는 지중해 해안을 따라 이동해 이스라엘에서 가장 아름다우며 예술의 중심지라는 요빠로 갔다. 요나서에 등장하는 이곳은 Exodus 장소로 유명한데, 사도 베드로가 하느님으로부터 이교도들에게 복음을 전하라는 말을 들은 곳이며, 이교도로서 처음 개종한 고르넬리오의 관련 사적이 있는 곳이다. 바닷가 언덕 위에 베드로 기념 성당이 있었으며, 텔아비브 쪽으로 펼쳐진 해안 풍경이 너무 아름다워 그것을 배경으로 사진을 여러 장 찍었다. 잠시 자유시간이 부여되 각자 사진도 찍고 가게 구경도 하다가 다시 버스를 타고 오늘의 목적지인 예루살렘으로 이동했다.

버스 안에서 묵주 기도를 바치고 성가도 불렀다. 누적된 피로로 잠시 졸다가 보니 어느새 예루살렘에 들어서고 있었다. 저녁 6:30 경 Jerusalem Gate Hotel에 도착하여 여장을 풀었다. 저녁 식사를 하면서 크리스티나 자매와 대화를 시도했으나 아직도 감정이 진정되지 않은 상태여서 설득이 어려웠다.

식사 후 대충 샤워를 한 다음 회장님 방에서 모처럼의 소주 파티가 벌어졌다. 소주잔을 기울이며 형제들은 주로 우베드로를 성토했고, 그 사이에 자매님들은 크리스티나와 집단 대화를 벌렸다. 소주 파티를 끝내고 다시 베드로를 끌고 레오 형님 방으로 가 2차 술자리를 벌렸다. 베드로에게 인생 선배로서의 이야기들이 건네졌으나 만족할 만한 해답은 얻지 못한 눈치였다. 두서없는 얘기만 주고받다가 내 방으로 돌아오니 레지나는 곤하게 잠에 떨어져 있었다. 속옷을 빨아 널고 나도 잠자리에 들었다. 혼인갱신 미사 후 예루살렘에서의 신혼 첫날밤을 뜻깊게 보내기로 했는데 그냥 꿈나라로 직행할 수밖에 없었다. 이것도 성지 순례를 성스럽고 정결한 마음으로 하라는 주님의 배려일까?

십자가의 길 따라 예수님의 무덤으로(8. 8. 화요일)

잠에 취해 꿈속을 헤매고 있는 나를 이미 세수를 마치고 화장을 하고 있던 레지나가 깨웠다. 피로감 때문에 침대에서 쉽게 일어나지 않았다. 그러나 오늘은 예루살렘 순례를 시작하는 날이라는 생각이 떠올라 벌떡 일어났다. 시계를 보니 여섯 시를 지나고 있었다. 서둘러 세수하고 방 정리를 대충 한 다음 식당으로 갔다. 입안이 깔깔했지만 빵, 생선, 치즈, 요구르트 등으로 푸짐하게 먹었다. 잘 먹어야 오늘 하루도 견딜 수 있기 때문이다. 다행스럽게도 우베드로 부부가 함께 식사하러 왔다. 격려의 뜻이 담긴 아침 인사를 건넸다.

식사 후 집에 있는 준성이와 통화를 시도했으나 집 전화는 외출 중이라는 자동 응답만 계속 나오고, 녀석의 휴대폰은 사용 중지라는 안내가 나왔다. 오늘이 유럽 여행 출발이라 아마 사용 중지를 요청한 모양이었다. 최종적으로 집 단속, 여행시 주의사항, 격려 인사말 등을 할 생각이었는데 통화가 되지 않아 안타까웠다. 그런데 지혜롭게도 레지나가 준성이 여자 친구의 휴대전화 번호를 알고 있어 그애를 통해 가까스로 통화가 연결됐다. 여행에 필요한 것들을 준비하느라 함께 다니고 있었기 때문이다. 군대 간 아들 안부는 여자 친구에게 물어보면 된다는 말이 생각났다. 통화를 하고 나니 좀 안심이 되어 몸과 마음이 한결 가벼워진 기분이 들었다. 우리는 결코 자식들로부터 자유로울 수 없는 존재일까?

08:00 경 예루살렘 순례를 출발했다. 버스 안에서 아침 기도를 바친 후 오늘 있을 '십자가의 길'에서 각 처에서 해야 할 묵상 순서를 결정했다. 시온산으로 가는 버스 창 밖으로 사진에서 본 눈물 교회가 보였다.

우리는 먼저 최후의 만찬 기념 성당으로 갔다. 그곳은 예수님이 제자들과 최후의 만찬을 가진 곳이며, 부활하신 후 제자들 앞에 나타나신 곳이고, 제자들이 성령을 받은 곳이다. 최후의 만찬 장소는 바로 유태인들이 가장 성스럽게 생각하는 다윗왕의 무덤 위에 있으며, 성령이 강림한 장소와 이어져 있는데 그 방은 성령강림축일에 사제들에게만 공개된다고 했다. 그곳에서 우연히 통성기도를 드리고 있는 일본인 개신교 순례단과 마주치게 되었다. 절규하듯 외쳐대는 광적인 기도 소리가 너무도 작위적인 느낌이 들어 오히려 눈살이 찌푸려졌다. 내부의 곳곳에서 볼 수 있는 모슬렘의 흔적들에서는 예루살렘의 수난사를 느낄 수 있었다. 우리는 바로 아래에 있는 다윗왕의 무덤도 참배했다.

참배 후 그곳과 인접해 지은 기념성당에서 미사를 봉헌했다. 그곳에 기거하고 계시는 안베다 신부님이 미사 집전과 강론을 해주셨다. 연로

하시고 건강도 좋지 않아 보였으나 카랑카랑한 목소리로 하신 요셉 성인의 신앙적 중요성에 대한 말씀은 나에게 좋은 깨달음을 주었다.

미사 후 우리는 성모 영면 성당으로 갔다. 시온 산은 예수님이 돌아가신 후 성모님이 사시고, 돌아가신 곳이다. 그곳을 참배한 후 예수님 수난의 길을 따라 '십자가의 길'을 묵상하기 위해 이동했다. 예루살렘 성벽 쪽에는 아랍인 노점상들이 죽 늘어서 있었다. 십자가의 길을 묵상할 곳은 잡상인과 소매치기들이 득시글거리는 곳이니 기도서를 제외한 소지품들은 차안에 두고 가라고 글라라 자매가 강조했다.

버스에서 내려 사자의 문(스테파노의 문)을 지나 성모님의 생가인 성안나 성당으로 갔다. 그곳은 성모님의 출생지이며, 부모님인 요아킴과 안나의 집이 있었다는 지하실 위에 세운 교회이다. 성당을 둘러본 후 우리는 옆에 있는 베데스다 연못도 구경했다. 그곳의 물은 병치료의 효험이 있다고 믿어져 많은 병자들이 모여들던 곳이라고 하며, 예수님도 그곳에서 병자들을 고쳤기 때문에 그리스도교인들이 성스럽게 여기는 곳이라고 했다. 그곳 광장에서 1통에 5$씩 파는 필름을 2통에 7$이라고 하여 얼른 4통을 샀다. 그렇게 성스러운 장소에 살면서도 장사꾼은 역시 별 수 없다.

잠시 주의사항을 들은 다음 우리는 예수님 수난의 길을 따라 십자가의 길 묵상을 시작했다. 제1처는 아랍인 학교로 사용되고 있어 들어가지 못하므로 제2처인 경당에서 묵상할 수밖에 없었다. 제3처에서 제8처까지는 가게들이 죽 늘어선 좁은 시장 골목 안에 있어서 차분한 묵상이 불가능했다. 예수님의 수난 모습을 떠올리려고 노력했으나 주위가 산만해 그냥 구경하면서 지나가는 식이 되어버렸다. 예수님이 세 번째 넘어지신 제9처는 Copt 교회 앞의 기둥이었는데 우리들의 묵상하는 모습을 지켜보던 Copt 교회 신부의 모습이 퍽 인상적이었다. 제10처부터 14처까지는 예수님 무덤 성당 안에 있어서 그곳에서는 좀 숙연한 마음으로 묵상을 할 수 있었다.

묵상을 마친 후 우리는 예수님 무덤 성당 내부를 둘러보았다. 그리스도교인들이 가장 성역시하는 이곳은 콘스탄틴 대제의 어머니인 헬레나 성녀가 성지 순례 중에 물 속에 잠긴 십자가 세 개를 발견한 것이 계기가 되어 교회를 세우게 되었다 한다. 6개 종파가 공동으로 관리하는 구역이라서 그런지 실내 장식이 어지러울 정도로 현란했다. 그중에서 내게 가장 강렬한 인상을 준 것은 비탄에 잠기신 성모상이었다. 가슴에 비수가 꽂힌 모습은 섬뜩한 느낌이 들 정도였으며, 비탄에 잠긴 표정이 살아있는 사람처럼 보였다. 나는 예수님이 매달리신 십자가를 꽂은 장소에 침구도 하고 구멍 안에 손도 넣어 보았는데, 손을 넣을 때에는 어쩐지 두려운 느낌이 들었다. 내가 지은 죄가 많아서일까?

예수님 무덤 앞에는 순례객들이 죽 줄을 늘어서 있어서 우리도 아픈 다리를 참아가며 한참을 기다려야 했다. 그런데 무덤 관리인이 꼭 베드로 사도를 닮은 것 같아 모두들 재미있어 했다. 무덤 입구에는 돌무덤의 돌들을 전시해 놓았고, 무덤 내부는 5인1조로 들어가 침구를 하게 되어 있었다. 잠시 예수님이 저 안에 누워 계신 것은 아닐까하는 의문이 일기도 했다. 무덤 참배 후에는 전통적인 무덤의 모습을 보여주는 아리마태아 요셉의 정원으로 추정되는 곳을 견학했다. 또 그 위에서 예수님의 시신을 염했다는 돌도 만져보았는데, 순례객들이 장미 향유를 뿌린 것들이 돌에 배어 손에 장미 향기가 그대로 묻어났다.

무덤 성당을 나와 우리는 한인 목사님 아파트로 점심 식사를 하러 갔다. 모두들 배가 고프던 터라 정성스럽게 준비한 음식을 맛있게 먹었다. 식사를 마치자마자 14:15 쯤 베들레헴을 향해 출발했다. 베들레헴은 지금은 팔레스타인 자치지역이라 마치 국경지대를 통과하는 것처럼 검문이 실시되고 있었다. 버스의 1회 주차료가 우리 돈으로 7만원 정도나 되며, 그것이 주요 관광 수입원이라고 설명했다.

우리는 먼저 예수님이 탄생하신 성탄 성당으로 갔다. 회교 사원과 마주보고 있는 성탄 성당의 출입구는 매우 낮고 작았다. 겸손의 문이라고 불린다는 그 문은 사실은 약탈자들이 말을 타고 교회로 들어오는 것을 막기 위해 개조한 것이라고 설명해주었다. 1시간 이상을 줄을 서서 기다린 끝에 우리는 예수님이 탄생한 장소인 베들레헴의 별에 침구하고, 말구유와 동방박사들의 경배소를 참배했다. 그 다음에는 고대 히브리어

성서를 라틴어로 번역한 예로니모 성인의 동굴을 둘러보았고, 매년 TV에 중계되는 성탄전야미사 장소로 사용되는 싼타 카타리나 성당도 견학했다. 그런데 그곳의 성탄절은 로마 가톨릭(12. 25.), 희랍정교(1. 7.), 아르메니아정교(1. 27.)가 각각 달라 세 번이라고 한다. 또 성당 안에는 그 당시 학살당한 2살 미만의 어린이들의 무덤인 젖동굴이 있었다. 베들레헴 순례를 마치고 통곡의 벽으로 가기 위해 예루살렘으로 돌아오면서 잠시 성물판매소에 들렀으나 마음에 드는 것이 별로 없어 나는 아무 것도 사지 않았다.

18:00 경 우리는 통곡의 벽에 도착했다. 유대인들이 매우 신성시하는 곳이라서 들어가는 절차가 꽤 까다로웠다. 특히 우 프란치스코 형님은 복잡한 소지품 검사를 당했다. 이곳은 유대인들이 하느님의 귀와 눈이 있는 성전으로 생각하기 때문에 자신의 소원을 비는 기도의 장소로 사용되는 곳이다. 유대 사회는 남녀가 유별한 풍습을 지키고 있어 기도 장소도 남녀 구역이 분리되어 있었는데, 유대교 복장을 한 많은 사람들이 벽에 대고 열심히 기도하는 모습을 볼 수 있었다. 또 성벽 돌 틈서리에는 소원을 비는 사연을 담은 쪽지들이 무수히 끼워져 있었으며, 너른 광장 건너편에는 600만 나치 희생자의 명복을 비는 불꽃 기둥 여섯 개가 타오르고 있었다.

19:10 쯤 호텔로 돌아와 저녁 식사를 했다. 식사 후에는 호텔 지하에 있는 가게들을 구경했는데, 레지나가 이스라엘 공작석으로 만든 귀걸이와 목걸이가 예쁘다고 사고싶어해 기념품으로 샀다. 190$ 짜리를 150$로 할인해 주었으며, 거기다 장미 묵주도 두 개나 덤으로 주었다. 가게 주인은 자기도 천주교 신자라고 하면서 매우 친절하게 값을 깎아주었는데 과연 싸게 산 것인지는 의문이 갔다. 그래도 좋아하는 레지나를 보니 기분은 상쾌했다. 돈은 역시 쓸 때가 제일 즐겁다. 방으로 돌아와 10:30 경 꿈나라로 직행했다.

올리브 동산에서 예리고를 지나 사해로(8. 9.수요일)
어제처럼 6시쯤 일어나 심신을 좀 가다듬은 다음 식사하러 갔다. 생선 절임을 중심으로 아침 식사를 빨리 끝내고 군에 복무 중인 큰아이에게 전화를 하러 갔다. 다행히 장교라 휴대전화를 가지고 있어 쉽게 통화가 되었다. 간단히 안부를 묻는 말만 나누고 짐을 꾸리기 위해 방으로 갔다. 오늘은 예수님 생애에서 가장 중요한 사건의 현장인 올리브 동산을 순례하는 날이다.

8시경 호텔을 출발하면서 아침기도를 바쳤는데, 그사이 버스는 히브리대학교 교정을 끼고 돌아 올리브 동산에 오르고 있었다. 우리는 먼저 예수님이 승천하신 곳으로 갔다. 그곳은 회교도들이 관리하는 구역이라서 경내의 장사꾼도 아랍인들인 것 같았다. 한국말로 인사와 호객을 하는 것을 보니 한국인들이 많이 오는 모양이었다. 내부에 들어가니 예수님이 승천하실 때 디디고 섰던 바위가 있었다. 회교도들이 관리하기 때문인지 다른 곳에 비해 초라해 보였다. 순례자들이 만져서 반들반들해진 곳을 나도 손으로 만져보았다.

그곳을 나와 다음에는 주의 기도문 기념 성당으로 갔다. 이곳은 예수님이 사도들에게 주의 기도문을 가르치고, 예루살렘의 파괴를 예언하고, 재림과 세상의 종말을 예고했던 장소로 알려지고 있다. 특이하게도 이곳은 프랑스령으로 치외법권이 행사되는 지역이라고 했으며, 깔멜수도회에서 관리하는 교회 안에는 이 지역을 사서 프랑스에 헌납한 프랑스의 오렐리아 드 보씨 공주의 무덤이 있다고 한다. 또한 교회 안과 수녀원 벽에는 80여개국 언어로 쓴 주기도문이 장식되어 있는데, 부산교구에서 봉헌한 한글 기도문도 있어 모두들 흐뭇한 마음으로 그 앞에서 사진을 찍었다. 그리고 교회 안에 있는 예수님께서 주기도문을 가르쳐 준 장소로 추정되는 동굴 같은 장소에서 둥글게 손을 잡고 서서 주기도문을 성가로 불렀다.

그 다음엔 도보로 눈물 성당으로 이동하여 미사를 봉헌했다. 그곳은 예수님이 예루살렘의 멸망을 예언하시며 눈물을 흘리신 곳으로 전해지는데, 성당의 외양이 마치 눈물 방울이 연상되도록 설계되어 있었다. 또 미사를 드리면서 바라본 제대 뒤편으로는 투명한 유리창을 통해 예루살렘 시가지가 보였다. 이는 예수님이 바라보신 예루살렘 풍경을 묵상하도록 의도하여 설계한 것으로 이해되었다. 미사를 마친 후에는 성당 앞 광장에서 잠시 휴식을 하면서 예루살렘 시가지를 배경으로 사진도 찍었다.

잠시 후에는 겟세마니 성당으로 이동했다. 예루살렘에 있는 건축물 중 가장 아름다운 건물 중의 하나라는 이 성당은 16개국이 건축에 참여했다고 한다. 이곳은 예수님께서 잡히시기 전 고뇌에 찬 마지막 기도를 바치신 곳인데, 정원에는 수령이 2000년도 넘는다는 올리브 고목들이 들어차 있었고, 건물 정면에는 복음서를 들고 있는 복음사가들의 동상과 예수님이 자신과 세상의 고통을 하느님께 바치는 모자이크화가 있었다. 성당 내부의 제대 뒤로는 다가올 운명에 고뇌하시면서 인류의 죄를 대신할 결심을 하고 계시는 비탄에 잠긴 예수님의 모습을 그린 모자이크화가 인상적이었으며, 제대 앞에는 그때 기대어 앉아 계시던 바위가 보존되어 있었다. 그리고 성당 안은 마지막 고난의 밤을 보내고있는 예수님의 인간적인 모습을 부각시키기 위해 매우 어두운 분위기를 조성하도록 설계된 것 같았다. 우리는 제대 주위의 장궤틀에 무릎을 꿇고 둘러앉아 묵상과 기도를 했다. 잠시 후 성당 밖으로 나와 계단에 앉아 글라라자매의 보충 설명을 들으면서 사진을 찍었다. 레오 형님의 자선 정신은 어디가도 여전해 낙타를 끌고 다니는 아랍인 노점상의 측은한 호소에 넘어가 결국 대피리를 샀다. 이사람 저사람 불어보았으나 영 엉터리 물건이라 소리가 신통치 않았다. 우리는 정원의 올리브 고목을 배경으로 사진을 찍기도 했다. 잠시 후 예리고로 가기 위해 버스 주차장으로 이동했는데, 가는 도중에 가브리엘라 자매는 노점상들로부터 장미묵주 3개를 10$에 사고는 싸게 샀다고 좋아했다. 원래 그 값에 팔아도 남는 물건이었을 터인데 물건값을 깎는 것이 여자들의 큰 즐거움의 하나라는 말이 생각났다.

10:45경 예리고를 향해 출발했다. 버스를 타고 가면서 차창 밖으로 보이는 유다 광야는 나무 한 그루 풀 한 포기 보이지 않는 메마른 구릉지대였다. 군데군데 양과 염소를 치는 베두윈족들이 눈에 띄기도 했는데 도대체 저런 척박한 땅에서 어떻게 살아갈 수 있는지가 궁금했다. 이

스라엘의 자연환경은 결코 축복받은 약속의 땅이 아니라는 생각이 다시 한 번 떠올랐다.

예리고는 고고학자들의 발굴에 의해 세계에서 가장 오래된 도시로 판명된 곳이며, 해수면보다 400여 미터나 낮은 지대로서 요르단 계곡에 위치하고 있다. 예리고는 성서에 보면 예수님이 소경을 눈뜨게 해준 곳이고, 돌무화과 나무에 올라가있는 자캐오를 만난 곳이며, 또 착한 사마리아인 일화와 관련된 곳이다. 버스 창 밖으로 내다보니 멀리 사막의 오아시스처럼 예리고시가 보였다. 사막 지역에 물이 있는 곳이라 주변과는 확연히 구분될 정도로 푸른빛을 띄고 있었다. 예언자 엘리사가 소금을 힌 줌 넣어 샘물을 징화했다는 엘리사의 샘이 있는 곳이기도 하다.

예리고는 현재는 팔레스타인 통치지역이며, 이스라엘 내에서 유일하게 카지노가 있는 곳인데, 얼마 전에 한국대사가 카지노에서 도박하는 것이 보도되어 소환된 사건의 현장이 바로 이곳이라고 가이드가 설명해 주었다. 우리는 먼저 예리고시 왼쪽에 솟아있는, 예수님이 악마로부터 온 세계의 모든 나라를 주겠다는 유혹을 받은 유혹의 산으로 갔다. 나무 한 그루 없는 가파른 암벽 중턱에는 희랍정교회의 수도원이 위태로운 모습으로 자리잡고 있었다. 기념 사진을 찍은 다음 주차장 근처에 있는 식당으로 점심을 먹으러 갔다. 뷔페식으로 음식이 제공되어 있었으나 맛은 영 입에 맞지 않았다. 그래도 불평 없이 현지의 문화를 이해하기 위해 열심히 먹었다. 식사 후에는 식당과 붙어 있는 토산품 가게를 구경했는데, 그곳에서 레지나는 사해비누 8장을 36$에, 사해 소금을 6$에 샀다. 진흙팩도 있었으나 가격도 비싼 것 같고 효능도 의심스러워 사지 않았다.

가게 구경을 마치고 사해를 따라 우리는 꿈란 공동체의 유적지를 보러 갔다. 길옆으로는 품종 개량을 하여 키를 작게 만든 대추야자 밭들이 늘어서 있었다. 간간이 들리는 안젤라 형수의 유쾌한 웃음소리가 키 작은 대추야자 이파리를 흔드는 것 같았다. 가끔 눈에 띄는 초목들을 보면서 저들이 이 척박한 땅에서 자라고 꽃피우며 열매 맺기 위해 도대체 얼마나 땅 속 깊이 뿌리를 내려야 할까를 생각하니 그 생명력이 신비롭기만 했다.

꿈란은 정결하고 엄격한 종교적 집단 생활을 한 에쎄느파의 주거 유적지이다. 이곳은 잃어버린 양을 찾던 베두인족 양치기들에 의해 우연히 발견된 성서 두루마리로 인해 유명해진 곳이다. 이 지역의 30개가 넘는 동굴에서 900여개의 두루마리가 발견되었다고 한다. 우리가 아는 사해 두루마리도 그 중의 일부이다. 안내소에서 이곳의 역사와 중요성을 소개하는 영화를 본 다음 성서 두루마리가 발견된 동굴과 생활 유적지를 둘러보았다. 멀리 뜨거운 태양이 작렬하고 있는 사해의 건너 편으로 모세가 죽었다는 누보산의 정상이 어슴프레 보였다.

꿈란 견학을 마치고 이동하여 14:15경 사해의 매력비치에 도착했다. 레오 형님이 현재 기온이 39℃라고 알려주었다. 글라라 자매가 사해는 미네랄이 풍부하여 피부에 매우 좋으나 햇볕에 노출되면 화상을 입기 쉬우므로 15분 이상 수영은 좋지 않다고 주의사항을 하달했다. 검게 타는 것을 싫어하는 레지나는 졸려서 차안에 그냥 있겠다고 했기 때문에 나도 망설이다가 그래도 사해에서 수영은 하고 가야겠다는 생각으로 반바지 차림으로 바닷물 속으로 뛰어들었다. 맨발로는 땅을 디딜 수 없을 정도로 뜨거웠고, 햇볕이 너무 따가워 양산을 들고 물위에 누우니 몸이 그대로 둥둥 떠다녔다. 초등학교 시절 자연 책에서 본 사진이 떠올랐다. 그러다가 몸이 기울어져 첨벙대다가 눈과 코로 바닷물이 들어갔는데 너무 짜고 따가워 견딜 수가 없을 정도였다. 한 쪽에 있는 진흙 구덩이에서 전신에 머드팩을 하기도 했다. 잠시 물장난, 진흙장난을 하며 즐거운 시간을 가진 다음 샤워장으로가 몸을 씻고 버스에 올랐다.

15:20경 사해를 출발했다. 묵주기도를 바치며 가다보니 길옆의 사막 구릉지대의 높은 곳에는 군용 벙커가 곳곳에서 눈에 띄었는데, 이곳이 전쟁 중인 나라임을 실감하게 했다. 지난번에 들렸던 한인 목사님댁으로 가서 간단히 저녁식사를 하고 공항으로 이동했다.

까다로운 탑승수속을 마치고 19:45에 벤 구리온 공항을 이륙했다. 텔아비브의 아름답고 휘황한 야경이 내려다보였다. 21:00경 카이로 구공항에 도착했는데 공항의 시설은 지저분하고 낡아 보였다. 입국수속을 마치고 밖으로 나오니 현지 가이드인 손현민 프란치스카 자매가 기다리고 있었다. 프란치스카 자매의 안내로 버스를 타고 기자 지역의 호텔로 이동했다. 호텔에 가까워지면서 야경 속에 피라밋이 보였다. 버스에서 내리니 호텔 앞은 좁은 광장에서 이집트의 전통 혼례식이 벌어지고 있었다. 신랑 신부의 친구로 보이는 사람들이 전통음악에 맞추어 흥겹게 춤추는 것을 한참 동안 서서 구경했다. 로비에서 잠시 기다려 숙소를 배정 받은 다음, 몇 마디 주의 사항을 듣고는 각자 방으로 흩어졌다. 밤도 깊었고 피로가 몰려와 서둘러 씻고 꿈나라로 직행할 수밖에 없었다. 카이로의 밤도 심심하게 깊어가고 있었다.

이집트의 성지들과 카이로 박물관 견학(8. 10. 목요일)

07:00경 누적된 피로감으로 무거운 몸을 일으켜 침대를 빠져 나왔다. 부지런히 세수하고 짐 정리를 끝낸 다음 호텔 식당으로 식사를 하러 갔다. 호텔이 다소 큰 편이라서인지 식당 음식도 다양하고 맛갈스러워 보였다. 이번 여행 중에서는 가장 호화판 식사라는 생각이 들었다. 오늘은 성지 순례의 대미를 장식하는 마지막 일정인 카이로 지역 관광이다. 식사를 하고 나니 피로감도 다소 덜해진 느낌이 들었다.

09:10에 호텔을 출발했는데 창 밖으로 거대한 피라미드가 보여 모두들 탄성을 질렀다. 가이드로부터 오늘 일정과 주의사항을 들은 다음 아침 기도를 바쳤다. 버스는 나일강의 수로를 따라 달리고 있었는데 강물은 매우 더러워 보였다. 주택들이 밀집된 지역에는 이상하게도 짓다가 만 듯한 집들이 많이 보였는데, 이집트에서는 완공이 안된 집은 세금이 매우 적기 때문에 일부만 지어 입주하여 살면서 공사를 계속한다고 가이드가 설명해주었다. 보통 공사를 시작하면 손자 때에나 완성하게 된다는 것이다. 그리고 집들의 색상이 대부분 회색이었는데 그것은 강렬한 태양으로 인한 탈색과 사막의 모래 바람 때문에 그런 색으로 짓는다고 했다. 또 거리의 곳곳에 무바라크 대통령의 대형 사진이 서있었는데 어쩐지 독재자 인상이 풍겨 별로 좋은 느낌이 들지 않았다.

이집트에는 로마 가톨릭에서는 이단으로 단정하는 콥트 교회가 많다고 한다. 희랍 정교회와 비슷한 복장을 하는 그들은 수도원 운동을 중점적으로 하며, 성인들의 유골을 숭배하고, 예수님의 인성을 무시하고 신성만을 중시하는 입장을 견지한다고 프란치스카 자매가 설명해 주었다.

우리는 먼저 예수님 가족이 피난했던 곳으로 이집트에서 가장 오래된 교회인 예수님 피난 교회로 갔다. 콥트 교회인 그곳은 5C초에 바실리카 양식으로 지어졌고 성전의 내부에는 12사도를 상징하는 12개의 대리석 기둥이 있는데 그중에서 유다를 상징하는 기둥은 거친 화강암으로 되어 있었다. 지성소는 성모자상이 그려진 커튼으로 가려져 있었으며, 그 위는 노아의 방주 모양으로 조형되어 있었다. 예수님 가족이 피난하셨던 동굴은 물이 차서 들어 갈 수가 없다고 했다. 교회의 재정이 빈약한 탓으로 성전의 관리 상태가 형편없어 안타까운 생각이 들었다.

그 다음에는 유태인들의 회당으로 갔다. 그곳은 1000년 정도 된 건물로 모세가 출애굽 전에 마지막으로 기도한 장소로 전해지는 곳이다. 예레미야 예언자가 모세의 흔적을 발견하여 그곳에 교회를 세우게 되었다고 한다. 내부는 아라베스크 문양으로 장식되어 있었으나 성화는 볼 수 없었다. 우리는 또 근처에 있는 모세가 씻었고, 예수님을 씻긴 곳으로 전해진다는 우물터도 둘러보았다. 그리고는 회당 밖의 공터에서 엉성한 나무 탁자를 제대 삼아 둘러 앉아 미사를 봉헌했다. 원래는 예수님 피난 교회에서 미사를 드릴 예정이었으나 교회 관리인이 허락을 해주지 않아 야외미사를 드리게 된 것이다. 땡볕에 앉아 드린 미사였지만 옛사람들의 집회도 이와 비슷했을 것이라는 생각이 들어 의미있는 미사가 될 수 있었다. 미사 후에는 희랍 정교회의 교회를 견학했다. 건물의 외형이나 내부 배치가 로마 가톨릭 교회와는 매우 다르다는 인상을 받았다. 성전 견학을 하고 나오자 갑자기 블라치도 회장님이 화장실이 급하다고 호소해 우리는 회장님이 용무를 마칠 때까지 기다려야 했다. 밖에서 기다리는 우리보다 안에서 용무를 보고 있는 회장님이 더 애가 마르지 않았을까?

잠시 후 버스를 타고 카이로 박물관으로 이동했다. 박물관 안에서는 사진을 찍을 수 없다고 해 카메라는 차에 두고 내렸다. 박물관은 규모가 굉장히 컸으나 내부는 유물 보관을 위해 냉방시설을 하지 않아 굉장히 더웠다. 4-5천년 전의 고대 이집트 문명을 보여주는 유물들을 관람하면서 그런 옛날에 이렇게 호화 찬란한 문명을 가졌던 민족이 왜 지금은 그런 문화를 누리며 살지 못하는지가 의아한 생각이 들었다. 박물관의 소장품은 로제타스톤만 모조품이고 나머지는 모두 진품이라고 했다. 특히 투탄카멘왕의 무덤 유물관에서는 그 시대에 이런 문명이 가능했다는 것이 잘 믿어지지가 않았다. 130kg이나 되는 순금으로 만들었다는 거대한 관, 황금 왕관, 호화로운 장신구들 등 모두가 경이롭게 보였다. 또한 진열되어 있는 관들에서 미이라들이 벌떡 일어날 것 같은 생각이 들어 조금은 으시시한 느낌도 들었다.

점심은 이집트인 식당에서 이집트식 메뉴로 먹었다. 식당 입구에서는 이집트 전통음악을 연주하며 호객을 하고 있었다. 양고기와 생선에다 야채와 밥을 곁들인 식사였다. 양고기와 생선은 먹을 만 했으나 야채와 밥은 영 입에 맞지 않았다. 그러나 고추장에 비비니까 한결 먹기가 좋아 모두들 그렇게 해서 먹었다. 콜라와 맥주도 시켜서 먹었다. 식사가 끝날 때쯤 접시를 나르던 꼬마가 어설픈 마술로 재롱을 부려 약간의 팁을 주었다. 제 딴에는 팁이라도 좀 받으려고 한 것일텐데 모른 척 하기가 오히려 미안했기 때문이다.

점심 식사 후에는 피라미드와 스핑크스를 보러 갔다. 학창시절 지리나 역사책에서 그 사진을 볼 때마다 나도 언젠가는 가봐야지 하고 다짐하던 꿈이 현실로 나타나게 된 것이다. 기자에 있는 쿠프왕의 피라미드가 가장 크다는 설명을 들었는데 막상 앞에 서 보니 생각했던 것보다 훨씬 컸다. 원래의 높이는 146.74M였으나 지진과 석재 채취 등으로 손상되어 지금은 137M가 남아있다고 한다. 얼핏 보기에 돌 하나 하나의 크기가 어른 키보다 커 보였다. 이 거대한 돌들을 어떻게 운반하여 다듬고 쌓았는지 도무지 불가사의한 일로 생각되었다. 사막 위에 작렬하는 태양으로 눈이 부셔서 모두들 썬글래스를 써야 했다. 우리는 피라미드를 가장 잘 조망할 수 있는 곳으로 이동하여 그곳에서 2$씩 내고 낙타를 타고 기념 사진들을 찍었다. 그러는 와중에 실수하여 낙타 똥을 밟았는데 냄새가 지독하여 버스 안까지 따라왔다. 사진을 찍은 후에 우리 부부를 비롯한 일행 중 몇몇은 피라미드 내부 관광도 했다. 엄청난 관광객들이 드나들다 보니 내부는 손상된 곳이 많았고, 등줄기로 땀이 줄줄 흐를 정도로 무더웠다.

그 다음에는 스핑크스 신전을 견학했다. 오랜 세월을 견딘 탓으로 스핑크스의 얼굴이 상당히 손상되어 있었고, 특히 코 부분은 으깨어진 형상이었다. 그런데 웅장하고 크다는 것 외에는 별다른 감흥은 느낄 수가 없었다. 게다가 세계적으로 알려진 명소임에도 불구하고 편의시설들이 별로 없어 국가가 세계적 문화 유산을 너무 방치하고 있다는 인상이 들었다.

피라미드와 스핑크스 관광을 마치고 우리는 시내에 있는 토산품점으로 갔다. 이것저것 구경하다가 나는 기념품으로 공작석으로 만든 네페르티티 두상을 샀다. 아켄아톤왕의 부인인 그녀는 이집트에서 가장 아름다운 여인으로 이집트의 비너스로 불린다고 했다. 한 때 한국에서도 연인들의 목걸이 메달로 많이 사용되었다고 김보영 가이드가 설명해주었다. 그러면서 친구가 사다달라고 부탁했다며 금으로 만든 메달을 샀는데 그것을 보고 레지나도 사고싶어 하는 눈치였다. 그러나 몇 번 만지작거리기만 하다가 비싼 것 같다고 사지 않았다.

그 다음에는 파피루스 공장으로 견학을 갔다. 고대 이집트 문명에서 사용하던 종이인 파피루스는 우리의 한지와 비슷한 것인데, 원료는 우리네 왕골과 비슷한 것이었다. 우리는 파피루스 제조 과정을 구경한 다음, 전시실에 전시되어 있는 파피루스에 그린 그림들을 구경했다. 그 중에서 나는 사자의 심판을 그린 그림이 마음에 들어 사고 싶었으나 너무 크고 가격도 터무니없이 비싼 것 같아 그만두었다. 그 그림에 그려져 있는, 인간의 탐욕과 죄악을 상징하는 죽은 사람의 심장과 깃털을 평형저울로 달아 심장이 깃털보다 가벼워야 부활이 가능하다는 설화가 재미있어 마음에 들었던 것이다.

공장 견학을 끝내고 카이로 시내에 있는 한국인 식당으로 가서 저녁식사를 했다. 주인이 친절하게 맞아주었으나 음식 맛은 그저 그랬다.

그래도 여행지에서의 마지막 식사를 소주를 곁들여 가며 유쾌하게 먹었다.

시간적 여유가 별로 없어 30여 분만에 식사를 끝내고 카이로 공항으로 이동했다. 공항에서 탑승 수속을 끝내고 가이드와 작별 인사를 나눈 다음 면세구역으로 들어가 구경을 하고 다녔다. 이리저리 다니다가 기념품 가게에서 레지나가 사고싶어 했던 18K 네페르티티 펜던트를 52$에 사서 성지순례 기념 선물로 주었다. 사랑하는 사람의 기뻐하는 모습을 보는 것은 얼마나 즐거운가!

현지 시간으로 21:15에 우리가 탄 대한항공 비행기가 카이로 공항을 이륙했다. 아름나운 카이로의 야성이 삼시 눈을 슬겁게 하다가 사라졌다. 우리가 탄 비행기는 두바이 공항에서 1시간 10분 가량 체류했다. 아마 승무원들이 교대하는 모양이었다. 그 동안 공항 면세점에 가서 레오 형님이 맛있다고 한 쵸코렛과 건과류를 몇 가지 샀다. 준범이에게 선물할 브라운 면도기를 사려고 여기저기 둘러보았으나 마땅치 않아 그것은 기내에서 사기로 했다. 다시 비행기에 탑승하여 이륙한 이후로는 긴장이 풀린 데다가 누적된 피로로 인해 그대로 꿈속을 헤매게 되었다. 먹고 자고 하다 보니 어느새 비행기는 김포공항에 착륙하고 있었다. 한국 시간으로 18:05분 비행기가 활주로에 무사히 안착하자 우리 일행은 이스라엘에서 배운 대로 일제히 박수를 쳤다. 주위 사람들이 눈이 휘둥그래져서 우리를 쳐다보았으나 우리는 더욱 큰 박수로서 승무원들에게 감사를 표하며 동시에 우리들의 무사 귀환과 의미 있었던 성지순례의 성공적인 종료를 자축했다.

성지순례를 마무리하며

꼼꼼하게 짜여진 일정에 따라 바쁘게 움직여야 했던, 그래서 때로는 좀 찬찬하게 묵상하며 여유 있게 행동할 수 없는 것이 아쉽게 생각된 성지순례였지만 지금은 그게 오히려 당연한 것으로 이해된다. 더 많은 시간적 여유를 누리며 순례를 했더라도 신앙적 공부나 체험이 짧은 나로서는 결코 지금보다 더 많은 깨달음이나 감동을 얻기 힘들었을 것이라는 생각이 들기 때문이다. 성서나 성인들의 삶의 현장에서 내가 보고 듣고 만져본 것들은 신자로서 그동안 내가 가지고 있던 신앙적 의문들을 해소하는데 큰 도움이 되었다. 이는 막연하고 추상적인 신앙에서 명료하고 구체적인 신앙으로 나의 신앙적 태도를 재정립하는 계기가 된 것이다.

성지순례 기간 내내 무덥고 피로한 가운데에도 늘 평화롭고 인자한 모습으로 자상하게 우리를 지도해주신 양 신부님 덕분에 우리의 성지순례가 더욱 의미있고 유쾌할 수 있었다는 것은 공통된 생각일 것이다. 또한 함께 했던 188 가족들이 늘 서로를 격려하고 이해하며 하나가 되고자 했던 마음들이 별 탈 없이 순례를 마무리하고, 그 시간들을 의미 있고 즐거운 추억으로 만드는데 결정적인 요소가 되었다고 확신한다. 김보영 가이드가 말하지 않았는가. 단체 여행을 안내하다 보면 여행 중의 갈등으로 돌아와 깨지는 모임들이 대부분인데 188 가족들은 모든 것을 지혜롭게 잘 처리하고, 서로 이해하고 협조하는 모습이 보기 좋아 자기도 천주교 신자가 되고 싶다고! 가까운 이웃들과 기쁨과 슬픔을 더불어 함께 하는 삶이야말로 즐겁고 아름답다. 이번 성지순례는 우리에게 바로 그것을 알게 해준 것이다. 신부님, 가이드 여러분들, 그리고 함께 한 188 가족들에게 미처 못다한 사랑과 감사의 말씀을 드리고싶다.

영광이 성부와 성자와 성령께, 아멘!

2001. 1. 10.

축제의 사회적 기능

교정에 출렁이는 신록 위로 쏟아지는 오월의 햇살이 눈부시다. 그 푸르름 사이로 빈저 우리를 빛 바랜 사진첩 속에 갈무리된 아득한 추억에 대한 상념으로 이끌던 라일락과 아카시아의 향기도 조금씩 그 밀도를 잃어가고 있다. 어느새 초하의 문턱에 성큼 들어선 것이다.

화창한 날씨와, 신록의 푸르름과 어우러진 꽃들의 현란한 빛깔과 향기는 늘 우리를 설레게 한다. 그래서인지 오월은 우리가 기념해야 할 일들로 풍성하다. 나라에서 지정한 '어린이 날', '어버이 날', '스승의 날' 같은 것 말고도 각 단체나 기관 별로 행사가 많다. 뿐만 아니라 집안 대소가들의 모임이나 결혼식도 많아 일일이 참석하기가 어려워 난감한 지경에 부딪히는 경우가 많게 된다. 그런 점에서 계절의 여왕 오월은 온갖 크고 작은 행사로 가득 차버리고 만 셈이다.

이곳 화랑대도 오월은 학교에서 주관하는 각종 행사와 생도의 날 행사, 각 동기회별 모임과 임관 ○○주년 기념 행사들로 붐빈다. 그 중에서도 각 기에서 실시하는 임관 기념행사는 우리가 한 번쯤 숙고해야 할 중요한 의의를 내포하고 있다. 따라서 그런 행사의 허실을 가늠해 보는 것도 의미 있는 일일 것이다.

인간은 아득한 옛날부터 각종 의식과 축제를 만들어 그것을 중요한 사회적 문화의 일부로 향유하여 왔다. 임관 기념 행사는 각 동기회별로 볼 때는 큰 축제의 성격을 띤다. 축제는 다른 동물의 세계에서는 찾아볼 수 없는 인간만의 고유한 행위이므로 인간을 특징짓는 변별적 요소이기도 하다. 미국의 저명한 신학자인 Harvey Cox는 축제의 문화적, 신학적 성격을 분석한 명저 『바보들의 축제』(The Feast Of Fools)에서 "축제를 가진다는 것, 즉 일상적인 자질구레한 일들을 걷어치우고 한 동안 무엇인가를 경축하고, 무엇이든 좋은 것을 순수한 마음으로 긍정해 주며 신들이나 영웅들을 기념하는 특수한 시간을 가지는 것은 하나의 어엿한 인간적 행위이다. 축제란 인간만이 지닌 특이한 능력의 발로로서, 이를 통하여 인간은 남들의 기쁨과 지난 여러 시대의 경험을 자기 생명 안에서 융화, 음미하는 것이다."라고 하면서 축제는 인간적인 놀이 형식으로서 인간으로 하여금 자신을 과거와 미래에 연결시키는 한 방법이라고 말했다.

이러한 축제의 본질적 속성을 고려한다면 각종 임관 기념행사를 통해서 우리가 무엇을 기념해야 하는지가 분명해진다. 비록 동기회의 특성에 따라 임관 기념 행사의 내용은 다소 차이가 있겠지만, 과거의 역사를 뒤돌아보고 회상과 반성의 기회를 공유하며, 현재의 기쁨을 즐겁게 나누면서 미래에 대한 새로운 결의를 다지는 축제로서의 본질적 구조는 동일하기 때문이다. 임관 기념행사는 단순히 지금까지 별 탈 없이 살아남았다는 것을 자축하거나, 그동안 성취한 것들을 과시하기 위한 행사가 되어서는 안 된다. 또한 고통스러웠던 과거에 대한 회상과 위로의 술자리로 그쳐서도 안 된다. 그것은 결코 30년이라는 세월을 기념하는 행사가 아니기 때문이다.

따라서 임관 기념행사들이 바람직한 축제로서 정착되기 위해서는 다음 사항들을 고려해야 한다. 첫째는 과거에 대한 정겨운 회상과 함께 그에 대한 역사적 성찰이 있어야 한다는 점이다. 축제가 과거지향적 정서에 빠져 단순히 향수를 달래는 모임이 아니라 미래에 대한 올바른 전망으로 나아가기 위해서는 그 토대가 되는 과거에 대한 준엄한 성찰이 전제되기 때문이다. 둘째는 모교나 한국군의 현실적 여건과 부합되는 행사가 되어야 한다는 점이다. 그렇지 못할 경우에는 축제의 본질이 왜곡되기 쉽기 때문이다. 가능하다면 그들이 안고 있는 문제들의 해결이나 개선에 기여하는 행사가 된다면 錦上添花일 것이다. 셋째는 미래에 대한 준비와 결의를 다지는 한마당이 되어야 한다는 점이다. 축제는 미래에 대한 희망과 믿음을 강화하여 미래 세계에 대한 도전의 결의를 다지는 의식이 되어야 하기 때문이다. 넷째는 흥겹고 유쾌한 놀이마당의 속성을 지녀야 한다는 점이다. 축제는 집단 구성원들의 정신 속에 응어리진 한을 풀어버리는 기회가 되어야 하는데, 놀이 형식은 이런 억압된 정서의 해소에 매우 유용한 방법이기 때문이다.

축제는 사회의 구성원들이 가지고 있는 억압된 정서나 한을 해소시킴으로써 사회의 건강성을 유지하는데 기여하는 좋은 문화적 장치일 뿐만 아니라, 구성원들의 결속력을 강화하여 집단적 목표를 달성하는데 매우 효과적인 수단이 될 수 있다. 이것이 바로 축제가 지닌 중요한 사회적 기능인 것이다. 이런 점에서 시난 5월 12일에 거행된 우리 육사 27기의 임관 30주년 기념행사는 나름대로 의미 있는 축제였다. 이런 기념행사들이 아무런 의미가 없는 형식적인 행사로 그치지 않기 위해서는 축제의 본질이나 사회적 기능에 대한 이해가 필요한 것이다.

2001. 5. 15.

'대열'이 걸어온 길

– 약사보고

올해로 졸업 및 임관 30주년을 맞은 저희 27기는, 1967년 1월 25일 전국 방방곡곡의 104개 명문 고등학교에서 선발되어 이곳 화랑대에 가입교 하였습니다.

가입교 하여, 사자는 새끼를 낳으면 절벽에 떨어뜨려 살아남는 새끼만 기른다며 훌륭한 후배 양성을 위해 粉骨碎身한 기훈근무생도들의 혹독한 담금질과, "참아라! 참아라! 그리고 또 참아라! 사나이는 결코 울지 않는다!" 라는 위압적인 말에 고무되면서, 기초군사훈련을 잘 참고 견딘 257명의 생도가 그해 3월 2일 정식으로 입교하였습니다.

입교 후에는 사관생도 신조와 도덕률을 생활화하면서, 智·仁·勇의 교훈 아래 조국에 대한 충성심과 명예로운 군인으로서의 삶을 위한 인격과 지혜를 두루 갖추기 위해 촌음을 아껴 써야 했습니다. 천여회가 넘는 수시시험과 매월 치르는 월말고사, 기말시험 등 88개 과목에서 67고지를 넘기 위해 고군분투해야 했으며, 육사생도로는 최초로 재교간 유격훈련, 공수훈련, 기초보수교육을 모두 수료하는 새역사를 창조하기도 했습니다. 그렇게 피와 땀과 눈물을 강요한 고된 수련기간을 초인적 의지로 견디어 낸 188명의 생도가 1971년 3월 28일 졸업과 임관의 영예를 차지했습니다.

그후 오늘에 이르기까지 저희 27기는 이곳 화랑대에서 배우고 익힌 것들을 토대로 하여, 비무장지대의 고지에서, 월남의 정글에서, 전후방 각지에서 盡忠報國의 대도를 구현하기 위해 소대장, 중대장, 대대장, 연대장, 사단장에 이르는 각급 제대 지휘관과 참모 직책에서 獻身精勵해

왔으며, 현재는 군단장을 비롯한 국방부의 국장, 합참과 육군본부의 참모부장, 각종 학교장 등 군의 중추적 위치에서 군과 국가의 발전을 위해 최선을 다하고 있습니다. 그 결과 98명이 대령으로, 41명이 장군으로, 2명이 3성장군으로 진급하는 영예를 갖기도 했습니다. 현재는 78명이 현역으로 복무 중이며 나머지 동기생들은 모두 군문을 떠났습니다.

또한 1978년에는, 우수한 육사출신 장교들을 국가기관에 활용하기 위한 정부의 방침에 따라 37명의 동기생들이 사무관으로 특채되어 정부의 각 부처에 임용되었으며, 현재 이사관급 13명, 부이사관급 19명, 서기관급 4명 등 36명이 국정 수행을 위해 봉직하고 있습니다.

한편 군문을 떠나 사회로 진출한 동기생들은 기업체 대표와 간부, 대학교수, 각종 연구직과 전문직, 개인사업 등 다양한 분야에서 활동하고 있습니다. 또한 많은 동기생들이 자기발전을 위해 부단히 노력한 결과 국내외 유명 대학에서 133명이 석사학위를, 21명이 박사학위를 획득하였으며, 그밖에도 9명은 변호사, 공인회계사, 세무사, 관세사, 기술사 등의 전문자격을 취득하였습니다.

특히 1972년도에는 20여명의 동기생들이 월남전에 참전하여 공산주의로부터 약소민족의 자유를 지키기 위해 피흘려 싸웠을 뿐만 아니라, 국내의 대간첩작전이나 교육훈련에서 혁혁한 전공을 세움으로써 80여명의 동기생이 국가가 주는 각종 훈장을 수여받았습니다. 이 과정에서 9명의 동기생이 저 을지강당 앞의 비문처럼 조국을 위해 생명을 바쳤습니다.

이제 졸업 및 임관 30주년을 맞은 우리 27기 동기생들은 지나간 세월의 기쁨과 슬픔을 함께 나누면서, 떳떳하고 자랑스러운 육사인으로서 모교와 군, 그리고 국가의 발전을 위해 더욱 정진할 것을 다짐합니다.

지난 30년간 정열을 불태워, 조국과 군이 부여한 사명을 성공적으로 완수할 수 있도록 가르쳐주신 은사님들, 이끌어주시고 격려해주신 선배님들, 그리고 늘 든든하게 뒷받침해준 후배 여러분들에게 충심으로 감사드리며 이만 약사보고를 마치겠습니다.

2001. 5. 12.

군인주일 강론

안녕하십니까? 저는 육군사관학교에 근무하는 김종윤 마태오 입니다. 여러 가지로 부족한 제가 감히 여러분께 강론 말씀을 드리자니 두려움이 앞섭니다. 그러나 이것도 은총으로 주시는 봉사의 기회로 생각하여 용기를 내어 몇 말씀 올리겠습니다.

여러분! 혹시 TV에서 국군의 날 행사하는 것 보셨습니까? 저는 어렸을 때 시골 극장에서 영화 시작 전에 방영되던 대한뉴스시간에 그 장면을 보고 너무 감격해서 이렇게 군인이 된 사람입니다. 막강한 화력을 지닌 무기나 위풍당당한 국군장병의 모습을 보고 자랑스럽고 든든한 생각이 들지는 않으셨습니까? 그런데 우리는 국민들에게 그렇게 믿음직한 모습을 보여주기 위해 군인들이 흘려야하는 고통과 인내의 땀방울이 얼마나 많은지는 미처 깨닫지 못합니다. 이런 점에서 오늘 한국교회가 특별히 군인주일을 제정하여 그들을 위해 기도하고 사랑을 나누는 것은 참으로 의미 있는 일이라 하지 않을 수 없습니다.

군대는 나라의 안녕과 평화를 유지하기 위해, 바로 우리들의 안락한 삶을 위해 꼭 필요한 집단입니다. 휴전선을 지키는 군인들이 없다면 지금 이 시간 우리가 어떻게 이렇게 편안하게 미사를 드릴 수 있겠습니까? 국민들의 편안한 생활을 위해 자신을 희생해가며 온갖 혹독한 훈련과 근무의 고통을 견디고 있는 군인들은 바로 애정과 관심으로 돌보아야 할 우리들의 형제요 자녀들입니다. 뿐만 아니라 그들은 예수님이 말씀하신 이웃을 위해 제 목숨을 바치는 큰사랑을 실천하기 위해 파견된 애덕의 완성자들 입니다.

그런데 군에 입대하는 아들을 둔 대부분의 부모들은 어떻습니까. 마치 죽을 곳에라도 보내는 것으로 생각하여 자식의 군대생활을 편하게 해주기 위해 온갖 수단과 방법을 동원합니다. 군대는 별로 쓸데없는 고생만 하는 곳이라고 생각하여 그저 적당히 편한 자리에서 몸이나 성하게 있다가 제대하기를 바라는 것입니다. 저도 주위로부터 그런 인사청탁을 가끔 받습니다. 멀쩡하고 튼튼한 거 다 아는데 입대할 때쯤 되면 갑자기 허약한 아이로 변합니다. 그래서 아이의 능력은 고려하지도 않고 무조건 육체적인 고통이 없는 행정 부서에 배치되게 해달라고 애걸하는 것입니다. 여러분! 우리가 만일 회사나 기업체에 자식을 취직시킨다면 그런 식으로 편한 자리에 근무하게 해달라고 청탁하겠습니까. 아마 기업체들이 부모의 그런 부탁대로 인사관리를 한다면 다 망할 겁니다. 하물며 국가와 국민의 안전을 책임지는 군대가 그래서야 되겠습니까?

군복무는 바람직한 사회인이 되기 위한 좋은 훈련과정입니다. "군대 갔다 오더니 사람 됐다."는 말 많이 하지 않습니까. 사실 요즈음 젊은이들 힘든 일 해볼 기회가 별로 없습니다. 농촌에서도 부모님들은 뼈빠지게 농사일 하면서도 아이들에겐 공부만 하라고 하지 손에 흙 묻히는 일은 통 시키지 않습니다. 그러다 보니 삽질, 망치질 하나 제대로 하지 못하는 병사가 대부분입니다. 여러분의 사랑하는 자녀가 그런 무능한 인간이기를 원하십니까? 또 우리 아들은 어디에 내놓아도 능력을 발휘하며 잘 할 거라고 자신할 수 있는 분 있으십니까? 가능하면 힘든 일 많이 해보게 하는 것이 밖에서는 능력 있는 사회인, 안에서는 착한 효자 만드는 최선의 방법입니다. 힘든 일 해본 아이가 부모님 사랑과 은혜도 더 크게 느끼는 법 아닙니까.

군에 징집되는 연령은 인생에서 대단히 중요한 시기입니다. 육체적으로나 정신적으로 왕성한 성장기이고, 부모의 그늘에서 벗어나 스스로 결정하고 책임질 줄 아는 사회적 인간으로 자립할 수 있는 능력을 갖추는 기간이기도 합니다. 그런데 대부분의 병사들은 단지 국방의 의무를 때우기 위해 군에 왔다고 생각하기 때문에 국방의 중요함에 대한 인식이나 사명감이 결여되어 있습니다. 그러다 보니 군 생활을 단지 지루하고 괴로운 과정의 연속으로만 생각하게 되고, 자신의 인생에서 무의미한 공백기간처럼 생활하려고 합니다. 따라서 훈련이나 근무에서 느끼는 육체적 고통을 잘 견디지 못하며, 가정과 사회로부터 특히 사랑하는 사람들로부터 격리되어 있는 외로움으로 인한 정신적 고통을 힘들어하는 경우가 많습니다. 그런데 이들을 잘 지도하면 오히려 그러한 고통의 체험을 통해 자신의 삶에 대한 올바른 가치관을 정립하고, 제대후의 사회생활에서 부딪히게 될 갖가지 시련을 극복할 수 있는 엄청난 잠재능력을 개발할 수 있습니다. 지휘관이나 간부들은 병사들의 이런 고민과 고통을 해소해주기 위해 노력하지만 그들의 능력으로는 미치지 못하는 부분이 많습니다. 군종 신부님들은 바로 이런 부분에서 병사들을 도와줄 수 있는 적임자들입니다.

귀한 아들 군대 보내 놓고 걱정하지 않는 부모가 어디 있겠습니까? 그러나 만일 그 아들이 신부님을 자주 대하며 걱정거리를 상담할 수 있고, 또 미사도 함께 봉헌할 수 있는 그런 환경에 있다면 한시름 놓아도 되지 않겠습니까. 더욱이 군 생활 동안 신앙적으로도 성숙되어 생명과 사랑의 존귀함을 깨닫고, 자식된 도리를 다할 줄 아는 대견스러운 아들로 변모된다면 이는 천금을 주고도 살 수 없는 기쁜 일이 아니겠습니까.

군종 신부님들은 병사들과 함께 생활하면서 그들의 고충을 해결해주기 위해 최선을 다하지만 여러 가지 불비한 여건 때문에 고생이 말이 아닙니다. 그런가 하면 교회나 법당은 있어도 성당은 없는 부대가 아직도 많습니다. 저희 본당 신부님은 1사단에 계시다가 얼마 전에 오셨는데, 병사들을 위해 인근 부대들까지 열심히 사목 방문을 다니시느라 별로 넓지도 않은 사단지역을 3년 동안 22만Km나 주행하여 아끼던 승용차를 폐차 처리할 수밖에 없었습니다. 또 과로로 입원하신 어떤 신부님이라면만 너무 먹었더니 이젠 냄새가 나서 못 먹겠다고 하실 때에는 눈시울이 뜨거워진 적도 있습니다. 막대한 국방예산에도 불구하고 아직 우리 군은 병사들의 신앙생활까지도 책임질 수 있는 여력은 없습니다. 그런 열악한 환경에도 불구하고 한국 천주교회의 통계에 따르면 작년도에 세례를 받은 20대 청년 13,173명중에서 7,376명이 병사들이었습니다. 군종 교구가 전국 14개 교구를 합친 것보다도 더 많은 젊은이들에게 세례를 준 것입니다.

오늘은 어렵고 힘든 군 생활을 하고 있는 우리의 자녀나 형제들을 위해 기도하고 사랑을 나누는 날입니다. 우리 교회 공동체가 한마음이 되어 기도하며 그들에게 필요한 것들을 마련하기 위해 정성을 모으게 됩니다. 그렇게 모아진 정성으로 미사를 드릴 수 있는 작은 성당과 예비자 교리를 위한 교육관을 짓고, 병영생활에 요긴한 것들을 지원하며, 지난 추석 같은 명절날 고향 생각으로 울적한 병사들의 심사를 달래줄 위로 연을 열기도 합니다. 또한 이런 일들을 하기 위해 노심초사하시는 군종 신부님들의 사목활동을 지원하게 될 것입니다.

교형 자매 여러분! 여러분은 오늘날의 한국사회를 어떻게 생각하십니까? 오늘과 같은 풍요로운 사회를 만들기 위해 여러분들은 굶주림을 참아가며 눈물겨운 고생을 감수했지만 우리의 2세들이 배곯지 않고 잘사는 세상을 바라보며 보람과 기쁨에 흐뭇해했습니다. 그러나 요즈음의 세상 돌아가는 꼴은 우리를 걱정과 우려의 눈으로 바라보게 합니다. 저는 우리 사회를 법과 질서가 존중되는 건강하고 희망이 있는 사회로 만드는 지름길의 하나가 젊은이들을 올바른 천주교신자로 만드는 것이라고 생각합니다. 이런 점에서 군대는 전교의 황금어장입니다. 여러분이 조금만 정성을 모아주시면 방황하는 젊은이들에게 복음을 전하는데 큰 힘이 될 것입니다. 개신교나 불교는 초교파적으로 지원하여 늘 풍성한데 우리 천주교는 너무 가난하여 제 자신이 부끄러운 적도 많습니다.

우리의 형제나 자녀들이 군 생활 동안 건강하고 성실하게 생활하여 보다 성숙된 신앙인의 자세로 사회와 가정에 복귀할 수 있도록 도와주십시오. 그리하여 군 생활을 자랑스럽고 보람있는 추억거리로 이야기할 수 있도록 여러 교형 자매님 들의 애정 어린 기도와 정성을 부탁드립니다. 또 군종신부들의 사목 활동을 도와주는 군종후원회에도 많이 가입하실 것을 부탁드립니다.

어리석은 사람들이 우리가 언제 주님께 마실 것, 먹을 것, 입을 것을 드린 적이 있느냐고 물었을 때, 예수님께서는 너희 중에 가장 보잘 것 없는 사람에게 해준 것이 곧 나에게 해준 것이라고 말씀하셨습니다. 뿐만 아니라 예수님께서 가르쳐주신 사랑을 실천하지 않으며, 예수님을 모르는 사람처럼 사는 사람들에 대해서는 심판의 날에 예수님도 하느님께 그런 사람들을 모른다고 하겠다고 말씀하셨습니다. 외롭고 고통스러운 군 생활을 하면서 위로와 도움이 필요한 군인들을 위해 사랑을 실천함으로서 주님의 나라를 차지하는 백성이 됩시다.

노원 천주교회와 여러분의 가정에 주님의 은총이 풍성하게 내리기를 기도하겠습니다. 감사합니다.

2000. 10. 1.

언론의 사회적 책임

　서원아파트의 중앙 도로변에 줄지어 선 느티나무를 물들이는 현란한 빛깔들이 주민들의 탄성을 자아내게 한다. 아내와의 산책길에 "단풍놀이 고생하며 멀리 갈 필요 없겠다. 여기를 거니는 게 단풍놀이지……"라는 말을 주고받곤 한다. 자연은 그렇게 때맞추어 우리의 주위를 아름답게 장식하며 인간의 삶을 풍요롭게 해준다. 그런데 정작 인간들은 그런 자연의 혜택과 아름다움을 잘 가꾸어 풍요롭게 살아야 할 사회를 불신과 갈등으로 얼룩지게 하는 어리석음을 자행하고 있다.

　요즈음 언론에 보도되는 세상 돌아가는 꼴은 어디로 이민이라도 훌쩍 떠나고 싶은 충동을 떨쳐버리기 어렵게 만든다. 재작년 이스라엘 성지순례 때는 불모지 같은 그곳의 열악한 자연환경과 우리의 금수강산이 비교되어 내가 한국인이라는 것이 너무도 행복했었다. 게다가 여러 가지 불비한 여건 속에서 이룩한 고도 경제성장이나 지난 월드컵이나 아시아경기대회에서 이룩한 신화는 우리 민족의 저력과 역량을 보여준 것이라는 생각이 나로 하여금 긍지와 자부심으로 들뜨게 한다. 반면에 이런 민족적 역량을 먹칠하는 우리 사회의 부정적 요소들은 나를 우울하게 만든다. 이를테면 법과 질서를 존중하는 시민 교육과 개인의 재능 개발 교육을 제대로 해주지 못하고 있는 열악한 학교교육 제도와 환경, 사회 지도층의 도덕적 불감증과 정치문화의 후진성, 윤리의식을 팽개치고 돈벌이에 급급하는 기업인들은 나를 슬프게 한다. 이런 나를 더욱 분노하게 만드는 것이 바로 이 땅의 언론이 보여주는 사회적 책임의식의 결여이다.

나는 언론인도 아니고 그에 관련된 전문가도 아니므로 언론의 사회적 기능과 책임에 대한 역학관계를 논할 수는 없다. 그러나 어떤 개인도 정당한 사유 없이 타인에게 치명적으로 위해로운 말이나 행동을 해서는 안되듯이, 어떤 조직이나 집단도 합당한 근거도 없이 다른 조직이나 집단의 구성원에게 심각한 손실을 끼칠 수 있는 행동을 해서는 안되는 것이 민주주의 사회의 기본 원리이다. 그런데 이 땅의 언론들은 발표와 표현의 자유를 방패삼아 국민들의 알 권리를 충족시킨다는 명분 하에 보도 내용이 가져올 심각한 부작용이나, 관련되는 개인이나 집단의 피해에 대해서는 염두에 두지 않고 특종을 터뜨리는 데에만 연연하고 있다는 생각이 들 때가 많다.

　특히 최근에 매스컴을 통해 보도된 군관련 사건들에 대한 폭로적 기사를 읽을 때는 언론의 무책임성에 분노를 금할 수가 없었다. 회사의 이익에 기여하려는 심리와 기사문 작성자들의 특종에 대한 경쟁의식만 노출되어 있을 뿐 보도 내용이 가져올 사회적 파장과 후유증에 대한 우려는 아랑곳하지 않고 있기 때문이다. 기사문 작성자들의 사회의식과 윤리의식을 의심하지 않을 수 없었다. 의문사 진상규명위원회와 관련된 보도, 개구리 소년 유골 발굴과 관련된 보도, 정치판을 뒤흔들고 있는 병역 비리 공방과 관련된 보도, 서해 교전 사태와 관련된 보도 등 국민들의 여론을 들끓게 한 중요 사건들에 대한 매스컴의 보도는 구체적 증거자료의 제시도 없이 국민들의 의혹만 가중시키는 추측성 폭로 기사가 난무해 군에 대한 국민들의 불신을 조장하는 결과를 초래하고 말았다. 그 좋은 예가 개구리 소년들이 군인들에 의해 살해된 뒤 유기되었다는 악의적인 제보자의 헛소리를 마치 사실처럼 보도한 기자들의 보도 태도이다. 처음 그 기사를 읽었을 때는 설마 그랬을까 하는 의구심에 반신반의하면서도 실추될 군의 위상이 염려되었으며 내가 군인이라는 사실이 심히 부끄럽게 생각되기도 했다. 그러나 그것이 사실로 확인된 것이 아니고 불순한 동기를 지닌 사람에 의한 허무맹랑한 제보임이 드러났을 때는 분통을 터뜨리지 않을 수 없었다. 국방의 신성한 임무에 충실하고자 노력하는 군을, 언론들이 마치 천진난만한 어린이들을 죽인 살인

집단인 것처럼 매도함으로서 조성된 국민들의 군에 대한 부정적 정서는 도대체 누가 원상 복구시켜줄 것인가? 그런 기사를 쓴 기자들은 군인들이 입은 정신적 피해와 아픔의 깊이는 안중에도 없을 것이다. 그것 뿐만이 아니다. 사회적으로 커다란 물의를 일으켜 언론에 오르내리는 인사들의 출신대학이나 학번은 공개하지 않으면서, 사관학교 출신들은 과오의 경중을 불문하고 어느 학교 몇 기라는 것을 친절히 밝히는 저의는 무엇인가? 법과 질서는 결코 사관학교 출신들은 더 잘 지켜야 하고 일반대학 출신은 지키지 않아도 되는 그런 것이 아니다. 그런 식으로 군을 흔드는 것은 통일을 이루어 민주 시민 국가로 발전해 나아가기 위해 국민의 역량을 결집시키는데 결코 바람직한 일이라고 할 수 없다.

그럼에도 불구하고 우리 군은 국민의 군대로서 부여된 사명에 충실하기 위해 의연하게 노력하고 있다. 고향이 강릉인 필자는 지난 번 참혹한 수재를 당한 고향을 방문했을 때 도처에 걸려있는 국군장병에게 감사하는 현수막을 보고 감격하여 눈시울이 뜨거워졌었다. 내가 군인이라는 사실이 너무도 자랑스러웠기 때문이다. 이 땅의 언론들도 국민들이 군에 대한 사랑과 신뢰를 두텁게 할 수 있도록 사회적 책임을 다해줄 것을 당부하고 싶다.

2002. 10. 31

꿈은 이루어진다

　어린 시절의 내 고향 강릉은 동해안에 위치해 문화적 혜택과는 거리가 먼 촌 동네이긴 했지만 그래도 영동지역의 문화적 중심지답게 극장은 여러 곳 있었다. 그 시절 선생님들한테 들키지 않고 극장에 몰래 들어가 영화를 보는 것은 촌놈들에게는 훌륭한 무용담이며 즐거움이었다. 그러다 걸려서 일주일간 화장실 청소를 하기도 했지만 그때 본 영화들은 내 추억 속에 빛 바랜 사진처럼 간직되어 있다.

　어린 시절의 나를 사로잡은 가장 멋진 영화는 바로 서부영화였다. 아란랏드, 리차드 위드마크, 존 웨인 등 나쁜 놈들을 꺼꾸러뜨리는 정의의 총잡이들은 촌놈들의 우상이었다. 그래서 나도 남몰래 저런 멋쟁이 정의의 용사가 될 것을 다짐하곤 했다. 그게 순 꾸며낸 이야기라는 것을 어린 내가 알 턱이 없었던 것이다.

　그런데 그때의 서부영화에 감초처럼 등장하던 인디안들도 내겐 매우 흥미로운 존재였다. 특히 그들이 등장할 때마다 울리는 북소리와 말을 타고 달리며 지르는 괴성같은 기합소리들은 불길하면서도 긴장감을 조성해 어린 내 영혼에 강렬한 인상을 남겼다. 조금씩 커가면서 그런 추억들은 내게 언젠가는 그들의 삶과 문화를 답사해보고 싶은 소박한 꿈으로 자리잡게 되었다. 그러나 삶의 현실적 조건들은 그런 나의 소박한 꿈으로부터 내 생활을 점점 멀어지게 하더니, 그것은 철없던 시절의 생각쯤으로 잊혀져 가고 말았다. 그러나 꿈은 이루어진다. 내가 그 꿈을 버리지 않는 한……

　이번 여행은 준비기간부터 우여곡절이 많았다. 양신부님이 함께 가기로 했던 멕시코 일정이 양신부님이 갈 수 없게 되는 바람에 회원들 간에 여행지에 대한 이견이 속출했기 때문이다. 나도 사실 그 많은 경비를 내며 멕시코만 가는 것이 다소 불만스러웠다. 유럽지역의 성지 순례를 가고 싶은 마음도 들었으나 그쪽은 앞으로 갈 기회가 또 있을 것 같아, 이 기회에 인디안들의 문화를 탐사해 보는 것도 좋을 것 같았다. 내친 김에 아마존과 이과수폭포도 가보고 싶었지만 시간과 경비에 문제가 있어 욕망을 억제할 수밖에 없었다. 더군다나 블라치도 회장님이 이렇게 의견이 분분해서는 더 이상 추진할 자신이 없다고 흥분해서 말하는 지경이 되니 입을 꼭 다물 수밖에 없었다. 결국 최종적으로 멕시코, 칠레, 페루로 가는 걸로 결정되있다. 그 과정에서 양신부님을 대신해서 함께 가기로 했던 소요셉 신부님이 힘든 여행 일정 때문에 못가시겠다고 한 말씀을 다시 번복하는 사건도 있었다. 이 사건이 얼마나 중대한 결단이 었는지는 나중에 알게 된다. 분명한 것은 하느님이 우리 188가족을 굉장히 사랑하시고 우리가 필요로 하는 은총을 늘 예비하고 계시다는 점이다.

2월 19일(수) : 하늘에서 보낸 첫 날

낯선 곳으로 가는 여행은 늘 사람을 설레게 한다. 가져갈 짐은 전날 저녁에 다 꾸려서 들고 나가기 편하게 거실에 두었다. 그러나 큰 아이(준범)의 대학원 생활 문제에 대한 걱정으로 레지나와 나는 별로 마음이 편치가 않은 상태라서 잠을 설치고 말았다. 여행을 가지 않겠다고까지 하는 레지나를 가까스로 달래어 잠시 눈을 부치게 한 뒤 05:00에 일어나 세면과 아침 식사를 마쳤다. 그 와중에 집을 비우는 동안 아이들이 청소도 제대로 하지 않을 것 같아 준범이와 함께 청소기로 집안 청소까지 마쳤다.

07:06분에 출발하는 공항 리무진을 타기 위해 승용차에 가방을 싣고 준범이를 운전을 시켜 태능 네거리로 갔다. 잠이 덜 깬 도시의 거리에는 출근하려는 사람들이 바쁘게 움직이고 있었다. 비록 며칠 되지 않는 시간이긴 하지만 한국을 떠난다는 생각 때문인지 내부순환도로를 질주하

는 버스의 차창 밖으로 스쳐 지나가는 풍경이 더욱 정겹게 느껴졌다. 잠시 졸다보니 08:30경 버스가 인천공항에 도착했다. 짐을 챙겨 집합 장소로 가니 먼저 와있는 회원들도 있었다. 잠시 후 일행들이 모두 도착했고, 에덴항공의 사장이 나와 우리들을 인솔할 가이드를 인사시키고 회사 홍보용으로 만든 휴대용 가방들을 나누어주었다. 그런데 지금도 가이드의 이름이 통 기억나지 않는다. 그정도로 이번 여행가이드는 여행 내내 우리들에게 도움이 될만한 일을 별로 한 게 없다는 생각이 든다.

탑승 수속을 마치고 면세 구역에 들어가 레지나가 필요로 하는 화장품을 몇 가지 샀다. 그리고 준범이에게 몇 가지 당부를 하기 위해 전화를 했으나 신호만 울릴 뿐 통화를 하지 못했다. 아마 잠에 곯아 떨어진 모양이었다. 실험실에서 매일 밤을 새다시피 하니까 집에 오면 늘 수면부족증에 걸린 얼굴을 하고 있다. 그래서 훈련소에서 군복무 중인 준성이에게 전화를 했다. 녀석은 늘 자신만만하다. 속을 끓이게 하는 때도 있지만 통화를 하면 늘 기분은 좋다.

중요 일간신문들을 한 부씩 챙겨들고 비행기에 탑승했다. 우리가 탄 LA행 대한항공비행기는 11:40에 인천공항을 이륙했다. 비행기를 탈 때마다 순간적으로 불길한 생각이 들곤 한다. 내가 다시 한국에 무사히 돌아 올 수 있을까? 이런 불안은 하느님께 맡기면 곧 편안해 진다. 이륙한 지 얼마 안되어 점심이 제공되었다. 불고기 덮밥을 먹었는데 맛이 좀 느끼해서 맥주를 곁들이니까 훨씬 먹기가 수월했다.

출발할 때는 몰랐었는데 우리가 탄 비행기는 동경의 나리타공항을 경유하는 비행기였다. 이때부터 어쩐지 에덴항공 사장에게 좀 속은 듯한 느낌이 들었다. 15:55에 나리타공항에 도착하여 두 시간 정도 면세구역에서 대기했다. 면세점을 구경하며 돌아다니다가 레지나가 살려고 했던 쉬세이도의 Sportscover를 몇 개 샀다. 여자들의 이런 취향을 너무도 잘 알고 있으니 공항면세점의 대부분이 화장품 가게인 게 당연하다는 생각이 든다. 가게의 점원들은 상냥하기는 했으나 영어가 잘 통하지 않았다. 내 영어도 짧은데 국제공항의 점원들치고는 영어실력이 형편없었다. 아마 자기네 나라의 국력에 대한 자만심 때문일 것이다. 엔화를

100엔만 바꾸어 준범이와 통화를 했으나, 휴대전화와 통화를 하다 보니 금방 끊어져서 제대로 말도 다 하지 못하고 말았다.

15:30경 나리타공항을 이륙했다. 비행기에서 내려다보니 논밭들이 직사각형 모양으로 반듯반듯하게 정렬되어 있었으며, 공항 근교의 시골 풍경은 매우 평화로워 보였다. 파도가 출렁이는 동경만을 뒤로하고 비행기는 곧 운해 위로 상승했다. 잠시 후 기내의 대형 모니터에 비행 관련 정보들이 제공되었다. 대충 고도는 10,000m, 비행 속도는 시속 1,000km, LA까지의 비행시간은 9시간 등이었다. 창 밖을 내다보니 운해 위로 쏟아지는 강렬한 햇빛이 눈부셨다. 저녁 식사로 제공된 해물 스파게티를 먹고 난 후, 화장실에 가서 양치질도 하고 좁은 좌석에 앉아 있으려니 식곤증으로 졸음이 쏟아졌다. 잠결에 보니 모니터 화면에서 안토니오 반데라스 주연의 영화가 상영되고 있었다. 영화에 등장하는 루시 루라는 중국 여자가 매우 인상적이어서 결국은 잠을 깨 영화를 다 보게 되었다.

비행시간이 길어지면서 조금씩 허리가 결리고 다리가 저리며, 인후가 불편해지고 두통이 나기 시작했다. 모니터에 방영되는 기내체조도 따라 해 보았지만 별로 효과가 없었다. 그저 참고 견디는 수밖에는……. 그래도 먹을 건 다 챙겨 먹었다. 과일 샐러드와 계란 오믈렛에다 위스키를 한잔 마시고는 잠을 청했다. 빨리 땅을 밟고 싶은 생각이 점점 간절해져 왔다.

2월 20일 : 카리브의 쪽빛 바다를 꿈꾸며

태평양을 건너는 길고도 지루한 비행 끝에 아침 7:40경 LA국제공항에 착륙했다. 멕시코 항공으로 갈아타기 위해 3시간 정도를 공항에서 대기해야 하기 때문이다. 그런데 짐을 찾아 나오면서 작은 소동이 벌어졌다. 인천공항에서 짐을 부칠 때 칸쿤행이라는 표찰을 붙였어야 하는데, 가이드가 설명을 잘못하는 바람에 LA행 표찰을 붙인 짐들이 곧바로 환승용 화물에 섞여 들어가 버린 것이다. 대부분 영어가 서툰지라 미국 세관원들의 설명을 잘 알아듣지 못했을 뿐만 아니라, 막상 이런 문제를 해결해 주어야 할 가이드는 미국 비자가 없어, 비자가 없는 사람들이 대기하는 장소로 잡혀가 버렸기 때문에 우리들은 몹시 당황할 수밖에 없었다. 나도 엉겁결에 가방들을 미국인 세관원들에게 주어버렸기 때문에 몹시 걱정이 되었다. 당황하니까 영어가 더 안되어 내 짐이 잘못 섞여 들어갔다는 것을 세관원들에게 제대로 설명할 수가 없었다. 다행히 영어가 좀 되는 사람을 통해 상황 설명을 해 주고 기다리니 잘못 부친 짐들을 모두 다시 찾아주었다. 도처에서 가이드를 책망하는 소리들이 터져 나왔는데 블라치도 회장님의 흥분도가 가장 높았다.

찾은 짐들을 칸쿤행으로 다시 부치고 면세점들을 둘러보았다. 대체로 미국의 공항에 있는 가게들은 비싸다. 10년 전쯤 피츠버그 공항에서 껌을 한 통 사려다가 값이 비싸 놀랐던 기억이 되살아났다. 예를 들면 똑같은 구강청정제가 나리타공항에서는 2000원 정도였는데 여기서는 2.99$이었다. 그래서 물건 사는 건 포기하고 그냥 구경만 했다. 돌아다니다가 멕시코 항공 탑승구 앞의 의자에 앉아 쉬려니 공항 활주로 주변의 풀밭에 지천으로 피어 있는 노란 풀꽃들이 보였다. 민들레 빛깔이긴 한데 민들레는 아닌 것 같았다.

10:30에 멕시코 항공 비행기에 탑승했다. 비행기는 국내선 항공기처럼 다소 작고 낡아 보였다. 가브리엘라가 "시골 버스 같네!"라고 푸념하는 소리가 들렸다. 나도 좀 불안했지만 태연한 척 자리에 앉았다. LA공항을 이륙하여 두어 시간쯤 가니 식사가 제공되었다. 메뉴는 닭고기 덮밥과 빠샤 두 가지였다. 나는 좀 색다른 걸 먹고 싶은 생각에 빠샤를 주문했다. 그러나 불은 수제비에 다소 역겨운 쏘스를 얹은 빠샤라는 음식은 아무리 인내심을 발휘해도 반도 먹을 수가 없었다. 그래서 포도주와 커피로 입맛을 달랬다. 레오 형님도 "데킬라를 마실 걸……"하고 입맛을 다셨다.

계속 좁은 공간에 앉아 있으니 소화가 잘 안 돼 속이 더부룩하고 변비 증세가 나타났다. 기내 화장실에 앉아 있으려니 허공 중에 이러고 있는 내 모습이 우습기도 했다. 머리 속은 새학기 등록금 문제로 걱정하고 있는 준범이 녀석이 생각나 좀 무거웠다. 그냥 아버지가 해결해 준다고 말하지 못한 것이 후회가 되기도 했다. 아이에게 자립적인 능력을 길러 주려는 내 사랑이 때로는 나 자신을 아프게 한다. 레지나는 곤하게 잠에 떨어져 있었다. 기내에 방영되는 영화나 안내 방송이 스페인어로만 이루어져 여러 가지가 불편했다.

현지시간으로 17:30 경 칸쿤 공항에 착륙했다. 비행기에서 내리니 후끈한 한여름의 더위가 느껴졌다. 공항에서 만난 현지 가이드인 이율리안나 자매는 편안한 노처녀 인상이었다. 호텔로 가는 전용버스 안에서 차후 일정을 설명하면서 카리브해의 아름다운 물빛과 풍광을 자랑하던 그녀는 요 며칠간 날씨가 흐리고 바람도 많이 불며 파도가 높아 좀 걱정된다고 말했다. 그러나 나는 내심 우리가 이렇게 힘들게 왔으니 내일은 분명 청명한 카리브해를 볼 수 있을 거라고 확신했다. 하느님은 우리 188을 굉장히 사랑하고 계시다는 것을 믿기 때문이다. 차창 밖으로 이어지는 낯선 이국의 풍경들이 가벼운 흥분으로 다가왔다.

18:30경 숙소인 파크 로얄 호텔에 도착했다. 한국에서 자주 가던 대명콘도와 건물 모양이 유사했다. 흰색 계열로 채색된 피라미드형의 건물이었다. 주의사항을 듣고 있으려니 종업원들이 얼음이 든 과일주스를 한 잔씩 제공해 주었다. 배정 받은 방으로 가 샤워를 하고 호텔 식당으로 저녁식사를 하러 갔다. 음식은 뷔페식으로 차려져 있었다. 따로 마련된 식탁에 모여 앉아 데낄라 칵테일인 마르가리타로 유쾌하게 축배를 들었다. 간간이 소주도 몰래 곁들이면서 맛있고 즐거운 식사를 했다. 소고기, 돼지고기, 닭고기 등과 열대과일을 중심으로 푸짐하게 먹었다. 신부님이 고추는 지독하게 매우니까 한 개 이상 먹지 말라고 충고하며, 입으로 들어 갈 때도 힘들고 뒤로 나올 때도 힘들다고 웃기는 말을 하셨다. 그래도 모두들 고추의 매운 맛을 음미하며 잘 먹었다. 신부님이 맛있다고 자랑한 파파야는 도저히 우리 입맛에는 맞지 않아 잘 먹을 수가 없었다. 신부님의 왕성하고 건강한 식욕이 우리들의 식욕까지 돋구어주었다.

식사 후에 파도 소리가 들리는 야외 의자에 앉아 내일 일정과 공동 경비 문제에 대해 토의했다. 내일 하루는 일정 상 푹 쉬는 시간으로 비어 있었는데, 사실은 에덴항공에서 경비 절약을 위해 그렇게 한 것으로 보였다. 이율리안나 자매의 제안으로 내일 오전에는 시내버스로 툴룸 유적을 돌아보고, 저녁에는 카리브해 크루스를 가기로 했다. 이를 위해서 개인당 140$씩 추가되는 비용을 내기로 했다.

토의를 서둘러 끝낸 후 호텔 건너편의 호수 주변에 있는 쇼핑몰과 카페 거리로 밤나들이를 갔다. 관광지라 물건값들이 터무니없이 비싸니 가능하면 이곳에서 물건을 사지 말라는 가이드의 충고가 생각나 그냥 구경만 하고 다녔다. 도중에 멕시코 전통음악이 흥겹게 연주되는 카페에 들어가 사진을 몇 장 찍었다. 한참 구경하고 다니려니 다리도 아프고 피로가 몰려와 23:00경 호텔로 돌아와 그대로 잠에 빠져들었다. 꿈속에서 카르브의 쪽빛 파도가 밀려와 은모래를 쓸어 내리며 부서지고 있었다.

2월 21일 : 카리브해의 낭만과 정열에 취한 밤 뱃놀이

원래는 06:00에 일어나기로 했으나 전날의 피로에도 불구하고 눈은 일찍 떠졌다. 꿈속에서 출렁이던 카리브해의 파도들 때문이었다. 05:00경 일어나 커텐을 열고 내다보니 하늘빛이 청명해 보이고 파도도 다소 잔잔한 듯 했다. 해돋이를 보러 나가자고 레지나를 깨웠다.

서둘러 세수를 하고 해변가로 산책을 나갔다. 해변가의 작은 봉우리 위에 있는 해안초소같이 생긴 마야의 유적지에 올라서니 연이어 있는 호텔들과 파도가 밀려오는 해변가의 풍경이 한눈에 들어왔다. 태양은 이미 수평선 위로 눈부시게 떠올라 있었다. 끝없이 펼쳐진 은빛 모래 사장과 파란 물빛이 저절로 탄성이 터져 나오게 했다. 얼굴을 간질이는 해풍도 싱그럽고 상쾌했다. 그렇게 그윽하게 카리브해 풍광을 음미하고 있으려니 잠시 후 가브리엘과 스테파노 부부가 올라왔다. 가브리엘라의 양팔기도 덕분에 이렇게 날씨가 쾌청해진 것 같다고 즐겁게 농을 주고받으며 사진을 몇 장 찍은 뒤 해변으로 내려갔다. 영화 속의 연인들처럼 맨발로 깨끗한 모래사장 위를 걸으며 행복이 무엇인지를 온몸으로 만끽했다.

그렇게 유쾌한 산책에서 돌아오니 식욕도 왕성할 수밖에 없었다. 호텔 식당에 잘 차려져 있는 뷔페 음식들이 입맛을 돋우었다. 특히 한쪽 구석에서 즉석 요리로 제공된 계란 오믈렛이 맛있어 곱배기로 가져다 먹었다. 메론과 망고 요구르트도 자꾸만 손이 갈 정도로 입맛을 당겼다. 아름다운 풍경과 맛있는 식사가 잘 어우러지는 아침이었다.

그렇게 든든하게 식사를 하고 08:10 경 호텔 앞 도로에 있는 버스정류장에 집합하여 다운타운으로 가는 시내버스에 탑승했다. 그곳에 있는 버스터미널에서 마야의 유적지인 툴룸으로 가는 버스를 타기 위해서이다. 시간이 좀 걸리고 차 시간을 기다리는 지루함이 있긴 하지만 이렇게 전세버스가 아닌 일반 교통편을 이용해 보는 것도 색다른 재미를 느끼게 했다. 버스를 타고 좀 가려니 기타를 멘 중년의 남자가 버스에 올라 기타를 치며 노래를 부르기 시작했다. 우리 일행도 즐겁게 박수치며 앵콜을 외쳤다. 간간이 호소조의 연설을 하기도 했는데 소신부님의 통역으로 그것이 환경보호 캠페인임을 알아들을 수 있었다. 우리가 더 큰 박수로 응답해 주니 그는 더 신이나 노래했다. 우리도 데꼴로레스 합창으로 화답했다. 다 먹고 살자고 하는 짓이었기 때문에 신부님이 적절하게 팁을 주셨다. 그의 노래 덕분에 버스를 타고 가는 우리의 유쾌함도 배가된 듯 했다.

칸쿤의 다운타운에 있는 버스터미널은 한국의 시골 버스정류장과 비슷했다. 버스 출발 시간을 기다리다 화장실에 잠깐 다녀왔는데 그새 버스에 사람이 다 차 출발할려고 나를 기다리고 있었다. 레지나로부터 여러 사람 기다리게 한다고 핀잔을 듣고 말았다. 버스 안은 시골 장날 버스처럼 만원이었고, 냉방이 잘 되지 않아 무덥고 후덥지근했다. 게다가 정차할 때마다 앵벌이 비슷한 자선단체원들이 차에 올라 헌금을 호소하곤 해 다소 짜증이 나게 만들기도 했다. 그런 눈치를 채셨는지 소신부님이 그에게서 쵸코바를 하나 사주셨다. 그래도 외국에서 시골버스를 타고 다녀보는 여행 체험도 또 다른 재미를 느끼게 해주었다.

두 시간 반쯤 걸려서 11:40 경 툴룸에 도착했다. 버스에서 내려 유적지 입구로 가는 도중에 공터에서 인디안들이 벌리는 공중 곡예를 잠시 구경했다. 회전 그네 같은 것에 거꾸로 매달려 전통음악에 맞춰 빙빙 돌면서 지상으로 내려오는 별로 재미없는 곡예였지만 박수도 쳐주고 관람료도 주었다.

　그곳에서 유적지 입구까지는 트랙터가 끄는 마차를 타고 가게 되어 있었다. 그런데 가이드 문제로 멕시코 관리인들과 잠시 시비가 벌어졌다. 유적지에 입장하는 관광객들에 대한 가이드는 현지인들만 할 수 있도록 되어 있기 때문에 따로 가이드를 고용해야 된다는 것이다. 그러나 율리안나가 적절히 임기응변을 발휘해 가이드를 쓰지 않기로 했다. 비용만 비싸게 받고 외국인들에게 알아듣지도 못하는 스페인말 설명을 듣게 한다는 건 무언가 잘못된 규정임에 틀림없었지만 구경을 하려면 그들의 요구에 따를 수밖에 없다고 율리안나가 설명해 주었다. 관광객들을 편하게 해주어야 더 많이 올텐데 이곳은 아직은 그런 정책같은 것은 신경도 쓰지 않는 눈치였다. 경제적 후진국들이 다 그런 이유가 있는 것이다.

　입장권을 사기 위해 줄을 서서 기다리려니 핫팬티에 젖가슴이 거의 노출되는 아슬한 브래지어같은 것만을 걸친 여자들이 눈길을 끌었다. 박요셉 형님이 "아니 쟤들 왜 저래?" 하는 말에 모두들 웃음을 터뜨렸다. 멕시코에는 LG전자 제품이 잘 팔린다고 들었는데 유적지 관리소에도 LG 에어컨이 설치되어 있었다. 외국에서 우리 상품 광고나 제품을 보는 것도 상당한 긍지를 느끼게 한다. 유적지 경내 곳곳에는 제주도의 여미지식물원에서 인상적으로 보았던 빨간 부감빌리아꽃이 만발해 있었다.

　입장권을 사들고 잠간 걸어가니 돌로 축조된 성채같은 유적지가 나타났다. 돌담으로 둘러 쌓인 널따란 정원같이 생긴 툴룸은 마야 귀족들이 신에게 제사를 지내고 잔치를 벌리던 곳이라고 하는데, 훗날 스페인군이 바로 이곳을 통해 침공해 들어왔다고 율리안나가 설명해주었다. 유적지가 연해 있는 바닷가 풍경과 물빛도 경탄할 정도로 아름다웠다. 율리안나가 바다를 한번 유심히 보라고 해서 주의를 기울여 보니 한가운데에 파도가 끊어지는 현상이 눈에 띄었다. 그곳은 수중의 산호초 산맥이 끊어져 있는 곳이기 때문에 큰 배들이 다니는 수로라고 설명하면서 마야인들은 그곳을 '신이 준 뱃길'이라 부른다고 했다. 아이러니컬하게도 스페인군도 바로 그리로 쳐들어왔다고 한다.

설명을 듣고 풍광을 감상하며 사진을 찍고 있는데, 비명에 가까운 탄성이 터져 달려가 보니 벼랑 아래의 바위 위에 커다란 이구아나들이 기어다니고 있었다. 동물원에서 본 이구아나가 태연하게 눈을 껌벅이며 바위 위에서 휴식을 취하고 있었다. 신부님이 이구아나는 포획이 금지되어 있는 동물이며, 식용으로도 사용된다고 하시면서, 그것들이 유적지를 훼손시키는 주범이기도 해 문제라고 설명해 주셨다. 유적지를 대충 둘러본 후 호텔의 점심 시간에 늦지 않기 위해 서둘러 버스 타는 곳으로 이동했다.

12:50 경 율리안나가 미리 협조하여 대기시켜 논 전세버스를 타고 칸쿤의 호텔로 출발했다. 전세버스는 중간 정차도 하지 않고 냉방도 잘되 비교적 편안하게 차창 밖의 풍경을 감상할 수 있었다. 운전사는 교통 법규를 잘 지켜, 추월 차량이 접근하면 길섶으로 양보해주고, 제한속도도 철저히 준수하며 운행했다. 15:10 경 호텔에 도착하여 서둘러 식당으로 가 점심 식사를 했다. 피로한 탓인지, 아침을 푸짐하게 먹은 탓인지 별로 식욕이 동하지 않았다. 신부님의 권유로 독특한 향료의 또르띠야를 몇 개 먹었다. 혹시나 하고 먹어 본 파파야는 역시 입에 맞지 않았다. 식사 후에 잠시 휴식을 취한 뒤, 17:00에 마르꼬 형님네가 기거하는 콘도식으로 된 넓은 방에 모여 미사를 봉헌했다. 창밖으로 보이는 호텔 건너편에 있는 아름다운 호수 풍경이 눈길을 끌었다. 그런데 미사가 끝나자 너무 피곤해서 카리브해 크루즈를 안가겠다는 부부들이 속출했다. 1인당 70$로 이미 예약을 다 해놓았기 때문에 율리안나가 당황했고 다소화도 난 눈치였다. 회장님도 좀 언짢은 듯했다. 어제 밤에 다 가기로 했었기 때문이다. 레지나도 비용이 너무 많이 든다고 가지 말자고 했으나 가지 않으면 평생 후회하게 될 카리브해의 멋진 밤뱃놀이에 대한 회유와 설득이 주효하여 모두들 나서기로 했다.

18:30에 크루즈를 하기 위해 버스에 탑승하여 선착장으로 갔다. 밤

바다 바람에 다소 추울 수도 있다는 가이드의 충고대로 모두들 긴 바지와 긴팔 옷을 입고 있었다. 선착장으로 들어가니 디스코텍같이 생긴 승선 대기 장소에는 시끄럽고 빠른 리듬의 음악이 귓청을 흔들어 관광객들의 정신을 혼미하게 만들고 있었다. 승선 중에도 뱃전에서는 캄보밴드가 흥겨운 칼립소를 연주하며 분위기를 띄웠다. 뿐만 아니라 선착장을 출발하여 카리브의 밤바다를 항해하여 이슬라 무헤레스 섬(여인의섬)에 도착할 때까지 노래와 춤이 계속되었다. 얼마 가지 않아 함께 승선하고 있는 관광객들을 소개하기 시작했는데 사회자가 코리아를 외치자 우리도 함성으로 응답했다. 월드컵 덕분에 우리나라에 대한 인지도가 매우 높아진 것을 실감할 수 있었다. 옆에 앉아 있던 미국의 미시간에서 온 부부가 북한 핵 위협에 대한 우려를 질문했는데 나는 자신있게 별 문제 없다고 대답해 주었다. 운항 중인 배에서는 사회자의 정열적인 리드 아래 춤동작을 가르쳐주기도 하면서 데낄라로 취기가 오른 승객들을 광란적인 흥분으로 이끌었다. 가끔 파도에 출렁이는 배 때문에 쓰러지기도 하면서 모두들 즐겁게 춤추었다. 꿈에 그리던 카리브해의 밤 풍경은 나를 도취적인 상태로 이끌었다. 부드러운 해풍과 싱그러운 바다 내음, 수면 위로 쏟아지는 달빛과 먼 해안의 불빛들이 어우러져 가히 환상적인 분위기를 만들고 있었다. 신부님도 매우 즐거워하시며 함께 어울렸다.

이슬라 무헤레스섬에 도착하니 선착장에 직원들과 무희들이 나와 손을 흔들며 환영의 인사를 보냈다. 배에서 내려 섬으로 가려니 다리 아래의 목책 안에 상어들이 헤엄치고 있는 것이 보였다. 섬뜩하게 무서운 생각이 들었으나 가이드가 양식 상어들이라 온순하고 함께 수영도 할 수 있다고 설명해 주었다. 섬에 오르자 먼저 연회장으로 가서 뷔페식으로 마련된 식사부터 했다. 우리 일행을 위해 예약된 특별석에 앉아 맛있게 식사하며 데낄라를 시켜 마셨다. 레오형님과 스테파노, 베드로와 어울려 꽤 여러 잔의 데낄라를 마신 탓으로 나도 술기운이 상당히 올랐다. 술만 마시면 왜 그렇게 세상이 즐겁고 유쾌한지 그게 바로 술의 신비일 것이다.

식사 후 관광객들을 위한 쇼를 구경하러 갔다. 민속 의상을 걸친 무희들과 배에서 사회를 보았던 젊은이가 무대 위에서 목청을 돋구며 분위기를 띄우고 있었다. 공연 내용은 별로 세련되거나 품위있는 내용이 아니었다. 칼립소를 몇 곡 부른 다소 뚱뚱한 여자의 노래를 제외하고는 시골 가설극장 쇼 수준이었다. 그러나 사회자의 정열적인 목소리와 성심을 다하는 진행은 흥겨운 분위기를 만들어 관광객들을 즐겁게 해주었다. 관중 참여 무대에는 가브리엘 부부가 참가하여 엉거주춤한 춤동작으로 우리를 웃겼다. 각국 대표들이 참가하여 서로 겨루는 무대에서는 오스테파노가 대표로 참가하여 코리아의 국위를 선양했다. 영어가 유창하지 못해 혹시 망신당하는 건 아닐까 석성했으나 스테파노는 특유의 재치와 순발력을 발휘하여 관중을 즐겁게 했으며, 우리들 모두를 무대 위로 불러 올려 뽕짝 리듬으로 '머나먼 고향'을 고래고래 소리지르며 부르게 해 우레와 같은 박수를 받았다. 출연자들에게는 기념 T-shirt를 선물로 주었다.

연이어 카리브의 민요풍 노래와 리듬에 맞춰 흥겨운 춤판이 벌어졌다. 관광객 모두가 함께 어울려 흥겹게 춤추었는데, 박요셉 형님은 형수님이 무대에 올라 춤춘 것을 매우 흐뭇해했다. 레지나와 신부님도 저러다 몸살나는 건 아닌가 걱정될 정도로 신명나게 어울렸다. 쇼가 끝나 돌아오는 배 위에서는 가히 광란적인 분위기였다. 오스테파노가 체력의 한계를 느낀다며 내 곁에 털썩 주저앉았다. 나도 지쳐서 의자에 앉아 즐거워하는 레지나를 걱정스레 지켜볼 수밖에 없었다. 관광객들의 즐거움을 최대화하기 위해 정열적으로 봉사하는 멕시코 승무원들의 태도는 비싼 요금을 아깝지 않게 생각하도록 만들었다.

12:30 경 호텔로 돌아왔다. 내일 일정을 간략히 안내받고 해산했으나 곧 레오형님이 술꾼들은 집합하라는 전달이 왔다. 간단히 샤워한 후 오스테파노네 방에서 신부님이 추천해서 산 계란술과 데킬라로 한잔씩 더 걸쳤다. 별관의 방들은 본관 것보다 훨씬 넓고 시설도 좋아 보였는데, 스테파노가 돈 더낸 거라고 약을 올렸다. 라면과 마른 안주와 고추장을 곁들여 달작지근한 계란술 두 병과 데킬라를 비운 후에야 술판은 끝이

났다. 새벽 2:30 경 방으로 돌아와 그대로 곯아 떨어졌다. 가히 카리브 해의 낭만과 정열에 취한 밤이었다.

2월 22일 : 마야의 성지 치첸이트사 탐사와 멕시코시티의 황홀한 야경

낭만과 정열에 취했던 전날의 후유증 탓으로 06:30 모닝콜이 울려서야 눈을 떴다. 더 자고 싶었지만 서둘러 일어나 세수하고 짐을 챙겼다. 7:30에 마르꼬 형님네 방에 모여 미사를 드린 후, 식당으로 가서 아침 식사를 든든하게 먹었다.　오늘도 강행군이 예상되므로 충분히 에너지를 비축해두어야 했기 때문이다.

로비에 모여 퇴실 수속을 마친 후 9:30 경 전용버스로 마야의 성지며 세계문화유산으로 등록되어 있는 치첸이트사로 출발했다. 잠시 후 칸쿤 교외를 벗어나 고속도로로 접어들자 차창 밖으로 정글처럼 무성한 잡목 수풀이 끝없이 펼쳐졌다. 차창 밖의 풍경을 감상하면서 율리안나의 지도로 몇 가지 관광에 요긴한 스페인 말을 배우기도 했으며, 소신부님이 스페인 민요 '제비'를 열창하여 우리를 즐겁게 해주기도 했다.　그렇게 고속도로를 달려가다가 톨게이트 근방의 바뇨(화장실)에 들려 잠시 화장도 고치고 휴식도 하며 빙 둘러서서 체조도 했다. 멕시코에서는 우리나라의 고속도로 휴게소 같은 시설은 볼 수가 없었다.

다시 차에 올라 율리안나의 멕시코 문화 소개를 들으며 한참을 가려니 차가 고속도로를 벗어나 조그만 도시로 들어서고 있었다. 간간이 졸기는 했지만 우리가 애용하는 중요한 기호식품들인 옥수수, 고추, 치클(껌의 원료), 카카오(초콜렛 원료)의 원산지가 멕시코라는 것은 알아들었다. 우리가 들린 곳은 바야돌릿이라는 아담한 스페인풍의 소도시였다. 도시의 중심인 공원 옆에는 420년이나 되었다는 프란치스코회 성당이 있었다. 비록 보수가 제대로 되지 않은 낡은 석조건물이었으나 그것이 오히려 오랜 풍상을 견디어낸 역사성을 느끼게 했다. 안으로 들어가 성체조배를 하고 성당을 둘러본 후 밖으로 나와 공원 주위에서 잠시 자유시간을 가졌다. 공원의 도처에 있는 S자 모양의 벤치가 인상적이었는데 율리안나가 '연인들의 의자'라고 설명해주어 탄성을 올렸다. 연인들이 마주보고 앉아 사랑을 속삭이며 뜨거운 입맞춤을 하기 편하게 고안된 의자였기 때문이다. 우리도 서로 그곳에 앉아보았으나 연인들의 장면을 연출하기에는 다소 쑥스러웠다. 그러나 그 의자에 앉아 성당을 배경으로 사진도 찍고, 공원 주위에 벌려 놓은 원주민들의 토산품 노점상들을 둘러보기도 하면서 잠시 여유로운 시간을 가졌다. 다시 차에 올라 교외로 나가려니 도로변에 LG대리점 간판이 눈에 띄었다. 멕시코에서는 LG 제품이 인기가 있다고 율리안나가 말해주었다.

바야돌릿시를 벗어나 얼마가지 않아 12:50 경 점심식사를 하기로 예약된 식당에 도착했다. 부자의 저택을 개조해 만들었다는 식당은 구조가 다소 특이했으며, 정원이 잘 관리되어 여러 가지 꽃들과 분수가 어우러져 아름다웠다. 너른 식당에 준비되어 있는 뷔페 음식들이 먹음직스럽긴 했으나 피로 때문인지 식욕은 별로 동하지 않았다. 시골이라 그런지 음식들의 맛도 별로 입에 맞지 않았으며, 그 식당이 자랑하는 음식이라는 또르띠야도 변비 증세로 더부룩한 내 위장이 별로 환영하지 않는 듯 했다. 식사하는 도중에는 관광객들을 위한 간단한 원주민 아이들의 공연이 있었다. 주로 머리 위에 쟁반이나 술병을 이고 탭댄스를 추는 쇼였으나 박수를 치기에는 좀 어설픈 수준이었다.

식사를 마치고 잠시 휴식을 취한 후, 다시 차를 달려 14:00 경 관광객들로 붐비는 치첸이트사 유적지에 도착했다. 세계문화유산으로 등록되어 있는 치첸이트사는 마야제국의 종교적 중심지로 번영하다가, 13세기에 아즈텍-톨테카족의 연합군에게 패하면서 쇠퇴하여 15세기 무렵 갑자기 폐허가 되었다고 한다. 입구에서 유적지까지 가는 길섶에는 돌배나무 비슷한 나무들이 도처에 있었는데 그게 바로 천연치클을 채취하는 껌나무라고 가이드가 알려주었다.

율리안나의 상세한 설명을 들으면서 우리는 넓은 광장의 이곳저곳에 산재해 있는 유적들을 돌아보았다. 광장의 한가운데에는 쿠쿨칸의 신전이 자리잡고 있었는데, 이는 마야인들의 건축기술과 천문학 지식이 결합되어 이룩한 뛰어난 과학 문명의 집적체라고 했다. 특히 피라미드의 북쪽 계단에 있는 밑에서 꼭대기에 이르는 돌난간에는, 해마다 춘분과 추분의 하오 4시에는 태양의 빛과 그림자가 오묘한 조화를 이루어 마치 커다란 뱀이 꿈틀대는 형상을 연출해낸다고 한다. 마야인들은 이를 쿠쿨칸 신의 출현으로 해석했다고 한다. 또한 북쪽 계단 앞에서 좀 떨어져 박수를 치면 "피용 피용"하는 메아리현상 나타나는데 이는 신의 응답으로 해석되었다고 했으며, 이렇게 자연 음향 효과가 뛰어나, 이를 이용해 파바로티가 야외 공연을 한 이후 이곳이 더욱 유명해졌다고 부연해주었다.

쿠쿨칸의 신전 주위에는 재규어의 신전과 대형 공놀이장, 공놀이에서 승리한 전사의 심장을 제물로 바치는 전사의 신전, 가뭄이나 흉년에 인신을 제물로 바쳤다는 희생의 샘 등이 산재해 있었다. 전사의 심장을 도려내 제물로 바친 심장 제단에서는 끔찍하고 섬뜩한 생각이 들기도 했는데, 승리한 전사가 죽음을 영광으로 받아들였다는 마야인들의 심성이 외경스럽게 생각되는 한편, 그렇게 뛰어난 전사들을 모두 죽여버림으로써 결국 마야제국이 멸망하게 된 건 아닌지 하는 의문이 들기도 했다.

지상에 있는 유적들을 둘러본 후 우리는 쿠쿨칸신전의 정상으로 올라 갔다. 계단이 좁고 경사가 가파라 대부분 줄을 잡고 엉금엉금 기어 오르내릴 수밖에 없었다. 정상에서 주위를 둘러보니 과연 가이드의 설명대로 이곳이 원의 중심, 곧 세계의 중심처럼 느껴졌다. 아득히 먼 지평선이 원으로 둘러싸여 있는 것처럼 보였기 때문이다. 레오형님의 자랑거리인 여행용 다용도 시계로 피라미드의 방위를 측정해보니 가이드 설명대로 17°임을 확인할 수 있었다. 유적지를 걸어서 둘러본데다가 신전의 가파른 경사를 오르내리다 보니 다리에 알이 밴 듯 통증이 느껴지기도 했다.

광장에서 단체 사진을 몇 장 찍은 후 주차장으로 돌아와 16:40에 칸쿤 공항을 향해 출발했다. 인터체인지를 돌아 고속도로로 진입하려니 멀리 쿠쿨칸 신전이 보였다. 공항으로 가는 버스 안에서는 코로나 맥주를 마시고 기분들이 좋아져 즉석 노래잔치가 벌어졌다. 박요셉 형님이 뽕짝으로 분위기를 띄우며 앙콜까지 부르자 신부님이 '갑돌이 갑순이'로 화답했다. 김글라라가 오스테파노가 군에 입대하며 자기를 울린 노래를 불러 분위기를 갑자기 설렁하게 만들었는가 하면, 이크리스티나는 이스라엘 성지순례 때의 반지 사건을 해명하다가 폭소를 자아내기도 했다. 그렇게 묻지마관광버스 분위기를 즐기다보니 18:30 경 칸쿤공항에 도착했다. 탑승수속을 마치고 비행기 탑승을 기다리는 동안 준범이와 수신자 부담 통화를 했다. 큰애의 목소리를 듣고 나니 걱정스러웠던 생각들이 다소 편안해졌다. 공항에 있는 면세점들도 둘러보았으나 물건값들이 턱없이 비싸다는 생각이 들었다.

20:15에 멕시코시티로 가기 위해 칸쿤공항을 이륙했다. 얼마 가지 않아 저녁식사로 샌드위치가 제공되었다. 치첸이트사 유적지를 둘러보느라 체력소모가 많았는데 샌드위치로는 허기가 진정되지 않았다. 그렇게 배고픔을 달래고 있는데 소신부님과 함께 앉아 이야기를 나누던 레지나가 놀라운 이야기를 전해주었다. 신부님의 형제가 7남5녀인데 형님이 과달라하라주의 추기경님이시며, 이번에 우리가 과달라하라를 방문하게 되면 대대적인 환영연을 열어주기로 되어있었고, 신부님의 형제와 조카들도 모두 모여 그 모임을 준비하고 있었다는 것이다. 그런데 우리가 여행일정을 변경하는 바람에 그 약속을 지킬 수 없게 되었고, 이로 인해 다소 낙심하신 신부님이 우리와 여행을 가지 못하겠다고까지 말씀하시게 되었다는 것이다. 내가 이 사실을 일행들에게 말해주자 모두들 신부님께 죄송한 마음을 갖게 되었다.

배고픈 우리들을 실은 비행기는 11:00경 멕시코 공항에 착륙했다. 신부님이 자랑스럽게 얘기한대로 비행기에서 내려다 본 멕시코시티의 야경은 정말로 환상적이었다. 광대한 지역이 보석들을 흩뿌려놓은 듯이 오색으로 반짝여 보는 이들의 탄성을 자아냈다. 숙박을 하기 위해 호텔로 이동하는 버스에서 멕시코시티지역 관광을 안내해 줄 새 가이드인 홍의정씨를 상면했다. 인사를 나눈 후 여행일정과 복장, 행동시 주의사항 등을 설명들었다. 깡마른 체구여서 첫인상이 별로 호감이 가지 않았다. 게다가 시간이 너무 늦어 호텔에서 식사가 불가능하며, 멕시코시티는 치안이 좋지 않으므로 밤외출을 삼가라고 말해 배고픈 우리를 더욱 허기지게 만들었다.

11:30경 시내 중심지역에 있는 COLON 호텔에 도착했다. 침실을 배정받은 후 서둘러 방으로 올라갔는데 우베드로가 라면 가진 거 있느냐고 전화가 왔다. 대도시의 호텔이라서인지 칸쿤의 호텔보다 침실 시설물들이 훨씬 나아 보였다. 그런데 라면을 가지러 오겠다고 한 베드로는 샤워를 다 하고 한참이나 지나서 왔다. 왜 이렇게 늦었느냐고 물으니 엘리베이터를 조작하는데 사용하는 카드키를 안가지고 나와 무심코 엘리베이터를 타는 바람에 엘리베이터 안에 갇혀있었다는 것이다. 말도 통하지 않는 낯선 이국땅의 호텔 엘리베이터에 갇혀 잠시라도 불안해했을 베드로의 모습이 떠올라 한참 웃었다. 멕시코시티에서의 첫날밤은 출출한 배를 달래며 잠들 수밖에 없었다.

2월 23일(토) : 과달루페 성지 순례와 테오티와칸 유적 탐사

6:30 경 일어나 어제 일정에 대해 간단히 메모를 정리한 다음 세수를 했다. 소신부님의 말씀이 자꾸 생각나, 잉카 문명을 보러 가자고 우겨 멕시코 관광에서 칠레와 페루를 포함하는 여행일정으로 변경하는데 한몫을 한 나의 경솔함이 후회되었다. 그러면서 신부님께 함께 가셔야 된다고 졸랐던 내 모습이 떠올라 더욱 송구스러운 생각이 들기도 했다. 다소 배가 고팠던 터라 레지나가 화장을 끝내자 서둘러 호텔 식당으로 내려가 아침 식사를 했다. 푸짐하게 식사를 하고 나니 원기가 회복되는 기분이 들었다. 해발 2400m의 고지대라서 그런지 밖은 다소 서늘한 듯해 긴팔 옷으로 갈아 입었다.

9:00에 과달루페 성당으로 가기 위래 전용버스로 호텔을 출발했다. 시내의 중심도로를 달려가려니 건물들 주위로 공원들이 자주 눈에 띄었다. 멕시코시티는 도시 전체를 세계문화유산으로 지정받은 대단위 유적지라고 한다. 올메카, 테오티와칸, 마야 등 고대 문명과 스페인 정복기 문화가 도시 곳곳에 남아있기 때문이다. 그런 설명을 들으니 멕시코시티를 제대로 볼 수 없는 여행 일정이 못내 아쉽게 생각되었다. 시내에는 공원들이 많았는데 해질녁이 되면 그곳에서는 여행안내서에서 자주 볼 수 있는 거리의 악사들인 마리아치들이 모여들어 작은 연주회가 열

린다고 했다. 또 멕시코 시티의 건물들은 지진에 대비한 설계가 필수적이라고 한다. 그 덕분에 지난번 대지진 때에도 끄떡없었다는 43층의 라틴아메리카 타워가 차창 밖으로 보였다. 버스가 국립예술원 앞을 지나갈 때엔 가이드가 그곳에서 우리나라의 국립예술단이 공연을 해 절찬을 받기도 했다고 설명을 해주었다.

우리는 먼저 아즈텍 문명과 스페인 식민지시대 문명, 현대 문명이 한데 어우러져 공존하고 있다는 3문화광장으로 갔다. 그곳은 또한 멕시코 역사에서 매우 중요한 두 가지 사건이 일어난 사적지이기도 했는데, 그 하나는 스페인 정복자인 코르테스가 아즈텍을 멸망시킨 최후의 전투가 벌어진 곳이라는 점이고, 다른 하나는 멕시코 올림픽 때 민주화를 외치며 민중들의 봉기가 일어났던 곳이라는 점이었다. 광장 중앙에는 아즈텍의 신전 유적이 있었고, 그 한쪽 편에 스페인 식민 통치 시 지은 싼토 도밍고 성당이, 다른 한편에는 현대식 아파트같은 건물들이 들어서 있었다. 광장으로 들어서는 길목에는 실탄이 장전된 M16 소총을 울러멘 전투경찰 대원들이 배치되어 있어 이곳의 치안상태가 별로 좋지 않음을 입증하고 있었다.

성 야고보 성인이 주보 성인인 싼토 도밍고 성당은 피라미드에서 캐온 돌로 건축되었다고 하며, 과달루페 성모님을 만난 후안 디에고가 세례를 받은 성당이기도 하다는 설명을 들었다. 내부에 들어서니 피흘리며 고통받고 있는 예수의 십자고상이 눈길을 끌었는데, 중남미에는 이런 십자고상이 많다고 한다. 이는 식민지 지배로 고통당하고 있는 원주민들에게 동병상련의 심리적 보상으로 작용했을 것으로 보였다. 게다가 한쪽 벽면에 안치되어 있는 복자품에 오른 프란치스코회 수사의 미이라는 성당 내의 분위기를 다소 괴기스럽게 만드는 것 같아 우리나라의 성당에서 느끼는 아늑하고 평화스러운 마음 상태가 되기 어려웠다.

3문화 광장을 둘러본 후 10:00 쯤 과달루페 성당에 도착했다. 버스에서 내려 성당으로 가는 도로변에는 기념품을 파는 노점상들과 구걸을 하는 어린이들로 번잡했다. 토요일임에도 불구하고 성당 경내는 순례객들로 초만원이었다. 순례를 시작하기 전에 신부님 인솔로 화장실부터 다녀온 다음, 성지 경내의 여러 곳을 둘러보았다. 후안 디에고가 성모님을 처음 만난 곳, 발현하신 성모님상의 원본을 걸어두었던 인디안 성당, 성모님을 경배드리러 오는 순례객들을 형상화한 조각들로 꾸며진 동산, 지진으로 보수 중인 옛 성당 등을 참배한 후 대성당 앞의 광장으로 갔다. 광장 한쪽에서는 성령쇄신 세미나가 열리고 있었는데 마치 개신교의 성령부흥회처럼 소란스러웠다. 또한 시가지의 도로로부터 대성당의 입구에 이르는 긴 순례로에는 참배하러 오는 순례객들이 길게 늘어서 있었는데, 대부분 가족 단위였으며 상당수의 순례객들은 무릎으로 기어오고 있는 모습이 보여 그들이 지닌 신앙심의 열도를 느낄 수 있었다.

소신부님의 배려로 성당의 협조를 받아 미사를 드리기 위해 들어선 성당은 규모가 굉장히 컸으며 성당 내에도 순례객들로 발 디딜 곳이 없을 정도였다. 미사 시작 시간을 기다리는 동안 과달루페 성모상의 진본이 걸려 있는 벽 앞의 통로를 여러 차례 오가며 기도와 묵상을 하고, 사진도 찍었다. 12:00 경 관리인의 안내를 받아 우리 일행은 주성당의 주위에 배치되어 있는 소성당으로 가 미사를 봉헌했다. 같은 시간에 주성당에서는 순례들의 합동 미사가 봉헌되고 있었는데 그 광경을 소성당에서 미사를 드리며 그대로 내려다 볼 수 있었다. 성모님이 발현하신 곳에서 미사를 드린다는 사실이 나로 하여금 더욱 외경심을 갖게 만들었다.

미사 후 잠시 쉬는 시간에는 기념묵주를 사러 가는 해프닝 같은 사건이 벌어졌다. 성당 구내의 기념품점에서 파는 것들은 다소 비싼 것 같아, 아까 경내 순례시 들린 휴게소에서 파는 걸 사러가게 된 것이다. 회장님, 우프란치스코 형님, 우베드로, 그리고 나까지 네 사람은 꽤 멀리 떨어진 그곳까지 땀을 뻘뻘 흘리며 헐레벌떡 달려가 45$씩 주고 묵주를 20개씩 사들고 왔다. 바쁜 일정이라 묵주 사러간 우리를 기다리던 일행들이 다소 짜증들이 난 것 같아 좀 미안했다. 그런데 그렇게 달려가 정신 없이 사 들고 온 기념 묵주들은 조잡함의 극치였다. 묵주알과 십자가 모양이 제대로 다듬어지지도 않았고, 알을 꿴 철사줄도 마감처리가 제대로 안되어 손에 상처를 입히기 십상이었다. 그렇게 조잡한 묵주를 들여다보니 화가 나고 돈이 아깝다는 생각에 더 땀이 나는 것 같았다. 그저 멕시코인들의 기술과 문화 수준을 탓하며 쓴웃음을 지을 수밖에 없었다. 혹시 그 묵주를 선물로 받으신 분들은 이런 사연을 염두에 두고 그 묵주로 열심히 기도해 주실 것을 당부하고 싶다.

그렇게 과달루페 성지 순례를 끝낸 후 다시 버스를 타고 멕시코시티의 북동쪽으로 50km 가량 떨어진 테오티와칸 유적을 보러 갔다. 테오티와칸은 BC2세기부터 AD7세기까지 번영했던 문명으로 전성기에는 인구가 20여만명에 이르는 중앙아메리카 최대의 도시국가였다고 한다. 아식노 발굴 중에 있다는 광대한 유적지의 중앙에는 너른 광장과 죽은 자들의 거리라 불리는 큰길가에 태양과 달의 피라미드가 정연하게 늘어서 있었다. 이집트의 기자에서 본 피라미드보다도 훨씬 규모가 커 보이는 두 개의 피라미드는 용도가 이집트의 피라미드처럼 무덤이 아니라 신전이라고 가이드가 설명해 주었다. 즉 이곳은 톨테카족과 아즈테크족의 수호신인 케찰코아틀을 제사지내던 신전과 함께 주변에 광대한 주거지역을 형성한 성스러운 도시였다는 것이다. 높이가 65m에 이르는 태양의 피라미드 꼭대기에 올라가기 위해서는 가파른 경사의 계단을 오르내려야 했다. 비슷한 높이의 달의 피라미드에 올라가는 것도 마찬가지였다. 표고가 2300m가 넘는 지역이다 보니 피라미드에 올라가기가 여간 고통스럽지 않았다. 기압이 낮고 산소가 희박해져 고산병 증세가 약간씩 나타나기 때문이다. 체력이 달리는 형제 자매들은 꼭대기에 오르는 것을 포기하고 광장 한 구석의 그늘진 계단에 앉아 쉬었다. 나도 힘들어 쉬고 싶었지만 비싼 돈주고 여기까지 와서 그럴 수는 없었다. 특히 미리암 형수님이 갈고 닦은 등산 실력으로 가볍게 올라가는 것을 보고는 주저앉을 수가 없었다.

태양의 피라미드 위에 드러누워 잠시 휴식을 취한 후 광장으로 내려오니 토산품을 파는 원주민이 쫓아다니며 물건을 사라고 졸라댔다. 그가 가지고 있는 기념품들 중에 다이아몬드 다음으로 단단하다는 까만 옵실리아나(화산석)로 깍은 인디언 부부상이 마음에 들어 좀 관심을 보였더니 끝까지 쫓아다니는 것이다. 그래서 결국은 처음에는 1개 20$이라던 걸 2개에 10$로 샀다. 회장님은 1개 35$ 달라고 하는 은메달을 2개 20$에 샀다고 자랑했다. 미리암 형수는 공연히 애들이 좋아하지도 않는 걸 산다고 핀잔을 주기도 했으나 회장님의 딸들에 대한 사랑을 막을 수가 없었다. 그런데 유적지 출구의 토산품 가게에서는 같은 걸 한 개 5$에 사라고 하지 않는가? 회장님과 나는 어이없어 되놈보다 더한 놈들이라고 하며 웃을 수밖에 없었다. 내가 산 것의 값도 궁금했으나 기분만 나빠질 것 같아 아예 물어보지도 않았다.

17:30 경 테오티와칸 유적지 구경을 끝내고 주차장으로 나와 멕시코 시티 공항을 향해 출발했다. 공항으로 가는 버스 안에서 가이드가 멕시코 고대문명의 가장 중요한 두 가지 요소가 바로 돌칼이나 화살촉을 만드는데 사용된 옵실리아나와 데킬라의 원료가 되는 용설란이라는 이야기를 들려주었다. 차창 밖으로 스쳐 지나가는 도로 연변의 집들은 빈민촌들처럼 낡고 초라해 보였다. 우리나라의 달동네를 연상시키는 주거지역들에는 전기는 공급되나 상수도시설은 없다는 설명을 듣고, 도대체 그 많은 사람들이 어떻게 살아가는지가 의아해지기도 했다. 인구 2000만으로 세계에서 두 번째로 큰 도시인 멕시코시티는 광대하기는 하나 경제적으로는 매우 낙후된 도시라는 인상을 지울 수가 없었다. 막대한 석유와 자원을 가지고 있으면서도 경제적 후진성을 벗어나지 못하는 중요한 이유는 바로 정치 권력의 부패와 무능 때문이라고 한다. 그러나 멕시코인들은 비록 가난하지만 '감사합니다'나 '미안합니다'라는 말을 생활화한 매우 겸손하고 너그러운 품성을 지닌 민족이라는 설명도 곁들였다.

18:20 쯤 멕시코 공항에 도착하여 현지 가이드와 작별인사를 나눈 후, 탑승 수속을 위해 들어선 대합실에는 예기치 않은 상황이 우리를 기다리고 있었다. 우리가 타게 되어있는 칠레항공의 비행기가 6시간 정도 연착하여 탑승이 불가능한 사태가 벌어진 것이다. 중남미 항공은 한두 시간 연발착이 예사이기 때문에 여행할 때는 항시 이런 점을 고려해야 한다는 말을 듣기는 했으나 6시간이나 연착이라는 말에는 화를 내지

않을 수가 없었다. 그냥 기다릴 수밖에 없다는 가이드의 말에는 끔찍한 생각마저 들었다. 그러나 다행스럽게도 소신부님의 강력한 항의와 보상 요구가 먹혀 들어가 우리는 꼼짝없이 대합실에서 피로한 몸으로 6시간 이나 쭈그리고 앉아있어야 하는 신세를 면할 수가 있었다. 내가 이 문화 탐사기의 서두에서 소신부님이 우리와 여행을 함께 가기로 결심을 번복 한 것이 얼마나 중대한 결단이며, 그것이 주님이 188회를 얼마나 사랑 하시는지를 드러내는 징표임을 나중에 알게된다고 한 말은 바로 이 사 건을 암시한 것이다. 신부님이 동행하지 않았더라면 우리 일행은 모두 어물전의 꼴뚜기처럼 대합실에 널브러질 수밖에 없었을 것이고, 여행 일정도 엉망이 될 수밖에 없었을 것이기 때문이다.

신부님이 칠레항공 담당자에게 강력한 항의와 보상 요구를 한 뒤 우 리는 여행 일정에 대한 조정을 의논했다. 의논이라기보다는 신부님의 제안을 그대로 따르기로 한 결정이었다. 즉 칠레 항공에서 제공하는 공 항 근교의 플라자호텔에서 숙박을 한 다음, 내일은 주일 미사를 봉헌 한 후에 멕시코시티 시내 관광을 하고 , 저녁에 AeroMexico 항공편으 로 페루의 리마로 직행하기로 결정한 것이다. 그러니까 칠레의 싼티아 고 관광은 자동적으로 취소할 수밖에 없었다. 현지 가이드가 없기 때문 에 내일 관광은 신부님이 직접 가이드 노릇을 하시겠다고 웃으시며 말 씀하셨다. 신부님께 무한한 감사의 마음을 가지는 한편으로는 에덴항공 의 이사장을 성토하는 목소리도 들렸다.

20:20 경, 3그룹으로 나누어 호텔에서 제공한 미니밴을 타고 공항 부 근의 플라자호텔에 도착했다. 방을 배정받아 짐을 옮겨놓은 뒤에 식사 부터 하기 위해 식당으로 갔다. 호텔 숙박료와 세끼 식사비는 칠레항공 에서 부담하기로 했는데, 나중에 현지 여행사의 신사장에 의하면 이런 보상은 일반 여행객들에게는 불가능 한 일이라고 했다. 즉 워낙 연발착 이 상습적이다 보니 여행객들도 만성이 되어 으레 그러려니 한다는 것 이다. 그러므로 항의해도 그냥 묵살당하기가 십상이라는 것이다. 그러 면서 아마 신부님이기 때문에 가능했을 거라는 토를 달았다. 우리도 모 두 그럴 거라고 생각하고 있었다.

식사를 하면서 신부님의 권유로 과야바란 음료를 처음 먹어보았다. 국내의 백화점에 진열되어 있는 캔음료를 본 적이 있는 듯도 했다. 과야바란 과일에 옥수수, 망고, 파인애플을 혼합한 음료라고 신부님이 설명해주셨는데 맛도 그럴듯해 여러 잔을 가져다 마셨다.

식사 후에는 형제들끼리 모여 가이드와 함께 그동안의 문제들과 앞으로의 여행 일정에 대한 대책을 논의했다. 주로 에덴여행사의 무성의하고 기만적인 업무처리와 계약에 대한 불만들이 터져 나왔고, 그에 대한 보상을 요구해야 한다는 목소리도 높았다. 우리가 조목조목 제시한 불만들의 대부분은 가이드도 수긍을 했으며, 그런 항의 내용들을 귀국하여 여행사에 그대로 보고하겠다고 다짐을 했다. 그런 뜻에서 내일 전세버스비와 부대경비는 자신이 부담하겠다고 제의하여 다소 흥분된 우리들의 감정을 진정시켜주었다. 회의 도중에 현지 여행사의 신사장이 찾아와서 현지의 사정들을 예기하며 불편했던 문제들에 대한 변명을 하려고 했으나 그게 오히려 우리들을 화나게 해 얘기 도중에 사라져버렸다. 조금 더 있다가는 가브리엘에게 한 대 얻어맞을 것 같았기 때문이다.

신부님의 제안대로 여행 일정에 대한 조정을 끝낸 후 방으로 돌아오니 자매들끼리 소주파티를 벌리고 있었다. 할 수 없이 형제들끼리 모여 출출한 마음을 달래기로 했다. 술잔을 돌리면서 모두의 의견은 이구동성으로 오늘의 사건은 오히려 전화위복이며, 하느님이 우리에게 주신 은총이라는 결론으로 수렴되었다. 술기운이 오르니 쌓인 피로 때문인지 졸음이 쏟아졌다. 도저히 견딜 수가 없어 먼저 일어나 내 호실로 돌아가려다 엘리베이터 앞에서 가이드를 만났다. 에덴여행사 사장과 통 연락이 되지 않는다며, 자세한 시간 계획은 전화로 연락해주겠다고 했다. 방으로 돌아오니 레지나는 이미 깊은 잠에 골아떨어져 있었다. 좀 피곤하긴 하지만 편안한 잠을 잘 수 있다는 건 또 얼마나 큰 축복인가. 조금만 생각해 보면 우리는 넘치는 복을 누리고 있다는 사실을 발견하게 된다. 그런 상념들을 마무리할 새도 없이 나는 깊은 잠 속으로 빠져들었다.

2월 24일(일요일) : 세계 문화 유산의 현장, 멕시코시티

6:00에 걸려온 전화기 벨소리에 잠을 깼다. 새벽에 깨어 뒤척이던 레지나는 이미 세수를 마치고 화장을 하고 있었다. 피로감으로 찌부둥한 몸을 일으켜 샤워를 한 다음 페루의 리마로 떠날 짐도 미리 정리해두고 7:00에 주일 미사를 봉헌하기 위해 호텔 회의실로 갔다. 어떤 상황에 있든 하루를 미사로 시작한다는 것은 매우 의미있는 일이다. 우리들 여행의 안전과 한국에 있는 가족들을 위해 마음을 모아 기도드렸다.

미사를 마치고 바로 호텔 식당으로 가 아침 식사를 했다. 여행할 땐 아침을 든든하게 먹어두는 것이 좋다. 하루 종일 걸어다니려면 체력이 뒷받침되어야 하기 때문이다. 육류와 계란 오믈렛, 우유와 빵 등을 골고루 먹었다. 우베드로가 고기를 초고추장에 발라서 먹으니 맛있다고 해서 나도 몇 점을 그렇게 먹었다. 후식으로 제공된 과일들도 푸짐했다. 망고가 맛있어서 좀 더 가져다 먹으려니 벌써 동이 나고 없었다. 그래서 가브리엘라가 확보해 놓은 것을 가져와 나누어 먹었다.

칠레항공의 연착으로 인해 덤으로 하게 된 멕시코시티 관광이지만 오후 4시까지는 공항에 가야하기 때문에 시간적 여유가 별로 없었다. 서둘러 짐을 챙겨서 9:20에 전용버스로 호텔에서 시내관광을 출발했다. 우리는 먼저 소칼로 광장으로 갔다. 멕시코의 어느 도시에나 있는 중앙 광장인 소칼로 광장은 멕시코시티의 심장부 같은 곳이다. 사방이 각각 240m 정도 되는 이 광장의 북쪽에는 대성당, 동쪽에는 국립 궁전, 남쪽에는 연방정부 청사가 자리잡고 있다. 이곳은 14세기 중엽 아즈텍족이 가난한 유랑민 신세이던 시절에 부족신의 신탁에 의해 "독수리가 사보텐 위에 내려 앉아 뱀을 먹고 있는 곳"에 신전과 도시를 건설하라고 했던 곳으로, 당시에는 큰 호수의 서쪽 습지대에 있는 작은 섬이었다고 한다.

소칼로 광장의 동쪽에 있는 국립궁전 앞에는 군인들이 무장을 하고 경비하고 있었다. 대통령 집무실과 재무부가 있는 이 건물은 원래 정복자 코르테스의 궁전이었다고 하며, 몇 차례의 화재와 파괴, 그리고 복구 과정을 거쳐 오늘에 이르고 있다고 설명했다. 관광객들에게 개방되어 있기는 하나 집무실 쪽으로는 출입이 통제되어 있어 우리는 입구 안쪽의 1~2층에 걸쳐 그려져 있는 대형 벽화만 구경했다. 멕시코의 저명한 벽화화가인 디에고 리베라가 10여년 걸려 완성했다는 그 대형 벽화들은 멕시코의 역사와 풍습을 제재로 한 매우 역동적인 그림이었다. 벽화 구경을 하고 나오면서 들린 화장실은 국립궁전의 화장실이라기에는 너무도 지저분해 우리의 눈살을 찌푸리게 했다. 화장실은 그 사회의 문화적 수준을 알게 하는 감지장치이다.

국립궁전에서 나와 그 다음엔 북쪽에 있는 대성당으로 갔다. 200여년에 걸쳐 공사하여 1667년에 완공되었다는 중남미 최대의 성당인 대성당은 고전 건축양식이 집대성된 건물이었다. 성당 내부는 로마의 4대 성당이 연상될 정도로 규모가 컸다. 지진으로 크게 훼손되어 복구 공사가 진행 중인 한편에서는 미사가 진행되고 있었으며, 오래된 대형 파이프 오르간과 검은 예수상이 매우 인상적이었다. 성당 내부를 둘러보고 나오면서 입구에 있는 조그마한 성물 판매소에서 수녀님이 파는 1단 묵주를 선물용으로 10개 샀다. 과달루페에서 산 묵주에 비하면 꽤 잘 만들어진 것 같았기 때문이다.

대성당 구경을 하고 밖으로 나오니 광장은 장날처럼 사람들이 붐비며 소란스러웠다. 한가운데에서는 보이스카웃 대원들이 환경보존운동 결의대회를 준비하고 있었고, 그 주위로 토산품을 파는 잡상인들과 토속적인 공연을 준비하는 인디안들로 매우 혼잡스러웠다. 우리들의 가이드 노릇을 하던 신부님은 노점에 진열된 한 원주민 상인의 물건을 설명하며 장사꾼처럼 사라고 광고까지 하셨다. 잠시 후 번잡한 광장을 빠져나와 우리는 걸어서 옛날 귀족들이 살던 거리로 갔다. 좁은 도로의 양편으로 고풍스러운 주택들이 줄지어 있었다. 신부님은 열심히 설명해주셨지만 지나가는 차량들과 도시의 소음 속에 묻혀 잘 들리지 않았다. 도중에는 프란치스코 성인을 주보 성인으로 모시는 성당에도 들렀다. 화려한 장식들로 잘 꾸며진 성당 내부의 한쪽 벽에는 프란치스코 성인의 일생을 그린 대형 성화들이 걸려 있어 인상적이었다.

그 다음엔 국립예술원으로 갔다. 대리석으로 지은 매우 웅장한 건물이었다. 지반이 약해 대리석의 무게로 인해 3m나 침하되었다고 신부님이 설명해주셨다. 내부로 들어가니 한쪽 편에 있는 갤러리에 전시되어 있는 강렬한 색채의 벽화들이 눈길을 끌었다. 멕시코가 낳은 유명 화가들의 그림이라고 했다. 매우 화려하게 꾸며진 대극장에서는 멕시코의 민속무용이 정기적으로 공연된다고 했는데 볼 수 없는 것이 못내 아쉬웠다. 내부에 들어와 있는 관람객들도 길거리에서 보던 사람들과는 달리 세련되고 여유 있어 보였다. 나가면 한참을 또 걸어가야 한다고 해서 모두들 화장실에 들렀다. 국립궁전과는 달리 고급 문화시설에 달려있는 화장실이라 품격이 있었다.

국립예술원 앞은 알라메다 공원이었다. 스페인 식민지시대에는 종교재판이 행해지던 곳이지만 지금은 시민들의 휴식처라고 신부님이 설명해주셨다. 공원 한편의 큰길 옆에 있는, 멕시코 근대화의 아버지로 추앙받는 베니토 후아레스의 기념비도 구경했다. 전용 버스를 타기 위해 공원을 가로질러 걸어가다가, 공원 내에 있는 과일포장마차에서 과일을 한 컵씩 사먹었다. 주로 망고와 파인애플, 파파야 등이 혼합된 과일들을 길죽하게 아이스케키처럼 깎아서 큰 컵에 담아 팔았다. 그늘에 둘러앉아 모두들 달고 시원한 과일을 맛있게 먹었다. 그런데 멕시코 사람들은 과일에다 고추 가루를 뿌려서 먹기도 한다고 신부님이 말씀하셔서 웃긴다고 생각했는데, 실제로 포장마차에서는 고춧가루 뿌린 과일 컵도 팔고 있었다.

12:00쯤 공원 옆에 대기하고 있는 버스에 올랐다. 네시까지 공항에 가려면 시간적 여유가 별로 없기 때문에 지금부터는 버스를 타고 시내를 둘러보기로 했다. 먼저 레포르마 대로를 달려 차풀테펙 공원으로 갔다. '메뚜기의 언덕'이라는 의미의 차풀테펙 고원은 멕시코시티의 서부에 자리잡고 있는 수목이 울창한 대공원으로 그 안에는 유원지, 동물원, 큰 연못, 박물관 등이 있는 시민들의 휴식처라고 했다. 이곳은 원래 아즈텍족이 멕시코시티지역으로 이동해와 도시를 건설하기 전에 정착해 살던 지역으로, 스페인 정복자들이 아즈텍을 공격할 때 제일 먼저 확보한 곳이라고 한다. 차풀테펙 공원으로 이동하면서 버스 안에서 삼종

기도를 바쳤는데, 대로상에 있는 콜럼버스, 독립의 천사, 다이아나 여신상과 같은 기념물들이 차창 밖으로 스쳐지나갔다. 대통령 저택, 국립극장, 인류박물관, 역사박물관 등도 그냥 차창 밖으로 내다볼 수밖에 없었다. 특히 고대 인디오의 문화를 집대성해 놓았다는 국립인류학박물관을 보지 못하는 것이 못내 아쉬웠다.

13:00경 호텔로 돌아와 점심을 먹었다. 제공된 야채 중에 상추가 있어서 모두들 볶음밥에 가지고 온 고추장을 듬뿍 얹은 상추쌈을 입맛을 다셔가며 먹었다. 그렇게 배부르게 식사를 한 후 14:00에 공항으로 이동했다. 공항에서는 소풍가는 유치원생들처럼 신부님 뒤를 졸졸 따라 다녔다. 스페인어를 할 줄 아는 사람도 없는 데다, 모든 게 신부님의 처분에 따라 움직여야 하므로 신부님이 보이지 않으면 불안했기 때문이다. 출국 수속을 마친 후 공항 면세점에서 데낄라와 향수를 샀다. 리마행 비행기를 타기 위해 탑승구 근처에 피곤한 모습으로 앉아 있는 우리들에게 신부님이 선물용 꼬마 데낄라 술 세트를 사서 한 병씩 나누어 주셨다. 우리를 즐겁게 해주려는 신부님의 넉넉한 마음이 느껴졌다.

17:10에 AeroMexico 항공편으로 멕시코 공항을 이륙했는데, 곧 잠에 취해 골아 떨어졌다. 정신 없이 자고 있으려니 저녁 식사가 제공된다고 깨웠다. 메뉴는 파스타와 치킨이었다. 그런데 2등석에 자리가 없어 회장님과 가브리엘라는 1등석으로 갔는데 거기는 더 좋은 식사가 제공되지 않을까 하고 레지나가 궁금해했다. 그러나 나는 오히려 따로 떨어져 있어 그분들 마음이 편치 않을 거라는 생각이 들었다. 식사를 마치고 기내에 상영되는 영화도 보면서 얼마를 가려니 멀리 리마의 야경이 보였다. 멕시코시티의 광대한 야경에 비해 규모가 매우 작아 보였다. 22:40경 리마 공항에 착륙했다. 멕시코와는 1시간의 시차가 있다고 했다.

24:40 경 입국 수속을 끝내고 밖으로 나와 현지가이드를 만났다. 편한 인상을 주는 젊은 아저씨였다. 리마의 공항 시설은 시골 공항처럼 느껴질 정도로 낙후된 느낌이 들었다. 페루는 인구 2,400만에 면적은 한국의 6배 정도 되는 130만㎢이며, 수도인 리마는 인구가 800만이라는

설명을 들으며 호텔로 이동했다. 리마의 밤거리 풍경은 가난한 도시라는 인상이 곳곳에서 느껴져 페루의 경제적 수준을 가늠할 수 있었다. 01:00경 Sonestaposada Del Inca라는 긴 이름의 호텔에 여장을 풀었다. 내일 아침은 06:00에 기상하여 7:40에 출발할 수 있도록 식사를 마치고 집합해야 하며, 이때 복장은 가을 소풍간다고 생각하고 착용하라는 가이드의 설명을 듣고, 서둘러 방으로 올라갔다. 간단히 샤워를 끝낸 후 침대에 몸을 눕히니 비로소 세상의 평화가 내 안에 머물고있다는 생각이 들면서, 곧 깊은 잠에 빠져들었다.

2월 25일(일요일) : 잉카제국의 고도 쿠스코에서 잉카문명 유석 탐사

7:00에 일어나 아침 식사를 하러 갔다. 멕시코에서와 달리 준비된 음식물들이 다소 부실해 보였다. 누적된 피로로 인해 기분이 가라앉아 있었던 레지나는 푹 자고 난 탓인지 원기가 회복된 듯 했다. 거기엔 아마 내가 어제 자기 전에 바친 묵주기도의 효과도 가미되었을 것이다. 대충 식사를 마친 후에 7:45경 호텔에서 리마공항으로 이동했다. 잉카 유적 탐사를 마친 후에 다시 이 호텔로 돌아올 것이기 때문에 큰짐은 그냥 호텔에 맡겨 두었다.

어제 밤거리 풍경에서 느낀 첫인상대로 차창 밖으로 보이는 리마의 풍경은 경제적 후진국의 모습 그대로였다. 이집트나 인도나 중국처럼 왜 고대의 찬란한 문명국가들이 현대에는 이렇게 후진국으로 전락해버렸는지 잠시 의문이 떠올랐다.

리마사람들의 출근시간이 되면서 거리에는 차량들이 밀리기 시작했다. 차량 중에 눈에 익은 조그만 차가 많이 보였는데 바로 대우가 수출한 티코였다. 페루엔 택시로 운행되는 티코가 많은데, 면허제가 없어 택시라는 스티커만 붙이면 영업을 할 수 있고, 요금도 미터기가 없어 대충 받는다고 가이드가 설명해주었다. 그런데 거리를 질주하는 승용차들의 모양이 이상해 보여 물어보았더니 차에 도난 방지 장치를 장착했기 때문이라고 했다. 헤드라이트, 백미러, 타이어, 심지어는 유리창까지도 떼어가기 때문에 각 부분마다 도난에 대비한 잠금장치를 부착하고 있다는 것이다. 그 소리를 들으니 왠지 도둑의 소굴에 있는 듯한 생각이 들기도 했다. 리마시를 가로질러 리마강이 흐르고 있었는데 서울의 중랑천보다도 작은 개천에 지나지 않았다. 다리를 건너면서 소신부님이 옛날 리마 강가의 성당에서 주임신부로 사목을 한 적이 있다고 말씀하셨다.

8:10경 LanPeru의 국내선 청사에 도착했다. 공항이 한국의 버스터미널 수준도 되지 못하는 듯 했다. 대기하면서 준범, 준성과 통화를 시도했으나 연결되지 않았다. 중남미 항공사들의 관례대로 출발이 지연되어 9:30경 이륙한 비행기는 중남미대륙의 척추인 안데스산맥을 넘어 잉카제국의 수도였던 쿠스코시를 향해 날아갔다. 눈부신 운해 사이로 간간이 안데스 고원의 산간마을과 구름보다도 높이 솟아오른 산봉우리들을 덮고 있는 만년설이 보였다. 높은 고도 탓인지 산에는 나무들이 거의 보이지 않았다. 그렇게 한 시간쯤 가니까 멀리 쿠스코 시가지와 비행장이 보였다. 집들의 지붕은 모두가 갈색이어서 고풍스러운 인상을 주었다. 10:35에 공항에 착륙했다.

공항의 주차장에서 전용버스를 타고 11:00에 쿠스코 관광을 위해 출발했다. 버스엔 유적 탐사동안 우리와 행동을 함께 할 현지인 가이드가 타고 있었다. 가로에 피어 있는 샛노란 꽃들이 인상적이어서 가이드에게 물어보니 레따마라는 꽃나무라고 일러주었다.

우리는 먼저 코리칸차 태양신전 위에 지었다는 산토 도밍고 성당으로 갔다. 스페인 사람들이 황금으로 가득했던 신전에서 쓸만한 것들을 모두 약탈한 후에 신전의 상부를 부수고 성당을 세웠다고 한다. 그러니까 기초 부분은 잉카의 신전이고 상부 구조는 스페인 풍의 성당인 셈이다. 그런데 쿠스코에 대지진이 있었을 때 상부의 성당은 모두 붕괴되었으나 하부의 석조는 하나도 뒤틀리지 않아 잉카문명이 지닌 석조 건축술의 정교함을 나타내는 증거가 되고 있다고 한다. 다시 지었다는 성당의 내벽에는 원주민들이 그린 성화들이 그려져 있었는데, 잉카족의 예술적 우수성이 엿보이는 그림들이었다. 성당 구경을 마치고 아르마스 광장 모퉁이에 있는 식당으로 가서 식사를 했다. 출출했던 우리들에게 소신부님이 " 무조건 마−싯어요!"라는 말로 식욕을 돋구어주었다. 식사하는 도중에 CD를 파는 거리의 악사들이 우리 식탁 주변에 와서 민속음악을 연주해 주어 더욱 즐겁게 음식을 먹을 수 있었다. 그렇게 즐겁게 식사를 하고 있는데 크리스티나가 베란다로 나오라고 해서 음식접시를 들고 베란다에 있는 테이블로 자리를 옮겨 식사를 했다. 아르마스 광장이 한눈에 내려다 보여 더욱 유쾌한 식사를 할 수 있었다. 아르마스 광장은 다소 눈이 부실 정도로 반짝였는데, 알고 보니 광장의 신성한 흙은 300km 이상 떨어진 해안의 모래를 가져다 깐 것이라고 했다.

식사 후에는 한 시간쯤 자유시간이 주어졌다. 그래서 광장 주위에 있는 남미에서 가장 큰 종탑이 있는 대성낭과 그 옆에 연이어 있는 예수회 성당을 구경했다. 도중에 광장의 벤치에서 뜨겁게 키스하고 있는 청춘 남녀의 스냅사진을 찍었는데, 사진 찍은 걸 안 그들이 쑥스러워하며 손을 흔들었다. 나도 보기 좋다는 답례로 손을 흔들어주었다. 그런데 광장을 거닐던 소신부님이 갑자기 이곳에서 사목하고 계시는 과달루페 신부님을 만나러 가자고 하셔서, 레지나와 함께 티코 택시를 타고 갔다. 신부님도 지리를 잘 몰라 좁은 골목길을 이리저리 헤매다가 가까스로 성당을 찾았다. 그곳에서 사목을 하고 계시는 젊고 편안한 인상을 주는 신부님을 만나 인사를 나눈 후 사제관으로 들어가 말씀을 나누었다. 스페인 말로 서로 이야기를 하시니 우리는 그저 맹한 표정으로 앉아 있었는데, 사제관의 한 쪽 벽에 걸려 있는 하느님의 모습이 그려진 성화가 눈길을 끌었다. 잠깐 이야기를 나누고 돌아왔는데도 집합시간에 10분 정도 늦고 말았다. 회장님이 좀 화가 날 듯한 표정으로 우리를 기다리고 있었다.

14:10에 쿠스코 일대의 잉카 유적 탐사를 출발했다. 도로 주변의 산등성이에는 키 큰 유칼릿 나무들이 무성했다. 그것은 이곳에서는 다용도로 사용되는 아주 유용한 나무라고 했다. 집들은 대부분 적갈색의 기와로 지붕을 덮은 진흙집이었다. 우리는 먼저 삭사이와만 유적으로 갔다. 버스에서 내리니 유적 입구에 원주민들이 관리하는 알파카 목장이 있어, 모두들 원주민과 알파카를 배경으로 사진을 찍었다. 삭사이와

만은 커다란 바윗돌들을 3층으로 쌓아 올린 긴 축대를 끼고 있는 넓은 광장이었다. 집채만한 바윗돌들에는 운반 시 손잡이로 사용된 듯한 홈들이 파여 있었고, 구불구불하게 배열된 바위축대는 360M 정도 연이어 있었다. 이곳은 쿠스코의 동쪽을 지키는 요새였다고 하는데, 전체적으로 퓨마 모양인 쿠스코시의 머리 부분에 해당하기 때문에 쿠스코의 관리사무소적인 역할을 했다고 한다. 중앙의 너른 광장에서는 매년 6월 24일에 태양의 축제가 열려 잉카의식이 재현된다고도 했다.

삭사이와만을 지나 걸어서 켄코 유적으로 갔다. 거대한 바위로 지그재그로 된 통로와 조각들을 만들어 놓은 켄코는 신에게 제사를 지내던 곳으로, 정상에는 퓨마의 눈 모양과 제물의 피가 흘러내리는 지그재그의 홈이 조각되어 있었는데, 해가 뜨면서 그림자가 지면 퓨마의 얼굴 형상이 나타난다고 했다.

그 다음엔 푸카푸카라 유적으로 이동했다. 붉은 색의 돌을 쌓아 지은 요새같이 생긴 이곳은 쿠스코 왕을 만나러 오는 여행자들이 대기하던 장소로 일종의 여관 같은 곳이었다고 한다.

다음은 성스러운 샘이라고 불리는 탐보마차이 유적으로 갔다. 정상에서 흘러내리는 물을 모아 지하로 흐르게 했다가 다시 샘처럼 솟아나게 했는데, 우기나 건기에 상관없이 같은 수량의 물이 솟아오른다고 했다. 주로 목욕탕으로 사용되었을 것이라고 하여, 나도 가서 시원한 물로 얼굴을 씻었다. 그런데 이상하게도 이때부터 서서히 악마의 저주 같은 고산병 증세가 악화되기 시작했다.

쿠스코 유적 탐사를 끝내고 버스에 올라 우루밤바를 향해 출발할 때쯤에는 머리가 깨질 것처럼 아프기 시작했다. 가슴이 답답해지고 구역질 증세도 보였으며 차가 흔들릴 때마다 머리에서 전기 스파크가 일어나는 듯이 두통이 일어났다. 내가 그렇게 고통스러워하니까 레지나가 몹시 불안해했다. 버스는 진흙탕물이 급류를 이루며 흘러가고 있는 우루밤바강을 따라 좁은 도로 위를 달려가고 있었다. 주위는 대부분 옥수수 밭이었으며, 듬성듬성 있는 집들은 가난한 시골집을 떠오르게 했다. 나는 두통을 견디느라 경관 구경은 포기한 채 눈을 감고 잠들기 위해 노력했으나 쉽게 잠이 오지 않았다.

그렇게 두통과 씨름하다보니 17:30경 우루밤바의 Incaland호텔에 도착했다. 말이 호텔이지 진흙으로 지은 단층짜리 방갈로들이 죽 연결되어 있는 콘도스타일의 숙박시설이었다. 그래도 내정에는 수영장도 있고 관광용 알파카들의 우리도 있는 비교적 잘 꾸며진 시설이었다. 방을 배정 받자 나는 그냥 침대 위에 누워버렸다. 두통으로 인해 아무 것도 하기 싫었기 때문이다. 레지나는 신부님과 데레사, 엘리사벳 자매님과 함께 산책을 하며 묵주기도를 하겠다고 나갔다. 그런데 산책을 나간 레지나가 아무리 기다려도 오지 않아, 나도 바람이나 쏘일 겸 내정 안을 둘러보았으나 찾을 수가 없다. 한참 지나 돌아온 레시나가 산책을 하다가 신부님의 제안으로 근처에 있는 성당을 방문했었다고 했다. 오토바이를 개량한 택시를 타고 갔는데 매연이 너무 심해 숨쉬기가 불편할 정도였다고 한다. 성당에서는 폴랜드인 신부님이 집전하는 미사에 참례하여 영성체도 했으며, 미사 후에는 그 신부님이 한국에서 온 손님들이라고 소개해 박수도 받았다고 했다. 그러면서 월드컵에서 폴랜드가 한국에 졌다는 말씀도 하셔서 한바탕 웃었다고 한다. 돌아올 때는 폴랜드 신부님이 직접 운전하는 차를 타고 왔다고 자랑스럽게 이야기했다. 그러던 레지나가 갑자기 자기도 머리가 아프다며 구역질을 하기 시작하더니 그대로 침대에 쓰러졌다. 소신부님이 오셔서 식사하러 가자고 하셨으나 우리는 저녁식사를 생략하고 그냥 휴식을 취하기로 했다. 좀 누워 있으려니 프란치스코 형님이 청심환을 가져다주어 먹었으나 좀처럼 증상은 나아지지 않았다. 오스테파노가, 쿠스코를 관광하고 돌아온 의사가 이런 증상에 먹으라고 처방해주었다는 약을 가져다주어 또 약을 먹었다. 그랬더니 나는 다소 나아지는 듯 했으나 레지나는 두통이 더욱 심해지는지 구역질을 계속하며 몹시 고통스러워했다. 변변한 의료시설도 없는 이곳에서 밤은 깊어가고, 이제는 내가 슬슬 불안해지기 시작했다. 급기야는 호텔 관리인에게 전화해서 산소호흡기를 요청해서 가져와 레지나에게 산소흡입을 시키고 난 후 나도 산소 마스크를 쓰고 누웠다. 레지나가 조금 안정되는 듯 해 팁을 2$씩 주어 돌려보낸 후, 나는 고통스러운 표정으로 누워있는 레지나를 바라보며 무수한 화살기도를 바쳤다. 그런데 두통을 견디며 누워있던 레지나의 증세가 다시 악화되는 것 같아 가이드를 통해 산소호흡기를 다시 가져오게 해 10분 정도 재흡입을 시켰다. 스테파노가 준 약도 한 번 더 복용시켰다. 다음 일정을 포기하고 리마로 돌아가야 할 것 같은 불안감이 밀려오기도 했다. 그러나 하느님은 우리들의 기도를 절대로 모른 체 하지 않으신다. 내가 열심히 바친 화살기도 덕분인지 그렇게도 고통스러워하던 레지나가 조금씩 진정되는 기미를 보여 나를 짓누르던 불안감도 서서히 사라져갔다. 안데스 고원의 산간 마을 우루밤바에서의 밤은 그렇게 고산병 증세와의 처절한 격투로 지새우고 말았다.

2월26일(화요일) : 잃어버린 잉카의 성채 도시 마추픽추 탐사

6:30에 기상을 재촉하는 전화벨이 울렸다. 잠은 깼으나 무거운 것이 짓누르고 있는 듯이 머리가 무거웠다. 다행스럽게도 레지나는 일어나서 세수를 하고 있었다. 먹은 게 없어 기력은 없었지만 악몽 같은 고산병 증세는 다소 진정된 듯 했다. 세수를 하고 나니 가이드가 걱정스러운 목소리로 안부 전화를 했다. 괜찮으니까 걱정하지 말라고 답해주었다.

7:30에 식사를 하러 식당으로 갔다. 모두들 걱정스러운 표정으로 우리 부부를 맞았다. 레오 형님이 밤새 싸운 거 아니냐고 놀리기도 했다. 도무지 구미가 당기지 않았지만 기력 회복을 위해 죽 같은 것에 초고추장을 뿌려서 좀 먹었다. 무엇보다도 컨디션이 회복되어 잉카 유적 탐사의 최종 목표지인 마추픽추를 보러 갈 수 있게 된 것이 기뻤다. 하느님은 우리의 기도를 반드시 이루어주신다.

8:15에 버스로 기차역을 향해 출발했다. 마추픽추로 가기 위해서는 올란타의 탐보 마을에서 기차를 타야하기 때문이다. 버스는 만년설이 덮인 산봉우리들 사이에 형성된 좁은 분지 위를 흐르는 우루밤바 강을 따라 있는 일차선 도로를 타고 달렸다. 군데군데 절벽에는 원주민들의 공동묘지라는 무덤들이 기이한 형태로 조성되어 있었으며, 산허리에는 암염을 채굴하는 거대한 염전들이 허연 속살을 드러내고 있었다. 또한

듬성듬성 있는 도로변의 가옥들은, 지붕 위에 두 마리의 소와 십자가를 형상한 조형물과 물을 모으기 위한 물병들이 있는 것이 특이했다. 8:35 경 올란타의 탐보 마을에 도착했다. 탐보는 조그마한 산간 민속 마을이었다. 버스에서 내려 기차를 기다리는 동안 원주민들의 집과 시장을 구경했다. 중심 광장에서 조금 떨어져 있는 원주민들의 집은 500년 전의 주거 환경을 그대로 보존하고 있다고 했다. 실제로 가서 본 원주민들의 집은 다소 눈살이 찌푸려질 정도로 원시적인 상태였다. 흙과 나무로 지은 토굴 같은 가옥의 내부에는 침실과 부엌, 그리고 모르모트 같은 동물의 사육장이 공존하고 있어 불쾌한 냄새로 가득 차 있었으며, 벽마다 조상들의 해골을 안치해 놓고 있어 기괴한 분위기가 감돌았다. 수많은 관광객들이 다녀가는 지역에 이런 원시적이고 비위생적인 생활을 영위하는 사람들이 있다는 것에 측은한 생각이 들기도 했으나, 그들 원주민들은 나름대로의 삶의 방식을 지키며 낙천적으로 살아가고 있는 듯 했다. 그들을 측은한 눈으로 바라보는 우리가 오히려 잘못이라고 생각을 바꿔야 했다.

원주민들의 가옥 사이로 난 좁은 골목길을 빠져 나와 광장으로 돌아오니 원주민 아이들이 우르르 몰려 왔다. 꾀죄죄한 차림의 아이들은 손을 내밀며 구걸을 했다. 무언가 주지 않으면 졸졸 따라 다니며 귀찮게 했다. 내가 가지고 있던 사탕과 초콜렛을 신부님께 드렸더니, 신부님은 그걸 아이들에게 나누어 주셨다. 그랬더니 더 많은 아이들이 몰려들었다. 문득 6.25 전쟁 직후 고향에 주둔하고 있던 미군들을 쫓아다니며 껌이나 초콜렛을 달라고 외쳐대던 동네 조무래기들의 모습이 떠올랐는데, 그때 아무 것도 주지 않고 그냥 가면 욕설이나 주먹질을 해댔었다. 이 아이들도 아무 것도 주지 않으면 그럴지도 모른다는 생각이 들기도 했다. 광장 한쪽 편에 난전을 벌리고 있는 재래시장을 둘러보았으나, 별로 살만한 것들이 없었다.

걸어서 역으로 이동하여 기차에 올라 9:25에 마추픽추를 향해 출발했다. 우리가 탄 자그마한 협궤열차는 우르밤바강을 따라 달렸다. 우르밤바강은 흙탕물이 소용돌이치며 흐르는 급류였다. 유속이 빨라 래프팅도 불가능할 것 같았다. 간간이 원주민 부락과 옥수수를 수확하는 원주민들의 모습이 눈에 띄었다. 옆에 앉은 우베드로가 원시적인 생활이기는 해도 북한 주민처럼 굶주리지는 않을 거라고 말했다. 차창 밖으로는 무리지어 피어 있는 노란색 꽃들과 선인장들이 스쳐지나갔다.

10:55 경 마추픽추로 가는 버스를 갈아타는 곳인 아구아스 칼리엔테스역에 도착했다. 기차에서 내려 마추픽추로 올라가는 계곡의 입구를 바라보니, 구름에 감싸여 있는 신비스런 모습이 과연 신전을 지을 만한 명당이라는 생각이 들었다. 버스를 타고 구불구불하고 아슬아슬한 벼랑을 따라 20여분을 올라가니 마추픽추의 입구에 있는 관리사무소 주차장에 도착했다.

1911년 미국의 젊은 역사학자인 하이럼 빙검에 의해 발견되기까지 잃어버린 공중도시였던 마추픽추는, 해발 2,280m의 험준한 산봉우리 위에 세워진 수수께끼 같은 잉카의 유적이다. 스페인에 대항하기 위해 마추픽추(늙은 산)와 와이나픽추(젊은 산)라는 산봉우리를 잇는 능선 위에 세워진 성채 도시는 사방이 5km나 된다고 한다. 입구를 들어서서 벼랑을 따라 조금 올라가니 파수용 오두막이 있는 펑퍼짐한 공간이 나타났다. 그곳에서는 마추픽추와 와이나픽추가 한 눈에 조망되었다. 저런 산봉우리에 어떻게 도시를 건설하여 살아갈 수 있었는지가 불가사의해 보였다. 가이드로부터 전체적인 설명을 들은 뒤, 주거지역으로 이동하면서 보니 주위가 모두 계단식 밭으로 조성되어 있었다. 잉카의 주식인 감자와 옥수수를 경작한 밭들인데, 유적의 규모와 경작량으로 볼 때 5,000명 정도가 거주했을 것으로 추정한다고 했다. 그리고 부족한 물품은 인카루트를 통해 쿠스코에서 운반해왔을 거라고 한다. 그렇게 번성했던 도시도 스페인의 공격을 피해 모두 도망가버리는 바람에 폐허로 남게 된 것이다. 우리는 주거지역을 지나, 우물터, 태양의 신전터, 돌확과 감옥, 정상에 있는 인티와타나(해시계) 등을 둘러보았다. 현재 유적의 2/3는 잉카 유적이고, 1/3은 복원한 것이라고 가이드가 설명해주었다. 다행스럽게도 고산지대의 상쾌한 공기 덕분인지 고산병 증세가 사라져 몸도 가볍고 기분도 좋아졌다. 하산 길에 잠시 오두막 휴게소에서 자매님들을 일렬로 앉혀 놓고 사진을 찍으며 서로 농지거리를 하는 유쾌한 시간도 가졌다. 산 아래로 멀리 우르밤바강이 휘돌아 흐르는 것이 보였다.

주차장에서 버스를 타고 하산하여 14:00경 역전 부근에 있는 뷔페식 식당인 Incatera에서 점심 식사를 했다. 레지나와 나는 그 동안 식사를 제대로 하지 못해 배도 고팠을 뿐만 아니라, 원기 회복을 위해 좀 넉넉하게 먹었다. 맥주 맛이 좋아 몇 잔 걸쳤고, 콜라와 커피도 마셨다. 식사 후에 잠시 자유시간이 부여되어, 모두들 토산품점으로 구경을 나갔으나, 우리는 테라스로 나가 신부님과 프란치스코 형님과 함께 계곡 물소리를 들으며 이야기를 나누었다. 신부님은 마실 것을 가져다주는 종업원에게 한국 인사말을 가르쳐주시기도 했다. 17:00에 역으로 모여 우르밤바로 돌아가는 기차에 올랐다.

그런데 우르밤바로 돌아오는 기차간에서 베드로와 크리스티나 간에 작은 말다툼이 있었다. 기차시간이 다 되었는데도 나타나지 않는 크리스티나를 찾아다니느라 애가 말랐던 베드로가 나무라는 말을 한 마디 하자, 크리스티나도 약속 장소에서 기다리지 않은 것을 따지듯이 화를 냈기 때문이다. 다 서로를 걱정하고 사랑하기 때문에 일어난 일인데 순간적인 감정 때문에 그것을 반대로 해석해버린 것이다. 회장님과 프란치스코 형님이 서로를 떼어놓고 달래느라고 애를 쓰는 모습이 이상하게도 나는 기분 좋게 느껴졌다. 세상에는 우리들의 갈등과 괴로움을 해소시켜 주기 위해 저렇게 노력하는 사람들이 있어 아름다운 것이라는 생각이 들었기 때문이다. 서로 미안하다는 말 한마디면 모든 게 풀릴텐데 왜 그리 자존심들이 강한지, 그놈의 자존심 때문에 일을 그르치는 경우가 얼마나 많은가? 나도 베드로 부부의 화해를 위해 화살기도를 바쳤다. 미안하다는 말과 용서라는 말의 위대함이 절실하게 느껴지기도 했다.

19:30 경 탐보 마을에 도착하여 버스로 갈아타고 쿠스코를 향해 출발했다. 도중에 가브리엘이 두고 온 묵주 반지를 찾으러, 어제 밤에 묵은 Incaland에 들렀으나 묵주 반지는 찾지 못했다. 가브리엘이 몹시도 아

쉬워했다. 21:00경 쿠스코에 도착하니 비가 내리고 있었다. 원래는 과달루페회 신부님이 계시는 성당에 들려 미사를 드릴 계획이었으나, 소 신부님이 너무 늦고 피곤하니까 하지 말자고 하셔서 오늘은 미사를 드리지 못했다. 차에서 내려 바로 식당으로 가서 저녁식사를 했다. Don Antonio라고 쿠스코에서는 비교적 고급 식당인 듯 했다. 무대에서는 민속 음악과 춤이 공연되고 있었으며, 손님들도 대부분 관광 온 백인들이었다. 분위기는 그럴 듯 했으나, 고산병 증세가 다시 나타나 영 식욕이 나질 않았다. 나와 레지나, 신부님과 크리스티나 등 전혀 식사를 하지 못했다. 식사비가 아깝긴 했지만 먹을 수가 없었다.

22:30 경 San Agustin International 호텔에 여장을 풀었다. 흙으로 지은 2층 건물인데, 시설은 별로 좋지 않았다. 무엇보다도 레지나가 두통을 호소하지 않아 안심이 되었다. 서둘러 씻고 자리에 누웠다. 침대가 너무 작고 좁아 각자 다른 침대에서 잘 수밖에 없었다. 오늘 하루 하느님이 베풀어주신 은혜에 감사드리는 화살기도를 마치지도 못한 채 잠 속으로 빠져들었다.

2월27일(수요일) : 잉카 문화의 진열장, 리마

6:00에 곤한 잠을 깨우는 전화벨이 울렸다. 무거운 몸을 일으켜 세수를 한 다음 소지품들을 챙겨 가방에 넣었다. 호텔 음식이 별로 입에 맞을 것 같지 않아 한국에서 가져온 컵라면과 햇반, 그리고 김을 꺼내서 식당으로 가지고 갔다. 식당에서 햇반을 데우기 위해 전자렌지를 찾으려니, 가이드가 뜨겁게 해다 주겠다며 주방으로 가지고 갔다. 아마 여행 중에 가이드로부터 받은 가장 큰 도움이었을 것이다. 어쨌든 덕분에 뜨거운 햇반과 컵라면, 김으로 맛있는 식사를 했다. 그리고는 과일과 주스로 입가심도 했다. 우베드로 부부는 아직도 감정이 풀리지 않은 서먹한 눈치였다.

7:30에 쿠스코 공항으로 출발했다. 그런데 버스를 타기 위해 집합해 보니 웬 원주민이 한 사람 끼어 있었다. 박 요셉 형님이 갈아입을 옷이 마땅치 않다며 현지에서 산 원주민풍의 옷을 입고 나타났기 때문이다.

그 동안은 안젤라 형수가 멕시코 원주민 패션으로 다녔는데 오늘 임무 교대를 한 것이다. 모두들 잘 어울린다고 유쾌하게 웃었다. 9:15에 LanPeru의 비행기에 탑승했다. 자리에 앉으니 레지나가 썬캡을 잃어버린 것 같다고 가방을 뒤지고 있었다. 그럴 때마다 내가 하는 말이 있다. 괜찮으니까 나만 잃어버리지 말라고. 이륙을 하고 나니 무엇보다도 고산병 증세를 벗어 던질 수 있어 기뻤다. 이번에 깨달은 중요한 사실 하나가 물과 공기 나쁜 것보다 더 견딜 수 없는 것이 기압이 안 맞는 것이라는 점이다. 물과 공기는 정화 시설이 가능하나 기압은 조정이 불가능하기 때문이다.

10:30에 리마 공항에 착륙했다. 해류의 영향으로 기온은 높지 않으나 사막지대에 세워진 도시라 건조하다고 했다. 리마는 스페인의 정복자 피사로에 의해 제왕의 도읍으로 건설된 도시로, 19C 초 각국이 독립할 때까지는 남아메리카에 있는 스페인 영토의 주도였다고 한다. 따라서 남아메리카 최고의 산마르코스대학, 가장 오래된 극장, 식민지시대의 각종 스페인풍의 건물들이 도처에 남아있다. 특히 인류고고학박물관에는 치무, 나스카, 파차카막 등의 귀중한 잉카문화 유물들이 진열되어 있으며, 이들은 유네스코의 세계문화유산 목록에 들어있다고 했다.

11:00에 전용버스로 리마 관광을 출발했다. 차창 밖으로 보이는 시가지의 풍경은 경제적으로 궁핍한 후진국이라는 것을 확인시켜 주었다. 핑크빛을 띈 장미의 성모 마리아상이 있는 5월2일의 광장을 지나면서 본 구시가지에는 식민지시대의 멋을 낸 건물들이 많았으나, 대부분 먼지를 뒤집어 쓰고있는 듯이 우중충해 보였다. 페루의 독립에 기여한 아르헨티나의 장군인 산 마르틴 동상이 있는 광장을 지나, 우리는 구시가지의 중심지인 아르마스 광장으로 갔다. 옛 건물들로 둘러싸인 광장의 한 구석에는 정복자 피사로의 동상이 광장을 내려다보고 있었다. 페루 국기와 잉카 깃발이 나란히 게양되어 있는 대통령궁 앞에서는 현란한 복장의 경비병 교대식이 벌어지고 있었다. 광장 한편에 있는 피사로가 직접 초석을 놓았다는 대성당과 그 앞에 있는 에로틱한 조각물로 장식된 천사상 분수대가 눈길을 끌었다. 그것들을 잠시 돌아본 후 우리는 산

토 도밍고 수도원으로 갔다.

산토 도밍고 수도원에 들어서니 예수회 원장 신부님이 우리를 반갑게 맞아주시면서, 이곳을 돌아보는 것도 좋은 성지순례라고 말씀하셨다. 이 수도원은 16~17세기에 리마에서 활동한 성녀 로사와 성인 마르틴이 잠들어 있는 곳이기도 하다. 특히 우리에게는 빗자루의 성인으로 알려진 베네딕토회 수사였던 성 마르틴은 매우 친근한 느낌을 주었다. 비록 경제적으로는 후진국이기는 하나 로마에 있는 대성당들을 연상시키는 이곳 성당의 규모나 장식들은 우리나라의 성당들과는 매우 대조되어 부러운 느낌이 들기도 했다. 성 마르틴의 무덤 성당에서 미사를 봉헌한 후, 아름다운 수도원의 내정과 성 마르틴과 성녀 로사의 유해가 안치된 곳을 참배했다. 그런데 해골을 보는 것은 어쩐지 으시시했다. 레지나는 성 마르틴의 무덤 성당에 자기의 기도를 담은 편지를 봉헌했다.

13:00 경 미사를 마친 후, 버스를 타고 점심을 먹기 위해 식당으로 이동했다. 리마에서 유명한 전통 음식점인 Heydi란 곳이었다. 그곳에서 우리는 회와 해물잡탕찌개, 해물 볶음밥 등을 맛있게 먹었다. 한국 음식과는 다소 맛이 다르기는 했으나, 맛있고 푸짐한 음식에 Incacola와 소주를 곁들여 먹으니 모두들 즐거워했다.

식사 후에는 다시 아르마스 광장으로 가서 대통령궁과 대성당, 시청 부속 건물들을 지나 성 프란치스코 성당과 그 지하에 있는 카타콤베를 참배했다. 성당 내부에 진열되어 있는 축제 행렬 시 성모님을 모신다는 순은제 가마가 매우 인상적이었다. 그러나 5만명 정도 묻혀있다는 지하 공동묘지인 카타콤베를 돌아볼 때는 성스러운 생각보다는 해골들이 벌떡 일어날 것 같은 두려움이 더 컸다.

15:50 경 다시 버스를 타고 황금박물관으로 이동했다. 남태평양을 연한 가로를 따라 신시가지로 이동하면서 가이드가 리마에는 수 백년 된 성당이 80여 곳이나 되며, 구 시가지는 주로 서민들의 거주지고, 부유층은 신시가지에 산다고 설명해주었다. 또 차창 밖으로 보이는 가로수는 보라빛 꽃이 피는 아카시아 고목들이라고 했다. 차도 한가운데로 보행자 도로가 있는 것도 특이했다. 남태평양에 연한 해안 도로를 질주하

려니 군데군데 파도타기 하는 사람들도 보였으나 해안 풍경은 다소 황
량해 보였다. 우리는 잠시 수도승이 뛰어 내렸다는 전설을 간직한 바위
가 있는 휴게소에서 휴식을 취했다. 남태평양의 시원한 해풍을 즐기며
바위에 부딪혀 부서지는 파도의 장관을 구경했고, 태평양을 배경으로
사진들도 찍었다.

황금박물관은 리마 교외의 고급 주택가인 몬테리코 지구에 있다. 저
명한 실업가의 컬렉션으로 페루의 역사와 고고학에 조예가 깊었던 미겔
무하카 가요씨가 생애를 통해 모은 유물들을 전시하고 있다. 박물관의
1층은 세계 각국의 옛 무기들을 전시한 무기박물관이고, 지하층은 잉카
의 금은보석으로 만든 장신구들을 선시한 황금박불관이다.

1층의 무기박물관에서는 각종 전쟁에서 사용되었던 무기들과, 황제나
저명인사들이 소지했던 권총류들, 그리고 일본과 중국의 도검들이 눈길
을 끌었다. 소장자가 일본을 좋아했기 때문이라고는 하나, 일본 무사와
관련된 것들은 다량이 전시되어 있는 것에 비해 우리나라의 것은 달랑
은장도 하나 뿐인 것이 매우 서운했다. 일본은 우리가 문화를 전수해 준
나라인만큼 소장자의 역사 인식이 좀 의심스러운 생각이 들기도 했다.

지하층의 황금박물관에는 프레 잉카시대의 유물들이 전시되어 있
는데, 주로 묘지에서 출토된 생활도구들이었다. 금 은 동으로 만든 장
신구, 집기, 무기류 등과 토기와 직물들이 미이라와 함께 진열되어 있
었다. 스페인 정복이후 페루에 있던 황금은 모두 녹여 스페인으로 가져
갔기 때문에 잉카제국의 황금제품들은 소품들을 제외하고는 거의 남아
있지 않다고 했다. 잉카인들은 도금술과 연금술이 뛰어나서 머리에서
발끝까지 황금으로 덮어버릴 정도로 장신구들이 다양했다. 사진 촬영이
금지되어 있어서 기념사진을 찍을 수 없는 것이 다소 아쉬웠다.

18:30 경 박물관을 나와 토산품점들이 밀집되어 있는 곳으로 갔다.
시간도 별로 없고, 가격들도 비싼데다가 별로 살만한 것들이 눈에 띄지
않아 우리 부부는 그냥 구경만 하고 다녔다. 19:40 쯤 교민이 운영하는
한식당 고려정에서 생선찌개로 저녁식사를 했다. 피로 때문인지 속이
편치 않아 식욕이 당기질 않았다. 식당에서 알파카 제품들을 팔기도 했

으나 꼭 사고 싶은 물건이 눈에 띄지 않았다.

21:00 경 쿠스코로 가기 전에 숙박을 했던 Sonestaposada del Inca 호텔로 가서 맡겨두었던 짐들을 찾고, 방 2개를 빌려서 형제 자매로 나뉘어 샤워를 하고 귀국을 위한 짐 정리를 했다. 샤워를 한 후에 로비의 공중전화로 집에 있는 준범이와 통화를 했다. 아이들이 커서 이젠 이렇게 자유롭게 해외 여행을 다닐 수 있다는 것이 흐뭇했다.

22:00에 짐들을 챙겨 공항으로 이동했다. 공항에 도착하여 탑승 수속을 마친 후, 면세점을 구경하며 아이들 선물용으로 알파카 세타를 살려고 했으나 아이들의 기호에 맞을 만한 것들이 보이지 않아 그만 두었다. 그런데 탑승을 기다리고 있는 우리 일행에 작은 소동이 벌어졌다. 가브리엘라에게 잠시 아이를 봐달라고 부탁했던 여자가 탑승시간이 임박해 가는데도 나타나지를 않는 것이다. 우리는 큰일 났다며, 그냥 데려가서 입양을 해야된다고 골렸다. 그러나 그 여자는 끝내 나타나고 말았다.

비행기에 탑승하려니 가이드가 꼬리 날개 부분을 가리키며 좀 찌그러져 있다고 했다. 그걸 보니 어쩐지 좀 불안한 생각이 들었다. 그런데다 기내에서는 좌석이 중복되어 복도에 서서 한참을 기다려야 했다. 멕시코에서 출발 때부터 연착하여 일정에 차질을 가져오게 하더니 Lan Chile에 대한 인상을 끝까지 좋지 않게 만들었다. 욕을 해주고 싶었으나 영어가 짧은 것이 한이었다.

01:35에 우리가 탄 비행기는 리마 공항을 이륙했다. LA까지는 대략 7시간 정도 걸린다고 했다. 자리에 앉자 잠이 쏟아져 식사도 한 번 걸렀다. 두 번째 식사는 그냥 자겠다는 레지나를 깨워 함께 오믈렛으로 먹었다. 비행기는 낡고, 음식도 형편없고, 승무원들도 불친절했다. 앞으로 Lan Chile는 이용하지 말라고 당부할텐데 저 승무원들은 이런 내 생각에 아랑곳하지 않을 것이다. 자기들이 국가의 이미지와 발전에 먹칠을 하고 있다는 사실을 잘 알아야 할텐데 말이다. 식사를 하고 난 레지나가 옆 좌석의 우루과이 아줌마와 손짓을 섞어가며 즐겁게 대화를 나누는 것을 어슴푸레 바라보며 나는 다시 잠 속으로 빠져들었다.

2월 28일(목요일) : 꿈같은 시간의 종착역

7시간이 넘도록 좁은 비행기 좌석에 갇혀 있는 것은 큰 고통이다. 답답한 증세가 나타나 슬슬 몸이 뒤틀리기 시작할 무렵 LA 공항에 착륙했다. 시계가 7:20분을 가리키고 있었다. 이른 아침이라서 인지 모든 사람들이 잠이 덜 깬 상태처럼 부시시해 보였다. 대한항공으로 비행기를 갈아타기 위해 우리는 짐을 찾아서 다시 환승 수속을 마친 다음 대합실로 가서 양신부님이 오시기를 기다렸다.

9:30 경 드디어 기다리고 기다리던 양신부님이 특유의 환한 미소를 가득 담은 표정으로 다가왔다. 모두들 반가워서 뜨거운 포옹을 나누었다. 한국에 계실 때보다는 살이 찌고 얼굴도 하얘진 것 같았다. 마음도 편하고 건강도 좋아지신 것 같다고 덕담을 한 마디씩 했다. 즐겁게 대화를 나누며 양신부님의 근황을 들었다. 본당신부로서 미국인과 멕시코인, 한국인들을 위한 미사를 따로 드려야 하고, 부설 학교 교장 노릇도 해야하기 때문에 무척 바쁘시다고 했다. 우리는 함께 기념사진을 찍고, 작은 정성을 담은 격려금도 전달했다. 비록 짧은 만남이었지만 그리웠던 신부님을 만나서 삶의 기쁨과 즐거움을 함께 나눈 의미있는 시간이었다. 빨리 한국으로 오시라고 떼를 쓰기도 했으나 그건 하느님의 뜻에 맡길 수밖에 없는 노릇이다. 금방 헤어질려니 너무도 아쉽고 서운했다.

양신부님과 작별 인사를 나눈 후, 큰아이에게 수신자 부담으로 전화를 걸어 인천 공항 도착 시간을 알려주고, 차를 가지고 집 근처에 있는 공항버스 정류장으로 나오도록 말해두었다. 미국에 있는 친지들을 방문하기 위해 현지에 남게되는 오스테파노와 우베드로 부부의 환송을 받으며 9:45에 탑승 수속을 마치고 면세구역으로 들어갔다. 이곳저곳을 둘러보았으나 물건은 사지 않았다. 레오형님이 자랑하는 시계를 살까하고 물건을 만지작거리기도 했지만 내겐 별로 활용 가치가 없을 것 같아 그냥 내려놓았다. 가브리엘은 미국에 사는 동생을 만나기 위해 애타게 기다렸으나 끝내 만나지 못했다. 공연히 내 마음도 안타까웠다.

11:00에 비행기에 탑승하면서 입구에 놓여있는 조선일보와 한국일보, 일간스포츠 등 신문들을 한 뭉치씩 집어들었다. 그 동안 대한민국

은 무고한지 궁금했기 때문이다. 11:20에 우리가 탄 비행기가 LA공항 활주로를 박차고 올랐다. 12시간이 넘는 길고 지루한 여행이 시작된 것이다. 잠시 LA에 머무르기는 했지만 리마로부터 귀국하는 일정의 계속 상태다 보니 곧 가깝증이 밀려왔다. 들고 들어온 신문을 뒤적이기도 하고, 기내에 방영되는 영화를 보기도 하고, 오랜만에 맛있는 비빔밥을 먹기도 했으나 증세는 사라지지 않고 오히려 점점 더해갔다. 엉덩이에 욕창이 생길지도 모르겠다는 생각이 들 정도였다. 레지나도 잠이 오지 않아 뒤척이고 있었다. 그러다가 아이들에게 줄 선물로 남성용 불가리 향수를 2병 샀다. 레지나가 좋아하는 향기를 풍기기 때문이다.

몸을 조여오는 답답함과 악전고투를 벌리다 보니 어느새 비행기는 날짜변경선을 넘어 한국 상공에 진입하고 있었다. 한국시간으로 같은 날, 즉 2월 28일 17:00경 인천공항에 착륙했다. 스피커에서 인천지역의 날씨는 맑고 기온은 영상 8도 정도라는 안내 방송이 나왔다. 대한항공이 비행기도 최신형이고, 서비스나 친절도도 매우 뛰어나다는 생각이 들었다. 비행기가 활주로에 안착하자 우리 부부는 큰 박수로 승무원들에게 감사했다. 각자 짐을 찾아 챙긴 뒤 우리는 또 다른 여행을 기약하며 각자의 정든 집을 향해 흩어졌다.

열흘 정도의 짧은 여정이었지만, 날짜변경선을 오가며 겨울에서 여름의 세계로 갔다가 다시 초봄의 세상으로 돌아 온, 내용적으로는 매우 긴 여행이었다. 여행은 역시 좋은 친구들과 함께 다녀야 제 맛이 난다. 가끔 핀잔도 주고받으며, 서로 양보하고 도와주며 가진 것을 나누는 것은 사랑의 근본이다. 여행은 바로 이것을 즐기게 하는 시간인 것이다. 좋은 사람들과 좋은 생각과 마음을 나누며 미지의 세상을 발견하는 경이로움 이야말로 여행에서 얻을 수 있는 도취적인 행복감이다. 이번 여행도 주님의 특별한 보살핌 속에서 이루어진 매우 즐겁고 유쾌한 여행이었다. 여행 내 우리를 즐겁게 해주신 소신부님, 개성들이 강한 회원들을 잘 다독이며 이끄시는 회장님, 무엇보다도 즐거운 시간을 함께 해준 188회 형제 자매님들께 깊은 감사를 드린다.

2003. 3.15.

자율적 인간

신록의 푸르름이 눈부신 계절에, 부지런히 땀 흘리며 자신의 삶을 가꾸고 있는 생도 여러분, 오늘 하루의 삶을 정리하는 이 고요한 시간에 여러분은 무슨 생각을 하고 계십니까? 혹시 누군가를, 또는 무언가를 기다리고 있지는 않습니까? 그런 분들을 위해 우선 좋은 시를 한 편 들려 드리겠습니다. 황지우의 〈너를 기다리는 동안〉이라는 시입니다.

네가 오기로 한 그 자리에 / 내가 미리 가 너를 기다리는 동안 / 다가오는 모든 발자국은 / 내 가슴에 쿵쿵거린다 / 바스락거리는 나뭇잎 하나도 다 내게 온다 / 기다려본 적이 있는 사람은 안다 / 세상에서 기다리는 일처럼 가슴 애리는 일 있을까 / 네가 오기로 한 그 자리, 내가 미리 와 있는 이 곳에서 / 문을 열고 들어오는 모든 사람이 / 너였다가 / 너였다가, 너일 것이었다가 / 다시 문이 닫힌다 / 사랑하는 이여 / 오지 않는 너를 기다리며 / 마침내 나는 너에게 간다 / 아주 먼데서 나는 너에게 가고 / 아주 오랜 세월을 다하여 너는 지금 오고 있다 / 아주 먼데서 지금도 천천히 오고 있는 너를 / 너를 기다리는 동안 나도 가고 있다 / 남들이 열고 들어오는 문을 통해 / 내 가슴에 쿵쿵거리는 모든 발자국 따라 / 너를 기다리는 동안 나는 너에게 가고 있다

(김세원 낭송 CD사용)

현실적 삶의 고통을 참고 견디며 우리가 간절히 기다려야 하는 궁극적 대상은 바로 우리의 꿈이 성취되는 시간일 것입니다. 자신의 꿈을 성취하는 인간이야말로 위대한 인간입니다. 그런 꿈의 성취를 위해 여러분의 젊음과 정열을 다하여 몸과 마음을 단련하십시오.

그러기 위해 우리가 우선적으로 갈고 닦아 이루어야 하는 것이 자율적 인간입니다. 우리는 자율을 스스로 알아서 행동하는 것 정도로 막연하게 생각하기 쉽습니다. 자율은 자신의 행동을 스스로 알아서 절제하는 것을 말합니다. 그러므로 사회적 규범이나 도덕적, 윤리적 테두리를 벗어나는 행동은 자율이 아닙니다. 쉽게 말하면 생도 규정이나 교칙과 같은 지켜야할 규범을 위반하는 행동은 자율성을 지닐 수 없는 것입니다.

학교에서는 여러분에게 미래사회의 환경에 맞는 리더십을 배양하기 위해 최적의 교육시스템을 가동하고 있습니다. 생도규정이나 일과표, 교과과정을 비롯한 각종 제도와 내규 등은 바로 그 시스템의 일부인 것입니다. 따라서 여러분은 그것을 구속과 억압을 강요하는 제도라 생각하지 말고, 여러분이 훌륭한 리더십을 지닐 수 있도록 능력을 계발하고 심신을 단련하는 것을 도와주는 최적의 프로그램이라는 것을 인식해야 합니다. 그리하여 스스로가 그 교육시스템에 적응하도록 노력하고, 행동을 절제하여 그 테두리 안에서의 생활을 즐길 수 있을 때 여러분은 자율적 인간이 될 수 있습니다.

인터넷상에 널리 유포되고 있는 맹사성의 다음 일화는 우리에게 큰 깨달음을 줍니다. 열아홉의 어린 나이에 장원급제를 하여 스무 살에 파주 군수가 된 맹사성은 자만심으로 가득 차 있었습니다. 어느 날 무명선사를 찾아 가, 고을을 다스리기 위한 가르침을 구했습니다. 그러자 무명선사는 "그건 어렵지 않습니다. 나쁜 일을 하지 말고 착한 일을 많이 베푸시면 됩니다."그 말을 들은 맹사성은 "그런 건 삼척동자도 다 아는 이치인데 먼 길을 온 내게 해줄 말이 고작 그것뿐이오?" 하고 거만하게 말하며 자리를 박차고 일어나려고 했습니다. 그러자 무명선사는 차나 한 잔 하고 가라고 붙잡았습니다. 그는 못이기는 척 자리에 다시 앉았습니다. 그런데 스님은 찻물이 넘치도록 그의 찻잔에 자꾸만 차를 따르는 것입니다. "스님 찻물이 넘쳐 방바닥을 망칩니다!"하고 맹사성이 소리쳤으나, 스님은 태연하게 계속 찻잔이 넘치도록 차를 따랐습니다. 그리고는 잔뜩 화가 난 맹사성을 물끄러미 처다보며 "찻물이 넘쳐 방바닥을 적시는 것은 알고, 지식이 넘쳐 인품을 망치는 것은 어찌 모르십니까?" 스님의 이 한마디에 맹사성은 부끄러움으로 얼굴이 붉어졌고, 황급히 일어나 방문을 열고 나가려 했습니다. 그러다가 문에 세게 부딪히고 말았습니다. 그러자 스님이 빙그레 웃으며 말했습니다. "고개를 숙이면 부딪히는 법이 없습니다."

생도 여러분! 스스로 행동을 절제할 줄 아는 자율적 인간이 되면 여러분이 지켜야 할 규정과 부딪힐 일이 없어집니다. 또한 해야 할 일들로 인해 걱정할 필요도 없어집니다. 그때에야 비로소 학교생활을 마음껏 즐기며 살아가는 진정한 자유로운 정신의 소유자가 될 것입니다. 오늘 밤 여러분의 잠자리에 평화가 함께 하실 빕니다.

2004. 6. 12.

여행, 다섯 배로 즐기기

3년 전쯤으로 기억된다. 2학기가 시작되어 교수부 지역이 하기군사훈련을 마치고 돌아 온 생도들로 시끌벅적한 시간에 연구실로 4학년생도둘이 인사차 찾아왔다. 반가운 마음으로 하훈과 휴가 동안의 즐거웠던 이야기들을 주고받는 중에, 2주 동안 유럽 배낭여행을 하고 온 이야기를 듣게 되었다. 유레일 패스를 이용해 프랑스, 독일, 이태리, 영국 등을돌아다니며 고생한 체험을 자랑스럽게 말하는 것을 들으며 그들의 대담성과 용기에 경탄을 보내기도 했으나, 마음 한 구석으로는 다소 씁쓸한생각이 스치고 지나갔다. 짧은 시간에 고생하며 많이 돌아다니기는 했으나 여행의 참맛과 의미를 즐기지는 못한 것 같은 느낌이 들었기 때문이다.

이제 기말시험이 끝나면 생도들에게는, 비록 충분한 시간은 아니지만, 평소에 꿈꾸던 여행을 할 수 있는 황금 같은 휴가가 부여된다. 그런데 대부분의 생도가 위의 두 생도처럼 여행을 떠나고만 싶어 할 뿐, 그래서 무작정 돌아다니는 데 그칠 뿐, 여행을 통해 얻을 수 있는 진정한즐거움과 보람을 성취하는 데에는 실패하는 경우가 많다. 즉 여행에 대한 잘못된 인식으로 인해 많이 돌아다니며 기념사진을 찍거나 그저 고생해보는 것 정도로 충분하다고 생각하여, 여행의 참맛과 의미를 즐기지 못함으로써 결국은 돈과 시간과 정력의 낭비만 가져오는 헛고생을하는 경우가 많은 것이다.

여행을 통해 얻을 수 있는 가장 중요한 것은 여행지에서의 역사적, 문화적 체험이다. 이는 곧 여행의 목적이기도 하다. 그러므로 짧은 시간에 많은 곳을 돌아다니며 수박 겉핥기식으로 구경하며 사진 찍기에 급급하기보다는, 특정한 지역을 선정하여 집중적으로 깊이 있게 돌아보는 문화적 체험이 될 수 있는 여행이 바람직하다. 요즈음은 여행사들이 제공하는 상품 중에도 단순히 여러 나라를 돌아보는 것보다는 한 나라를 집중적으로 여행하거나, 테마가 있는 상품이 더 인기가 있다고 한다. 이는 여행객들도 어느 것이 더 즐겁고 실속 있는 여행인지 깨닫게 되었음을 의미한다. 실제로 필수적인 여행 코스인 유럽에 있는 대형 박물관들은 그것만 제대로 음미하며 관람하는 데에도 여러 날이 필요하다. 그 박물관 앞에서 기념사진을 찍었다고 해서 결코 그 박물관이 소장하고 있는 역사와 문화를 체험했다고 할 수는 없는 것이다.

사람들 중에는 무작정, 불쑥 떠나는 여행을 즐기는 사람도 있다. 그러나 조금만 생각하면 같은 시간과 경비로 여행의 참맛과 의미를 다섯 배로 즐기는 좋은 방법이 있다. 이는 매우 평범하고 진부해 보이지만 여행의 목적을 달성하는 데에는 최선의 방책이다.

첫째는 준비기간의 즐거움이다. 여행의 테마를 결정하고, 이에 따른 계획과 일정을 치밀하게 수립하며, 여행 허가 신청, 여권 준비, 예약 등의 절차를 밟아가며 각종 준비물을 챙기는 일을 하는 것은 실제 여행 못지않게 즐거운 일이다. 그러므로 필요한 행정적인 절차에 짜증을 낸다거나, 복잡하고 성가시다고 하여 준비를 소홀히 하면 본격적인 여행을 망칠 수도 있음을 명심해야 한다.

두 번째는 사전 답사의 즐거움이다. 즉 여행지역에 대한 서적이나 영상자료를 수집하여 역사적, 문화적 특성을 미리 학습하면서 도상 연구를 통해 여행 과정을 상상해 보는 것 또한 커다란 즐거움이 될 수 있다.

세 번째는 본격적인 여행의 즐거움이다. 현지를 여행하면서 그 풍광의 아름다움을 감상하며, 문화적 특성과 역사성을 직접 체험해 보는 즐거움이다. 그러기 위해서는 현지의 주민들과 직접 접촉할 수 있는 숙박시설을 이용하는 것이 좋으며, 그들과의 의사소통에 필요한 외국어 능력의 소유자를 동반하는 것이 바람직하다. 좋은 추억이 될 수 있는 경험들을 사진기에 담으며, 그 내용을 메모해 두는 것이야말로 여행이 주는 즐거움의 극치이다. 특히 차를 타고 가면서 차창 밖으로 스치는 풍광을 음미하는 것도 여행의 중요한 일부이다. 차만 타면 잠으로 빠져드는 습관을 가진 사람은 여행의 즐거움을 반도 누릴 수 없다.

네 번째는 여행에서 돌아와 사진첩을 정리하고, 여행 동안의 메모한 것을 토대로 여행기를 쓰면서 여행에서 경험한 것들을 음미하는 즐거움이다. 사진첩에 사진만 나열하기보다는 사진에 적절한 설명을 붙여두는 것이 좋다. 또한 체험한 내용을 글로 써야 여행에서 성취한 의미들을 명료하게 음미할 수 있다. 이러한 작업은 여행의 추억이 망각 속으로 사라지는 현상을 방지하여 영원히 기억되게 하는 일종의 잠금장치이다.

다섯 번째는 잘 정리된 사진첩과 함께 자신이 쓴 여행기를 읽으며 감동적인 순간들을 회상하는 즐거움이다. 이는 두고두고 반복적으로 우리를 즐겁게 한다. 만일 자신의 귀중한 여행 체험을 신문이나 잡지에 발표한다거나, 정보가 필요한 청중들에게 발표할 기회를 갖는다면 그 즐거움은 배가될 것이다.

필자는 2000년에 이태리-이스라엘- 이집트의 가톨릭 성지를 둘러보고 쓴 성지순례기와, 2003년에 멕시코-페루의 마야·아즈텍·잉카 유적들을 답사하고 쓴 문화탐사기를 지금도 가끔 꺼내서 읽어보며 즐거웠던 순간들을 추억하곤 한다. 위에서 제시한 다섯 가지를 즐기는 사람이야말로 투자한 시간과 경비와 정력만큼 의미와 보람이 있는 문화적 체험을 할 수 있을 것이다.

2004. 6. 22.

내 마음의 곳간에 갈무리해 둔 부끄러운 이야기들

얼마 전 주보에 교구에서 권장하는 계급별 교무금이 공시된 걸 본 적이 있다. 그걸 보는 순간 잉터리 신자 시절의 내 모습이 떠올라 부끄러운 마음에 공연히 헌금봉투를 열어 봉헌금이 제대로 들어 있는지 확인해 보았다.

지금은 대부분 신자들이 교무금은 당연히 내야하는 것으로 생각하고 있지만, 내가 세례를 받고 신앙생활을 시작한 80년대 초만 하더라도 그렇지가 못했다. 군종교구도 설정되지 않았었고, 군 성당들도 대부분 본당 체제가 정립되지 않아 교무금을 납부하는 제도가 없었을 뿐만 아니라, 신자들도 제대로 교리를 받지 않고 세례를 받다 보니 교무금 납부가 신자들의 의무라는 인식조차도 하지 못했었다. 더욱이 군인들의 봉급도 형편없었기 때문에, 빠듯한 살림살이로 인해 교무금을 내라면 아예 성당에 나오지 않을 사람들도 있는 실정이었다. 그 당시 갓 소령이 되어 교관으로 근무하고 있던 나도 형편은 마찬가지였다. 교리도 제대로 받지 못하고 세례를 받은 터라 신자로서의 의무에 대해서도 도무지 아는 게 없었다. 기도문도 외우지 못했고, 테니스 하고 싶어 주일 미사도 거르기 일수였다.

그러던 차에 새로 부임하신 신부님께서 신자들이 반드시 지켜야하는 각종 의무들을 강조하면서 괴로운 문제가 발생했다. 바로 교무금이었다. 계급별로 금액을 정하여 교무금을 납부하도록 강조하시는 것이다. 그러나 박봉에 시달리다보니 돈이 아까워 선뜻 내고 싶지가 않아, 책정액보다도 적은 금액을 마지못해 낼 수밖에 없었다. 그러다보니 미사시간에 신부님이 교무금 문제를 말씀하실 때마다 부끄러웠고, 교무금을 납부하는 날에도 적은 액수 때문에 창피해서 후딱 내고 사라지기 바빴다. 그러니까 성당 오는 것이 점점 부담이 되고 싫어지기 시작했다. 먹고 사는 문제에 별로 도움도 안 되면서 헌금을 강조하는 교회가 위선적이라는 불순한 생각까지 품게 되었다. 이런 갈등으로 인해 마음의 평화와 위로를 얻고자 시작한 신앙생활이 오히려 고통스러워졌다.

그렇게 지내던 어느 날인가 그런 고통으로부터 벗어나기 위해서는 신앙생활을 그만두던지, 책정된 교무금이라도 제대로 내던지 해야겠다는 비장한 생각이 퍼뜩 떠올랐다. 그래서 아내와 상의하여 교무금을 책정액보다 조금 더 내기로 결정했다. 그렇게 교무금을 내기 시작하니 비로소 제대로(?) 신자가 된 듯한 생각이 들었고, 교회 생활도 다소 편안해졌다. 그런데 그렇게 교무금을 낸 이후부터 내 주변에 참으로 우연 같은 이상한 일들이 벌어졌다. 이를테면 이런 일이다. 초등학교부터 고등학교까지 단짝처럼 지낸 친구가 군의관으로 있다 제대하여 하필이면 내가 살던 근처에 소아과와 내과 병원을 개업하는 것이 아닌가. 그래서 두 아이 잔병치레할 때 병원비를 별로 쓸 일이 없었다. 아이들이 어른이 될 때까지 주치의 역할을 해주면서 전혀 진료비나 치료비를 받지 않았기 때문이다. 또 군인 사위라고 별로 탐탁하지 않게 생각하여 소원하게 지내던 처가에서 가끔 생필품을 보내주는가 하면, 외부 대학에서 출강을 해달라는 부탁이 오기도 했다. 그러니까 교무금을 내지 않을 때보다 제대로 내기 시작하면서 오히려 생활은 더 윤택해진 것이다. 그 때는 그 모든 것이 그저 우연한 행운이라고 생각했다. 그러나 그것은 결코 뜻밖의 행운이 아니었다. 우리의 보잘 것 없는 작은 정성을 기특하게 생각하시고 주님이 주신 은총의 선물이었던 것이다.

재물은 생활을 위해 꼭 필요한 것이지만, 우리의 영혼을 어지럽혀 죄를 유발하는 가장 심각한 원인이기도 하다. 재물에 대한 집착에서 벗어나는 일이야말로 구원의 전제 조건임을 요즈음에 와서야 조금씩 터득해 가고 있다.

2006. 1. 20.

불확실한 미래에 대한 도전

꽃샘추위의 시샘 속에서도 학교는 입학과 진학, 졸업과 임관이라는 큼직한 행사를 성공적으로 마치고, 어수선했던 분위기가 진정되면서 이제야 본격적으로 신학기 학사일정에 들어선 듯하다. 대체로 학교기관은 새해보다는 신학기가 한해의 시작으로서 갖는 실질적인 의미가 더 크다. 학생과 교수 모두 학기 단위로 계획과 실천, 그리고 평가가 이루어지기 때문이다.

사람은 누구나 낯선 환경에서 새로운 방식의 삶을 살아야 하게 되면 두려움과 긴장을 느끼게 마련이다. 그런 두려움과 긴장은 필연적인 것이기는 하지만 지나치게 되면 환경에 대한 부적응자가 되기 쉽다. 그동안 가정에서 부모의 사랑과 보살핌 속에 살다가 사관학교라는 엄격한 규율과 거칠고 힘든 생활 환경, 적극적이고 능동적인 학습을 요구하는 교육 환경에 적응해서 살아남아야 하는 신입생들이나, 사관학교라는 울타리 안에서 육신과 정신을 갈고 닦으며 유능한 장교가 되기 위해 전념해온 생도들이 졸업과 임관의 통과의례를 거쳐 야전이라는 치열한 전투 현장으로 투입되는 신임 장교로서의 심정은 본질적으로 유사하다. 미지의 세계에 도전하는 설렘과 함께 스스로의 힘으로 그 두려움을 극복할 수 있는 남다른 용기와 실천적 의지가 필요하기 때문이다.

자신의 꿈을 실현하기 위해 미래에 도전하는 젊은이들이 갖추어야할 가장 중요한 요소는 바로 자신에 대한 믿음이다. 졸업생들은 생도생활 기간 동안 훌륭한 리더십을 함양하기 위해 혹독하게 몸과 마음을 단련했다. 또한 거기에 걸맞은 전문지식을 갖추기 위해 엄청난 학습량을 소

화하며 교과과정이 요구하는 난공불락(難攻不落) 같은 각종 기준들을
통과했다. 그러므로 비록 수상자가 되지는 못했더라도 육사를 무사히
졸업했다는 사실만으로도 대단히 훌륭한 인재로 인정받을 수 있는 자질
을 충분히 갖추고 있다. 문제는 그러한 자질들이 무형의 잠재 능력으로
몸에 배어 있기 때문에 신임장교 자신들이 다양한 야전의 근무환경에서
과연 능력을 잘 발휘할 수 있을 것인지에 대해 스스로 막연한 두려움을
가지고 있다는 점이다. 이런 두려움은 정열과 패기가 넘쳐야 할 초급장
교들의 근무 의욕에 치명적인 장애가 될 수 있다.

어떤 어려운 임무도 잘 할 수 있다는 자신감은 바로 자신에 대한 믿음
에서 나온다. 졸업생 모두는 수면부족에 시달리며 무수한 과제와 시험,
발표들을 통과했으며, 고통과 인내를 강요한 훈련들을 성공적으로 이수
했고, 때로는 좌절과 방황의 늪에서 고뇌하기도 했다. 이런 체험들은 훌
륭한 리더십으로 발휘될 수 있는 잠재적 능력으로 전환되어 신임장교들
의 정신과 육신 속에 든든하게 자리잡고 있다. 그러므로 자신을 믿고 유
감없이 그런 능력들을 발휘하면 되는 것이다.

미래는 불확실하기 때문에 도전할만한 가치가 있으며, 미래의 성공은
항상 희망을 가지고 노력하는 자의 몫이다. 어떤 환경에 처하든 자신에
대한 굳은 믿음을 토대로 미래에 도전할 때 승리의 기쁨을 누리게 될
것이다.

2007. 3. 14

주례사

지리한 장마와 폭염을 견디어 낸 오곡백과가 알차게 영글어 풍성한 수확 을 기다리는 아름다운 계절 가을에, 이렇게 길일을 택하여 인생의 새로운 장을 열게 되는 두 사람의 결혼을 진심으로 축하합니다. 또한 바쁘신 가운데에도 불구하고 이 두 사람의 결혼을 축복해주기 위해 먼 곳을 마다 않고 이렇게 참석해주신 하객 여러분께도 깊은 감사를 드립니다. 아울러 이 두 사람을 이토록 훌륭하고 장하게, 그리고 의젓한 아들과 딸로 키워 오늘의 이 경사를 맞으신 양가 부모님들께도 축하와 경의를 드립니다.

저는 신랑 ㅇㅇㅇ군을 사관학교 생활 동안 가르치고 지도한 인연으로 인해 오늘 이렇게 주례 말씀을 드리게 되었습니다. ㅇ군은 육군사관학교의 그 힘들고 어려운 생활 동안, 국가와 민족을 위해 희생하고 봉사하는 삶을 살아가는 사람이 되고자 심신을 단련하며, 미래 한국사회의 주역으로서 능력을 갖추기 위해 노력해온 성실하고 촉망받는 생도였으며, 어려운 중대장 근무를 성공적으로 마친 능력있는 장교입니다. 또한 신부 ㅇㅇㅇ양도 학교생활과 사회생활 통해 세상살이에 대한 지혜와 도리, 그리고 인격을 두루 갖춘 재원입니다. 저는 이 두 사람이 그동안의 생활을 통해 갈고 닦은 인격과 교양을 바탕으로 장차 이 나라와 사회를 위해 큰일을 할 수 있는 능력과 자질을 겸비하고 있다는 것을 확신합니다. 아끼던 제자가 좋은 짝을 만나 서로 사랑하며 행복한 가정을 이루는 것을 보는 것은 저에게도 큰 즐거움입니다. 특히 신랑 신부는 서로를 잘 이해하며 도와줄 수 있는 훌륭한 협조자로서, 서로에게 안성맞춤이라는 생각이 듭니다. 이렇게 어울리는 청춘 남녀가 서로 사랑하여 결혼을 약속하는 것은 얼마나 아름다운 일입니까?

결혼은 사랑이 전제되어야 하며 또 그 사랑에 의해 완성됩니다. 한 남자가 한 여자의 사랑을, 한 여자가 한 남자의 사랑을 온통 차지할 수 있다는 것, 이는 바로 온 세상을 차지하는 기쁨과 보람이기도 합니다. 그런데 한 사람의 사랑을 온통 차지하기 위해서는 인내하고 노력하는 지혜가 필요합니다. 저는 이제 신랑 신부에게 그 비결을 몇 가지 알려주고자 합니다. 그러나 그것은 비결이라기보다는 사실은 매우 평범한 삶의 지혜라고 할 수 있습니다.

서로를 존경하십시오. 자신을 무시하는 대상을 좋아하거나 사랑할 사람은 아무도 없습니다. 그러기 위해서는 남편과 아내가 서로 자신을 낮추도록 노력해야 합니다. 상대방보다 목소리도 작게 하고, 옳은 주장에 대해서는 선뜻 양보하고 받아들이십시오. 잘한 것에 대해서는 칭찬과 격려를 아끼지 마십시오. 칭찬은 사랑과 존경을 드러내는 것입니다. 또 사랑은 말이나 행동으로 구체적으로 표현될 때 상대방을 움직이는 가치와 힘을 갖습니다.

서로에게 정직하십시오. 무슨 일이든 서로에게 솔직하게 이야기할 수 있어야 합니다. 그래야만 상대방을 믿게 되고, 믿음이 전제되어야 사랑도 튼튼해집니다. 자기를 위해 희생하고 헌신하는 아내에게 거짓말을 하는 남편이 어떻게 세상의 명예를 이룰 수 있겠습니까?

무슨 일이든 함께 하도록 노력하십시오. 평생 서로 사랑하며 함께 살겠다고 약속한 이상 큰일이든 작은 일이든 그 기쁨과 슬픔을 함께 나누어야 합니다. 밥도 같이 먹고, 잠도 같이 자고, 시장도 같이 가고, 빨래도 같이 하고, 운동이나 취미생활도 같이 하고, 걱정거리도 서로 의논하고, 무엇이든 할 수 있는 일을 함께 하도록 노력하십시오. 부부가 이렇게 서로 사랑하며 오래 오래 살다가 함께 죽을 수만 있다면 그 이상 더 큰 행복은 없을 것입니다.

서로의 잘못이나 실수를 이해해주고 용서할 줄 아는 너그러움을 가지십시오. 인간은 불완전한 존재이기 때문에 잘못하는 일이 생기게 마련입니다. 또 각자 다른 환경에서 자라고 교육받았기 때문에 생각이나 가치관이 다를 수밖에 없으며, 그러다 보니 사소한 문제에 대해서도 의견 충돌이 있을 수 있습니다. 상대방의 잘못을 이해해주고 용서해주는 부부가 더 깊은 신뢰와 사랑을 나누며 행복하게 삽니다. 남편의 잘못을 따지기만 하는 아내는 결코 가정의 평화를 지킬 수가 없습니다.

검소한 생활을 즐길 줄 아는 지혜를 발휘하십시오. 옛 글에 "사치한 자는 3년 동안 쓸 것을 1년에 다 써버리고, 검소한 자는 1년 동안 쓸 것을 3년을 두고 쓴다. 사치한 자는 부유해도 만족을 모르고, 검소한 자는 가난해도 여유가 있다. 사치한 자는 그 마음이 옹색하고, 검소한 자는 그 마음이 넉넉하다. 사치한 자는 근심걱정이 많고, 검소한 자는 복이 많다."고 했습니다.

두 사람이 서로 사랑하며 살겠다고 서약을 했으니, 앞으로 부딪히게 되는 모든 문제의 중심에 가정을 두십시오. 자신의 일의 성취나 즐거움을 위해 가사를 소홀히 하거나 가정을 희생시켜서는 안 됩니다. 오히려 가정을 지키고 가꾸기 위해 직장생활에서의 성취나 즐거움을 양보할 수 있어야합니다.

연애를 할 때에는 눈이 좀 멀기 때문에 남자는 여자에게, 여자는 남자에게 환상을 갖습니다. 그래서 실제 사람보다는 자신의 환상과 결혼을 하게 되는 경우가 많습니다. 그러다 보니 결혼 직후에는 그런 환상에서 깨어나는 아픔을 맛보게 됩니다. 그렇게도 멋있고 믿음직스럽던 남자가 어느 날 갑자기 결함 투성이의 보잘것없는 인간으로 추한 모습을 드러내게 됩니다. 뿐만 아니라 당신이 없으면 살 수 없다던 사람이 갑자기 당신 때문에 못살겠다는 사람으로 변하게 되는 것입니다. 결혼 생활은 서로 다른 환경에서 자랐기 때문에 가치관이 다를 수밖에 없는 남녀가 만나, 조금씩 상대방을 자기의 삶의 방식에 길들여 가는 과정이며 이

것이 바로 결혼생활의 묘미입니다. 그리하여 마침내 부부가 성격까지 닮을 정도로 온전한 하나로 일치되는 것, 이것이 바로 결혼생활의 완성인 것입니다. 앞에서 제가 말씀드린 몇 가지 비결이야말로 행복한 결혼생활을 위해 서로를 길들이는 지혜입니다. 이런 지혜를 잘 발휘함으로써 남편은 아내에게, 아내는 남편에게 꿈과 희망을 갖게 하여 서로의 사랑을 온통 차지할 수 있게 될 것입니다.

한 가정을 다스리는 일이 나라를 다스리는 일보다도 더 어렵다고 합니다. 역사적으로 위대한 인물로 추앙 받으면서도, 또 사회적으로 명성이나 부를 가지고 있으면서도 가정생활에는 실패한 사람이 얼마나 많습니까? 그러나 저는 여러분 앞에서, 인생의 새로운 출발을 다짐하는 이 두 사람이 지금까지의 각자의 삶에서 갈고 닦은 인격과 교양을 바탕으로 서로 사랑하는 행복한 가정을 이루리라는 것을 확신합니다. 모쪼록 늘 건강하고, 부모를 공경할 줄 알며, 지금 이 순간의 순수하고 아름다운 사랑을 더 튼튼하고 건강하게 키우고 완성하는 지혜로운 부부가 되기를 당부하는 바입니다. 여러분들께서도 이 신랑 신부가 사랑과 행복이 충만한 가정을 이루고, 이 사회와 이 나라를 위해서도 큰일을 하는 사람이 될 수 있도록 늘 지켜 봐 주시고 격려해주시기 바랍니다.

감사합니다.

수도원에서 보낸 휴가

신앙인으로 살아가면서도 우리는 일상적 삶의 주관자가 주님이시며, 아주 사소한 일까지, 심지어는 실패와 불화까지도 주님의 은총이 역사한다는 것을 잊고 산다. 그러다 보니 주님께 대한 감사와 기쁨의 삶이 되지 못하고, 나만 왜 이렇게 힘들고 불행하게 살아야 하는지에 대한 불만과 회의 속에 빠지기 쉬운 것이다. 지난 7월 하순 수도원에서 보낸 일주일은 그런 점을 반성해 볼 수 있는 좋은 기도의 시간이었다.

폭염과 폭우가 삶을 지치게 하던 7월 하순, 생활의 활력을 되찾기 위해 우리 가족은 휴가를 가기로 결정했다. 베드로를 물 좋고 공기 좋은 곳에 데려가 기분전환을 시키는 것도 재활에 큰 도움이 될 거라는 생각도 들었다. 여러 가지 궁리 끝에 휴가를 그냥 놀러가서 쉬기보다는, 기도하며 보낼 수 있는 곳이 좋겠다는 결론에 도달했다. 그래서 결정한 곳이 양양에 있는 예수고난회 오상영성수련원이다. 레지나가 피정을 다녀온 적이 있는 곳인데, 그곳에는 마침 가족 피정을 위한 펜션같은 근사한 숲속의 집이 한 채 있었다. 휴가철에는 예약이 매우 힘든 곳인데도 불구하고 수도원에 전화를 하니, 마치 우리를 기다렸다는 듯이 비어 있어 바로 예약이 가능했다. 주님은 우리가 필요로 하는 것들을 이렇게 늘 미리 준비해 두신다.

일요일 아침, 짐 챙기고 베드로를 준비시키느라 예정보다 다소 늦게 집을 출발했다. 주일 미사 참례가 어려울 것 같아 어제 태능성당의 특전 미사를 다녀왔기에 마음은 홀가분했다. 잔뜩 흐리고 후덥지근해 불쾌지수가 높은 날씨였으나 낯선 세계로의 여행은 늘 설레고 들뜨게 한다. 고속도로를 달리면서 즐겁고 안전한 여행과, 베드로의 건강을 회복하는데도 좋은 시간이 되기를 간구하는 묵주의 기도를 바쳤다.

평창에 있는 운두령에 들려, 그곳에서 농삿군으로 살고 있는 죽마고우 부부와 송어회로 점심을 맛있게 먹고 나오니 비가 내리기 시작했다. 후덥지근했던 날씨가 비가 오니 오히려 상쾌해진 듯 했다. 친구 부부와 작별하고 수도원을 향해 출발했는데, 진고개를 넘어 가려던 애초의 계획을 변경하여 구룡령을 넘어가기로 했다. 한번도 가보지 않은 길이고, 그 길이 경치가 좋다는 말을 들은 적이 있기 때문이다. 예상대로 깊은 산골짜기를 따라 이어지는 도로 위를 신선하고 상쾌한 공기와 좋은 경치를 즐기며 달리니 머리 속이 맑고 투명해지는 것 같았다. 대관령 아흔아홉구비 못지 않은 구룡령 길은 인적이 드물고, 비와 안개로 인해 지척을 분간하기가 어려워 매우 조심 운전을 하지 않을 수 없었다. 그렇지만 두렵지는 않았다. 주님이 함께 하시니까. 도중에 강프란치스코 수사로부터 비가 많이 와서 걱정이 되니 천천히 조심해서 오라는 전화를 받았다. 한 시간쯤 후에 도착할 거라고 응신하고 가다가, 송천 민속 떡마을에 들려 수사님들 드릴 떡을 좀 샀다. 마을 입구에 있는 조그만한 공판장에는 동네 아낙들이 시끌벅적 떠들며 촌스럽게 만들어진 떡을 팔고 있었다. 걱정되어 전화하고, 감사한 생각이 들어 작은 것이라도 드리고 싶고, 이렇게 작은 사랑을 주고 받는 것이 얼마나 우리의 삶을 따뜻하고 풍요롭게 하는가.

내비게이션이 안내하는 대로 쉽게 찾아가기는 했으나, 수도원은 안내가 종료된 뒤에도 비포장의 시골길을 한참 헤매고 들어가야 할 정도로 외따로 떨어져 있었다. 쏟아지는 비와 어둠과 적막 속에 갇혀 있는 듯 한 수도원에 도착하니 마침 저녁기도 시간이라 차 속에서 잠시 기다려야 했다. 잠시 후 강 프란치스코와 김 바오로 수사가 반갑게 우리를 맞아주었다. 평소에도 베드로를 위해서 기도를 해주시던 수사님들이기 때문에 더욱 반가웠다. 강수사의 안내로 숲속의 집에 여장을 푸니 천국에 온 듯한 기분이 들며 마음이 편안해졌다. 기도와 미사 시간과 시설 사용, 주변 환경에 대해 말하면서 아침에는 거실에서 동해의 일출도 볼 수 있다고 친절하게 설명해주었다. 가끔 뱀이 나오는 수도 있으니 문 꼭 닫고 산책 시에도 주의하라는 말에는 레지나가 기겁을 하며 놀라니, 웃으며 너무 겁낼 필요 없다고 하면서, 수도꼭지에서 나오는 지하수도 시중의 생수보다 훨씬 좋은 물이니 그냥 먹어도 된다고 했다. 이왕 수도원에 왔으니 아침 기도와 미사에서 저녁 기도, 마침기도에 이르기까지 수도원의 일과표대로 생활하기로 했다.

다음 날 아침 레지나가 일출을 보라고 깨웠다. 거실 창밖으로 멀리 동해에 얼굴을 씻고 나온 태양이 구름을 거느리고 있는 아름다운 풍경이 연출되고 있었다. 베드로도 졸리운 표정으로 그 아름다움을 감상하고 있었다. 자연이야 말로 하느님이 인간에게 서서 주신 가장 귀한 선물일 것이다. 다른 사람이 주는 하찮은 선물에도 고맙다고 인사하면서 하느님이 주시는 이 엄청난 선물에는 왜 통 감사할 줄 모르고 사는 것인지, 우리는 늘 주님께 대한 감사에는 인색하다. "하느님 감사합니다."라는 말이 저절로 입에서 나왔다.

6:30에 시작하는 아침 기도와 미사에 참여하기 위해 서둘러 베드로를 세수시켜 집을 나서니 부드럽고 감미로운 아침 공기와 바람이 온몸을 휘감으며 정신까지 투명하게 해주는 것 같았다. "와 — ! 너무 부드럽고 상쾌하다!" 감탄사가 절로 튀어 나왔다. 베드로도 본능적으로 신선한 공기의 상쾌함을 느꼈는지 표정이 밝아 보였다. 어제 수사님이 인사시켜준 진돗개 아미가 달려와 반갑게 꼬리를 치며 따라다녔다. 산책 시에는 앞장서서 안내해 주고, 가끔은 토끼와 고라니도 사냥해 오는 아주 영리한 개라고 소개했었다.

성무일도로 진행하는 아침 기도와 미사는 경건하고 진지해서 피곤한 내 영혼을 세수시켜 주는 것 같았다. 신자로서 내가 지닌 가장 강한 신념은 간절히 기도하면 반드시 주님이 응답해주시고, 이루어주신다는 것이다. 베드로의 건강 회복을 위해 어느 때보다도 간절하게 기도하고 묵상했다. 미사를 마치고 나오니 무거운 짐을 내려놓은 것처럼 몸도 가벼워진 것 같았다. 아마 내가 지고 있는 무거운 고통을 기도와 미사를 하면서 몽땅 주님께 맡겨버린 때문일 것이다. 수도원을 둘러싸고 있는 나무들의 푸르름에 눈이 부셨다. 건물 입구에 있는 성모상도 얼마나 예쁜 지 자꾸만 시선이 끌려 지나 다닐 때마다 인사가 나왔다.

김바오로수사가 나와서 자신이 가꾸는 텃밭으로 데려가 방울토마 토를 한 바가지 따주며, 필요하면 언제든지 와서 그냥 따서 드시라고 했다. 상치, 파, 가지, 호박, 토마토 등 무공해 채소가 심어져 있었는데, 수도원에 머무는 동안 우리의 중요한 일용할 양식이 되었다. 아미가 졸 랑졸랑 꼬리치며 따라 다닌다. 대기가 너무 신선해서 숨쉬기만 크게 해 도 전신의 피로가 풀리는 것 같았다. 값비싼 보약보다 더 좋은 치료제라 는 생각이 절로 든다.

숙소에 돌아와 준비해간 반찬과 된장찌개를 곁들인 아침 식사는 너무 도 맛있었다. 베드로도 식욕이 당기는지 평소보다 잘 먹었다. 우리가 이 렇게 걱정없이 맛있게 먹을 수 있는 양식은 누가 다 마련해주신 것인가. 식사전 기도할 때마다 생각한다. 주님의 은총이 아니면 어떻게 살 수 있 을 것인가?

식사 후에는 잠시 달콤한 낮잠을 자고 난 후에, 거실 밖 베란다에 있 는 의자에 베드로와 함께 앉아 신선한 공기욕을 하면서 성서를 읽었다. 베드로가 잘 읽지 않을 때는 그냥 내가 읽어주었다. 성서는 주님의 무한 한 권능과 은총과 사랑을 깨닫게 해주는 지혜의 보고이다. 읽을 때마다 새로운 깨달음을 얻게 해주고, 베드로의 건강회복에 대한 믿음이 공고 해진다. 얼마나 신비한 감동을 주는 책인가? 레지나와 성가도 불렀으 나, 베드로는 한방치료 후 양약 복용을 하지 않으면서 말수가 적어지고 노래를 잘 부르지 않는다. 그래도 마음 속으로는 함께 부르고 있을 것 이다. 점심 식사 전 후에는 수사님들한테 가서 베드로를 위한 기도도 받 았다. 하느님의 은총을 받는 통로는 바로 우리들의 간절한 기도이다. 수 사님들의 기도는 커다란 위로가 되기도 한다.

점심식사 후에는 강푸코 수사의 안내로 양양 시장에 가서 과일과 옥 수수, 감자를 사다 쪄먹기도 했다. 그 다음 날은 한적한 해수욕장에 가 서 푸른 파도 출렁이는 동해 바다 구경도 실컷하고, 물치 활어공판장에 가서 횟감을 떠다 무공해 야채를 곁들여 먹기도 했다. 그 감칠맛이 지금도 혀끝에 감도는 듯하다. 그렇게 외출하지 않는 날은 아미의 안내를 받으며 산골길을 산책하기도 했다. 산불에 대비한 임도가 잘 만들어져 있어 묵주기도를 하며 산책하기가 아주 즐거웠다. 베드로의 걸음이 느려 저를 쫓아오지 못하면 아미는 저만치 앞서 가다가 우리가 오기를 기다려주었다. 가끔 과자를 아미의 입에 넣어 주니까 우리를 더 잘 따라다녔다. 비가 쏟아지는 날에도 우산 쓰고 나서면, 아미는 충실하게 안내자로서의 소임을 끝까지 수행하는 너무도 기특한 친구였다. 아침에는 현관 처마에 엎드려 우리가 나오기를 기다려주기도 했다. 5시 30분에는 저녁기도가 있고 저녁 식사 후에는 마침 기도가 있다. 가끔은 피정자들을 위한 수사님의 강의도 들었다. TV도 없고 휴대폰도 잘 통하지 않아 속세와 격리된 듯한 수도원이야말로 피정과 휴가의 목적이 달성될 수 있는 안성맞춤한 장소라는 생각을 많이 했다. 수사님들의 삶을 통해서 온전히 주님께 의탁한 삶의 모습도 볼 수 있었기 때문이다. 준범이도 회복되면 이런 수도자의 삶을 살게 하고 싶은 생각이 들었다. 물론 본인의 선택에 달려있지만 주님이 필요하면 도구로 써주실 거라는 믿음이 생겼다.

3일째 되는 날 미사 시간에는 통 입을 열지 않아 기도나 성가를 소리내어 하지 않던 베드로가 주님의 기도 성가를 큰 소리로 불러 미사 참석자들을 깜짝 놀라게 하기도 했다. 수사님들이 베드로를 보며 모두들 격려의 V싸인을 보내주셨다. 기도나 미사가 주는 큰 은총은 마음의 평화일 것이다. 기도나 미사를 하고나면 마음이 편해지는 이유는 내가 짊어지고 있는 무거운 고통들을 몽땅 주님께 맡겨버리기 때문이라는 생각이 든다.

청정한 환경 속에 있으니 몸도 가벼워진 느낌이고 피로감도 사라진 것 같은데, 밤에는 잠도 더 잘 왔다. 바람 소리, 산새 소리, 풀벌레 소리가 감미로운 음악처럼 세속의 삶에 지친 내 영혼을 편안하게 해주었기 때문이다. 레지나와 사소한 다툼이 있기도 했지만, 그것조차도 나의 어리석음과 옹졸함을 성찰하는 좋은 계기가 되었다. 또한 중국 선교를 하고 계신 조용철 바오로 신부와의 만남도 특별한 은총이었다. 항주대학에서 한의학을 공부하며 숨어서 선교활동을 하고 계신데, 베드로를 위해 기도와 안수도 해주시고, 특별한 한의사도 소개해 주셨다. 난치병 환자들을 여러 명 고치는 것을 보고 들었다며, 서울 가면 꼭 한번 가보라고 신신당부했다. 주님은 이렇게 필요한 은인들을 보내주신다.

이렇게 보낸 일주일간의 휴가는 마치 성모님의 품 안에서 쉰 것처럼 아늑하고 편안한 시간이었다. 떠나기가 너무 아쉬워 가을에 또 오자고 레지나는 보챘다. 아미와의 이별도 서운했다. 광주로 가시는 조신부님을 강릉고속터미널까지 모셔다 드렸다. 가면서 중국선교의 어려움을 말씀하시면서 미사 때마다 베드로를 기억하고 기도하시겠다고 약속했다. 이것은 또 얼마나 큰 축복인가. 신부님을 내려드린 후 영동고속도로를 달려 집으로 왔다. 운전해 오면서 수도원에서도 절에서 하는 템플스테이 같은 프로그램을 만들면 신자들에게 매우 유익하겠다는 생각을 했다. 평소에는 수도자들은 매일 기도만 하면서 지루하고 재미없어 어떻게 살까 의문스러웠지만, 주님께 의탁한 삶은 결코 지루할 시간이 없다는 것을 알게 됐다. 주님의 은총과 사랑 안에 머물 때 인간은 가장 행복할 수 있는 것이다.

2008. 8. 26.

시
기
행

꽃의 환상

꽃은 안으로만 슬퍼하는
존재인지도 모른다.

내부에 누적된 순수가
계절로 성장하고
마침내 조용한 폭발
개화開花하는 소리

후조가 머물고 간 빈 자리
거기
오후의 따스한 햇살 나리는
초원을
마냥 달리던 소녀의 꿈은
싱그런 아카시아 내음을 머금고
여무는데……
창공에 흩어지는 사연
메아리
그건 뜨거운 해후를
기다리고 있었다.

꽃의 역사를 더듬으면 원시에 이르고
슬픈 나르시서스의 전설은
사려의 수풀 속에 잠든다.
꽃이 가시는 숙명은

서글픈 죽음이다.

파아란 하늘이 의미하는 건
그리움
부르다 부르다 꽃이 되는 자세
차라리 화안한 미소
진정 영원을 향유함인가……

인연은 자아를 무한의 시공時空 속에
침몰시키고
한줌 꽃잎으로 승화하는 목숨
공간은 꼭 육신 만한 크기의
여백을 부여한다.

아득한 날
지열地熱로 응결된 전설을
파종하던 소녀는
스스로 계절을 다스려
꿈을 키워 왔는데
한 귀퉁이가 파손된 화분
파열해버린 소망
남는 건 한갖 초라한 유산

기다림은 정녕 조용한 향연

그런데
낙조落照가 주는 원색의 시련은
소녀의 꿈은 그렇게 찬란하지만은 않았노라고⋯⋯

이제 소녀는 후조가 남기고 간
사연을 읽는다.
사랑하지 말라
기다리지도 말라
그러나 소녀는
항상
꽃의 청초함과
무구無垢한 사랑을 기억한다.

1968. 4. 19.

추상秋想

차폐遮蔽된 통로로 오는 가을,
애초에 푸른 인종忍從으로 자라온 목숨이
낙엽으로 지고
항시 파아란 하늘을 비상飛翔하던 나의 이상과
지난 날
너와 나를 가늠하던 순수한 언어들이
장미꽃 가득히 피던
정원의 기억을 부를 때도
저만치 떨어져 응시하던 숙명은
피어린 절규를
토하고 있었다.

방향도 알 수 없는 소슬한 바람이 불어와
성숙의 계절을 다스리며
심중에 우수의 지층을 쌓는다.

향그러운 밀어가 익어가는 과원果園
빠알간 능금이 떨어져가는 시간에
어쩌지 못하던 표정은
나와
나를 잉태했던 여인의
티 없이 맑은 웃음이었다 하자.

가을이면

파아란 봉투에
하얀 코스모스를 넣어
순정을 보내주던 그
어여쁜 소녀를 울린
사연은
너무나도 서글픈 시련이었나 보다.

내겐
긴 여로에
피로할 줄 모르는
유난히도 빛나는 눈과
기막힌 인생을 사유해온 철학과
숱한 유혹을 뿌리칠 줄 알던
그런
감성感性이 있었다.
어쩌면 인생은
너무도 어처구니없는 기연奇緣인지도 모른다.

죽음이 흐르는 고압선에서
참새가 울고
이별을 고하는 기적이 들렸는데도
떠나는 사람
떠나야 하는 사람은
아직은 떨쳐버릴 수 없는 정情을

못내 아쉬워한다.
체념하기엔 퍽도 아픈
추억이라고……

어쩌다
바람과 바람이 부딪던 장소에
하얀 색의 꽃이 피면
한 번 쯤은
싱그런 사랑의 감상感傷에 잠기던
나의 마음은
조용히 곱게 자란
빠알간 산딸기를
퍽도 따고파 하던
그런
심정이었나
보다.

1968. 9. 27.

예성강이 보이는 산정

지난 날
그 마을엔
색동저고리의 내 누이와
실개천에서 미꾸리를 잡던
나의 소년시절이 자라고 있었다.

동구 앞
느티나무에 걸려버린 연 때문에
종일토록 골이 나 있던
돌이의 그
조그마한 마음도 모두가
퍽도 순진했던 나의 기억이다.

그날
포성이 울리던 시간에
뒷 메에선 밤새도록
두견이가 울더니
마을엔 부슬부슬
시련의 비가 내렸다.

포화된 비극이 파열하던 장소엔
죽음이 쌓이고
초연硝煙이 가득한
초토焦土 위를

불모의 시간이 흘렀다.

운명이라기엔
너무도 어이가 없어
분이네 새아씨는
채 무너지지도 않은 벽을 두드리며
목놓아 울었다.

누가 이 슬픈 역사를
증언하겠는가

이제
점점이 이어가는 산맥과
내 꿈이 유실되어간
강을 사이하여
그 분노의 세월을 망각하려
내 이 자리에 선다.

또 다시 이 산정에 단풍이 들고
북녘으로 가는 한 무리
철새가 있어
가슴 알알이 맺힌
사연을 구한다면
전하리라

이 힘찬 아우성을……

1968. 11. 20. 강화도 해병기지 OP에서

유월

어디선가
싱싱한 내음이 풍겨오는
유월의 오후
태능골 저편 산에선
뻐구기가 울었다.

그 울음소리는
물큰
고향의 투박한 산골 풍경이 되어
내
감정의 끄트머리를 뒤 흔든다.

가끔은
향수병이라도 걸리고 싶고
그러면
나의 뇌리 속엔
흐느적거리게 하는 유월의 태양과
푸르고 싱싱한 수풀과
마루 밑에 졸고 있는 삽살개와
밤새도록
논두렁에서 울고 있던
맹꽁이를 생각나게 한다.

내 어린 시절

항시
뒷메 솔숲에 와서 울던
그 뻐꾸기가
오늘은 이렇게
태능골 저편 산에 와
울고 있다.

1969. 6. 19.

조국에 고하는 시

조국은
절반은 황폐한 가슴을 부여안고
통곡하고 있다.

서西에서
북北에서
거센 돌풍이 불어 오던 시절에도
조국의 산하는
푸르고 싱싱하기만 했다.

긴 수난의 시간을
자연의 섭리에
역사의 흐름에 순종한 채
가끔은
피눈물 나는 반항이라도 해야 했다.

숱한 민족의 기수들이 쓰러지고
그 쓰러진 자리에
오늘은 내가 선다.

이 몸부림치는 조국의 현실을
증언할 자는 오라
충혈된 예지의 눈으로나마
세파에 시달리고

가난에 찌든
우리의 이성을 찾자.

거대한 해일이 쓸고간 비운의 땅에도
쓰러신 생녕을 위해
태양은 눈부시게
더욱 눈부시게 비치리라.

아아―
가자
백의의 겨레여
억겁의 연륜을 두고
우리의 가슴마다에 메아리칠
자유와 평화에의
길은
멀다.

1969. 9. 20. 지리산 노고단에서

과원果園의 오후

나의 창에 투사된 가을은
그저 고요롭기만 하다.

툭
푸르고 투명한 시월의 오후에
소녀는
한여름 폭우에도 견디어 온 목숨을
거두어야 한다.

시발점에선 항시
호화로웠던 기약도
향그러웠던 나비와 벌의 대화도
어차피 떨어져 가야할 생명에겐
터무니없는 사치였다.

핑그르르
허공 중을 맴돌다
환상의 세계에 떨어지는 꽃
코스모스
그 가녀린 허리께로
바람은
싱그런 가을의 포옹을 질시하나 보다.

과일의 내실엔 터질 것 같은

풍성한 옛이야기
죽음보다 진실하게
태양보다 영원하게
청초한 사랑을 노래하자던……

아무려나
인간은 자연의 추종자인 것을
결실의 의미는 죽음이다.

누가
아네모네의 외로운 전설을
만들었는가

어쩜
따버리면
훌쩍 떠나버릴 것 같은
가을 때문에
코스모스 가득 핀 과원에서
탐스런 소망을 수확하던
빨간 댕기의 소녀도
차마 설레었나 보다.

1969. 10. 6. 불암동 배밭에서

개화기開花期

하나씩 창문을 열어 가면
문득
쏟아지는 햇살
저만치서
황량한 표정들을 달래다
공간에 확산되는 훈풍은
흡사
개화의 자세

눈을 감으면
시린 손 끝에 감각되는
사멸한 계절
겨울
왔었던 너와
너를 보낸 심중을 왕래하던
사연들은
한번쯤
싫도록 쏟아졌다 녹아버린
하얀 눈

어차피
1951년에 죽었어야 했을 목숨
아슬하게 살아야 하는 이유는
꽃

너의 찬란한 봄을
보아야 하기 때문이다.

조금씩 성장해 가는 포푸라
꼭 그만한 높이에서
철없이 우는 새
너에게 줄 수 있는 것은
아무 것도 없고

짐짓
그리워지는 시절이 있어
화사한 하루가 된다 해도
뽑아 낼 수 없는 상실된 감정들
난 항시
미래를 향해 서야 한다.

그래
따스한
눈이 부신 계절엔
개화의 자세로 서자
그리고
드볼작의 음악을 듣자.

1970. 3. 21.

누나야

누나야
사월이 가기 전
뜨락에 쏟아지는
햇살을 모아
손이 시리도록 차가운
시냇가에 갈거나

굳이
미꾸리 잡아달란 심술은
부리지 않을게
우리
따스한 바람결에
저토록 예쁜 꽃잎이나
띄워 볼거나

누나야
시집가 멀리서
차마 그리운 사람이 되기 전
혼수감 장만에 바쁜
엄마가 미워
미워질 때엔
나랑 함께
조약돌이나 주으러
시냇가에 갈거나

1970. 4. 14.

곡 갑산부기 소춘풍哭 甲山府妓 笑春風

네가 하는 사랑이나
내가 하는 사랑이나
처음부터 이루어질 수 없었던
네가 바친 전부와
그 품 속에서 내가 부린 위선과……
다만
변방 사나이 가슴 파고드는
소소리 바람 때문이다
여린 가슴 휘잡는
너의 그 예쁜 육신을 노렸을 뿐이다
그는

열 손가락에 지른 불
애간장 잘잘 끓는 아픔을
너는 왜 몰랐는가
영원한 아무 것도 없고
까치 우는 아침에 무너지는 약속을
무당벌레 등떼기 같은
나의 속성을

부사府使의 매질보다 더 매운 너의 절개
열 다섯 나이
삼수갑산三水甲山 한양 길을
괴나리 봇짐 지고 산 넘고 강 건너

길섶에 피는 꽃 지는 꽃
짚세기 자욱마다에 피울음 흘리며
믿은 네가 바보인 줄을
기녀의 사타구니에서 낄낄거리는
너의 서방님을
더러운 세상 더럽게 살아가는
나의 타협을

무너진 하늘 어느 구녁으로 솟은 것일까
너의 그 냉정은
앳된 젖무덤 사이 간직한 은장도로
그의 가슴을 찔러야 했다
지진 손가락으로
눈알이라도 파냈어야 했다
너는

떨어지는 별
두견이 우는 소리 견디며
삼수갑산 길을 어떻게 돌아갔을까
죽지도 않고
미치지도 않고
하 많은 산과 강
갈꽃 흩날리는 길을
어떻게 걸어갔을까

조금은 알 수 있을 듯한
동헌 앞 장작더미에 누워
연서 두루마리 쏘시개에 불을 당기던
너의 마음
불꽃 속에 승천하던 너의 미소를
그는
간신같이 웃고
나는 취할 뿐이다

너는
가장 자유로운 한국의 여자
모든 사랑하는 자의 무의식 속에
겹겹이 유전되어야 할
그리하여
윤회하여 지나는 어느 길목에서
나와 만날 일이다
그때
울을 일이다 소춘풍笑春風이여

1973. 11. 23.

살아 있는 정신을 위하여

우선 잠시 침묵할 것
꽃 그늘 속으로 사라진 과거와
어리며 흔들리는 우리들의 미래를 위해
잠시 침묵하며 생각할 일
그리하여
스스로 흐르며 깊어 가는 강물처럼 세월처럼
유유히 살아갈 일이다.

깊은 밤 뜨락의 낙엽을 쓰는 바람 소리 들으며
깨어있는 정신은 살아있다.
젊은 날의 꿈을 적시는 고통과 실의
불안한 사랑과 배반하는 욕망 때문에
눈감지 않는 영혼은 살아있다.

휴가 가기 며칠 전
격구 때문에 투정하는 그대들에게
잠시
땀흘리며 가꾸어야 하는 삶의 성실성에 대해
사뭇 진지하게 말했을 때
문득 그대들의 눈이 빛나는 것을 보았다.
그것은
실개천에서 미꾸리 잡던 유년을 지나
갈꽃 흩날리는 강가에서
돌팔매 치며 다짐하던 약속이다

추억 속에
꽃씨처럼 묻혀 있는 그대들의 꿈이다.

조금은 알 것 같은 사랑과 진실
우리가 지켜야할 이념과 정의를 유린하는
이 풍진 세상을 위해
살며 사랑하며 그리워해야 할 것들은 무엇일까
정월 초하루
속 깊은 우물에서 두레박질해 낸
정갈한 언어로 써야 할
우리들의 신조는 무엇일까
어느새 자라버린 우리들의 키로 부끄러워해야 할 것은
갯버들 흔들며 강 건너 가는 바람뿐이 아니다
현란하게 몸짓하는 도시의 여자들뿐이 아니다
산동네 양철 지붕 밑의 스산한 어둠만이 아니다.

더러는 모순을 깨트리는 잘 벼린 지성으로
재빠르게 비상하여 하늘을 쪼는 야성으로
그리고
시린 아침 첫 핀 꽃 같이 싱싱한 젊음으로
노래하며 춤추라
봄 풀은 봄 강산에 꽃피게 하고
쑥국새도 제 때에 울게 하라
쓰러진 자 일어서 나아가게 하고

빈 마음 스스로 가득하게 하여
모든 것 어우르며 흐르는 저 도도한 강물처럼
우리의 역사도 반짝이며 빛나게 하라

삼국사기三國史記 렬전列傳 제오第五 에는
귀산貴山과 추항箒項의 죽음이 숨어있다
속세의 계율을 지키기 위한 죽음이
천년을 살아 남아
우리들의 쉬운 타협을 부끄럽게 한다
치열하게 승부하기 위해
버릴 것 훌훌 버리고 가자
서랍 속의 잡동사니도
그리워할 사람 없는 날의 우울도
아슬한 사랑도
일구어 씨 뿌려야 할 약속의 땅
수숫대궁 사이로 빠져나가는
바람처럼 가볍게 가자
살아 있는 정신들이여

1987. 1. 30.

우리가 그리워해야 하는 것들은

우리가 그리워하기 위해서는
무엇이든
있는 그대로를 사랑할 수 있어야 한다
이른 봄 들판에 나가
살을 에는 삼동三冬 바람 견디며
언 땅 속에 죽음처럼 누웠다가
어느새 초록으로 빛나는 들풀들을 만나보라
그러면
척박한 이 강산 한 틈서리 비집어
철마다 솟아나는 민들레꽃 제비꽃
억새풀 씀바귀 보리라
참으로 강하고 아름다운
존재의 신비를 보리라
꽃샘바람에 옷깃 여미는
섬약한 너의 정신을 보게 되리라

진실을 견디기 위해 우리는
그리워하여야 한다
늘 우리들의 함성으로 잠깨던 태릉 솔숲과
정정한 나무들 아래로 낮게 깔리는
새벽 안개 가르는 든든한 발걸음 소리와
눈이 시린 오월 정갈한 빛깔로
우리들의 젊음을 무니지게 하던 축제와
무엇보다도

피로한 정신들을 일깨우며
신조탑 위로 쏟아져 내리던
별빛 아래 서성이던 우리들의 꿈을 위해
또한
끝없는 인고忍苦의 계절을
속살 적시며 흐르는 땀과 빗줄기 속을
보리밭 이랑 사이로 빠져 나가는
바람처럼 사라져간 시간과
미처 못다한 우리들의 사랑을 위해
그리워하며 노래하여야 한다

우리들의 영혼을 사로잡는 것은
보이는 것의 현존現存이 아니라
보이지 않는 것들의 견고함이다
어처구니없는 세상의 논리를 견디기에
너무도 무력한 지성과 신념
타락한 문화와
쥐똥나무 울타리 아래 구겨져 있는 양심과
우리들의 쉬운 타협을 부끄러워하여야 한다
고향 논두렁 밭두렁에 여전히 숨어 피는
개망초 하눌타리 억센 자주빛을
부끄러워하여야 한다

동구 밖 황토길 개여울 위로 구르던

소쩍새 울음 소리가
창 밖 어둠 속을 투명하게 울린다
땀 흘린 것만큼 돌려받기 위해
이 세상 모두에게 떳떳하기로 하자
허한 육신 속의 무성한 욕망과 불신
덧없는 눈물과 실의失意 모두 비우고
그 온전한 허기로
역사의 어둠 밝히는 살아 있는 정신으로
우리가 참으로 그리워해야 하는 것들은
늘 기다림으로 설레던 우리들의 사랑이다
고향 봄 언덕 풀꽃더미 사이로 내닫던
우리들의 꿈이다

1990. 추성 46호 권두시.

그리움 두고 떠나기
– 순직 동시생들의 영전에

이 세상 모든 그리움 두고
민들레 꽃씨 날리던 고향 솔숲 위로
뭉게구름 되어 피어오르던
유년의 꿈도 두고
참으로 영원할 것 같던 사랑도
지키지 못한 약속도 두고
그렇게 황망히 떠나는 그대들의 죽음처럼
나도 잠시 떠나는 연습을 해보네

그대들이 떠난 빈 하늘로 허망하게 바람은 불어
물오른 범무천 수양버들 여린 가지 끝마다
무심한 계절이 흔들리는데
뜨거운 젊음이 내닫던 경춘선 철길 옆 럭비장
그 지층 속에 묻혀있을
그대들의 피와 땀과 눈물은
이제 옛이야기로 남아
우울한 나의 영혼을 적시고 있네

어두운 시대에 가난한 이 땅에 태어나
우리가 견디어야 했던 허기진 유년의 서러움
돌팔매 치던 강가에 날아오르던 꼬마물떼새와
속 깊은 강물에 띄운 재기 발랄한 언어들
유유히 흘러 어느새
불혹의 나이로 쌓인 존재의 무게로

우리는 무엇이 두려워서 떠나야하는 것일까

꽃바람에 실려 이 강산에 봄이 오듯
바삐 떠난 그대들의 하늘에도
꽃 피고 새가 우는가
그 하늘가 초롱한 별이 되어
언뜻언뜻 그대 그리워하며
철없이 자라는 아이들 보는가
못다한 사랑으로 목이 메는
그대들 아내의 가슴속으로
강물처럼 흐르는 눈물도 보이는가

월남전에서
개망초 무성한 비무장지대에서
불행한 역사가 매몰된 조국의 산하 곳곳에서
험난한 정의의 길 걸으며
늘 떳떳한 군인이었던
그대들이 남긴 신화들을
한 잔 술로 추억해 보네
생각하면 덧없는 인생
그대 영전에 국화 한 송이 놓으며
쓸쓸히 쓸쓸히
남아 있는 우리들의 부끄러움을 달래 보네

국립묘지 한 틈서리 비집어
한줌 흙으로 묻힌 그대들의 꿈과 한
쑥돌 비문 속에 침묵하는 넋을 거두어
우리의 추억 속에 꽃씨로 뿌리네
모든 것이 사라져가며 잠시 빛나듯
죽음으로써 영원히 살아남는 군인의 길
그렇게 나도 잠시
떠나는 연습을 해 보네

1992. 3. 10.

유년의 흔적을 찾아서

긴 망설임 끝의 추석 귀향 길
가을 빛 흐드러진 들길을 달려
설레는 그리움으로 도달한
대관령 마루턱에서
문득
아스라한 바다를 배경으로 물결처럼 반짝이며
내 유년의 기억 속으로 재빠르게 비상하는
꼬마 물떼새들을 보았다.
부질없는 돌팔매질과
무수한 존재의 비상이 갖는 관계에 대하여
살아 남은 자의 기쁨과 슬픔에 대하여
그것은 잠시 우울한 영혼을 적시며 사라졌다.

그리고 나는
어설픈 나이로 짊어지고 있는 삶의 무게와
꿈꾸어도 노래하지 못하는
우리 시대의 사랑과 아픔에 대하여
짐짓 콧노래를 부르며
축축한 세월의 안개를 이끌고
낯익은 풍경 속으로 하산했다.
늘 떠나고 싶어했던 이 길로
나는 왜 또 돌아오는 것일까
추억의 강가엔
할미새 한 마리가 꽁지를 까불며

파묻힌 유년의 꿈을 쪼아대고 있었다.

고향엔 모두들 안녕했다.
서리 다니던 유천리 감나무들도
경포호 위로 눈부시게 쏟아지던 달빛도
신새벽 불면의 끝을 뒤척이던 파도 소리도
내 유년의 눈물이 숨어 있는 옛집들도
두루 안녕했다.
현란한 도시의 빛과 소리가 다소 낯설고
빛 바랜 사진첩 속으로 사라진
흐린 기억 속의 시간들이 그리울 뿐
개울가 키 큰 미류나무들을 흔들며
산맥을 넘어온 바람은
여전히 바다로 가고 있었다.

고향의 산과 바다와 더불어
세상살이를 견디어 온 친구들
벌거벗고 물장구치던 순수는
세월의 깊이 속에 갈아 앉고
익숙한 타협의 언어들이 술잔에 부딪히며
해체된 표정 속으로 사라졌다.
섬세하고 여린 순정이 늘 그리워하던 곳
때묻지 않은 약속들을 바람 속에 풀어놓으며
청산과 같은 삶을 다짐하던 이곳에서

큰직한 세월의 강을 건너 온 우리들의 꿈은
왜 이리 작아졌을까
왜 이리 부끄러워지는 것일까

때가 되면
꽃도 열매도 마지막 잎새까지도
아낌없이 버리는 유천리 감나무들
나는 무엇이 두려워
이 부끄러움을 버리지 못하는가
가족의 삶을 지탱하기 위한
눈물겨운 우리들의 싸움을 위해
짐짓 유쾌하게 건배할 때
가벼운 취기 속에 반짝이는
유년의 흔적을 보았다.
순결한 영혼으로 퍼덕이며 비상하는
눈부신 꼬마 물떼새들을 보았다.

1993. 11. 24.

그리움은 잠들지 않는다

잘 가거라 저리던 시간들
씨앗이 또 다른 씨앗으로 추수되기 위해
흐르는 것들은 멈추지 않는다.
살얼음 밑으로 시냇물은 부지런히 흘러가고
우울한 세상으로 계절을 실어오는 바람은 불고
밤새 빈 들녘에 무서리가 내려앉듯이
그리움은 잠들지 않는다.
그것은 고향집 뒤란
정한수 퍼 올리던 두레우물처럼
끝없이 차오르며 우리의 영혼을 적시고
늘 사립문 밖 서성이는 어머니의
여리고 섬세한 손길로
가위눌린 꿈을 깨운다.

잠시 풍경 속에 머물다
숨어 있는 소리들을 흔들고 사라진
바람처럼 세월처럼
그것은
기억 속에 가라앉은 언어를 일깨워
낮은 음계로 노래하게 하고
논두렁 밭두렁으로
신명나게 번져가던 쥐불 연기 너머로
가오리연을 펄럭이게 한다.
펄럭여

떠났다고 잊혀지는 것이 아님을
개여울 위 부서지는 햇살로 반짝이게 한다.

낮게 내려앉은 도시의 잿빛 하늘
허전한 어둠과 시린 추위 털고 일어나
기약 없이 견디어야 했던 가난함도
돌팔매 치며 저문 강에 풀어 보낸 슬픔도
갈아엎은 땅
봄마다 새순으로 돋아나는
씀바귀 같은 그리움이다
우리가 간직해야 할……

수상한 세월
낯선 사람들 모여 사는 타락한 거리에서
우리가 지켜가야 할 아름다운 것들
나누며 서로 가득했던 이야기들과
갈참나무 잎새 자지러지는 골바람 소리는
사라지지 않는다.

돌아보면
건너온 세월의 강가에 무수히 내려앉은 철새들
떠나온 땅을 향한 타는 그리움으로
힘차게 날아오르기 위해
허한 정신 추스르며 차비해야 한다.

짐지워져 있는 시대의 아픔과 진실
나누며 더불어 기뻐하는 세상이기 위해
도시의 그늘에 가리어져 있는 아픈 삶들이
아프지 않을 때까지
세상 밖으로 어둠을 밀어내며 다가서는 새벽
잘 가거라 저리던 시간들
그리움은 잠들지 않는다.

1995. 1. 1.

연가戀歌

동지 지난 겨울 밤 뜨락에
가득 쏟아지는 보름 달빛
스산한 풍경 속에 웅크리고 있는
나무들의 꿈을 아는가
우수 경칩 지나
이 강산 강물 풀릴 때쯤
설레는 마음으로 남풍 맞으려
맨몸으로 죽음같은 계절 견디는
나무들의 그리움을 아는가
또한 그 그리움 삭히려
허전한 가슴에 까치집 들여놓고
살바람으로 다독이며
까치 새끼들 잠재우는
나무들의 사랑을 아는가
하물며
그들의 꿈과 그리움과 사랑이
천년 만년 외로운 세월도 견디어 내는
한결같음을 아는가

부끄럽구나
속절없이 작아지는 나의 꿈과 그리움
출근길에 받아 든
홍천에서 보낸 김소위의 연하장
비상하는 학 그림 속 갈피에

은밀하게 속삭이듯 쓰여져 있는
학창시절이 그립다는 말
잠시 아득해지는
창 밖 목련 가지 끝의 떨림
인간은 왜
떠난 후에야 그리워하는 것일까

유년 시절
영넘어 서울로 소꿉 친구 떠나 보내며
강둑에 쭈그리고 앉아
남몰래 흘린 부끄러운 눈물과 풀꽃 내음
강 건너간 바람은 돌아오지 않았다
돌팔매 치던 격정도
내 추억의 강바닥에 침전하여 쓸쓸할 뿐
절망은 수시로 삶에 옹이를 만든다는 것을
이미 알았다

사진첩 속에 어설픈 삶의 흔적들을 끼워 넣으며
떠나 보낸 것들로 인해
나는 슬퍼하지 않는다
지난 정월 초하루
송정 바닷가의 눈부심과
세모歲暮의 가로 위를 굴러가는
바람의 허전한 뒷모습의 부조화처럼

세월은 늘 희망과 절망을 되새김질하고
철 따라 피고 지는 목숨의
부질없음을 알기 때문이다

그러나
도시의 잿빛 하늘 속으로
뒷걸음질치며 사라져 가는
저리던 시간들의 기억을 헤집고 일어서는
결의의 언어들로 이리 설레는 것은
가야할 때를 알고 훌훌 떠나는 것들과
저만치 두려운 표정으로 서성거리며 다가서는
미지의 시간들 사이에서
제 목소리로 우는 새들과
제 빛깔로 향기로운 꽃들이 어우러진
세상 기다리며
내가 아직도
나무의 꿈과 그리움과 사랑을
앓고 있기 때문이다.

1996. 12. 24.

아들에게

한여름 무더위와 폭우 속에서
허술한 몸으로
네가 짐지어야 할 삶과 꿈을 단련하고 있을
너를 생각하면
잠시 아득해진다
입영훈련을 받기 위해 군장을 챙겨
씩씩하게 경례하고 문간을 나서던 모습과
지나온 세월의 먼지를 털어내고 들여다보는 사진첩 속에서
귀엽고 착하고 총명한 얼굴로 웃고 있는 너는
가난하고 힘겨운 세상살이 견디는 엄마의 기쁨이며
풀꽃 내음같은 즐거움이었다.

턱없는 것들을 탐하며
가끔은 아픔과 실망도 함께 했지만
유년의 뜨락에서 잠자리채 휘두르며
천진난만하던 너는
늘 금의환향 꿈꾸는 나의 그리움이다
제대로 기 한 번 펴보지도 못한 채
공부에 주눅이 들어야 했던 학창시절도
소중히 갈무리해 두어야 할 꿈의 흔적들이다
너의 미래를 빛나게 할

조금씩 교과서와는 다른
세상의 진실과 허위성을 터득하며

모험과 도전으로 빛나던 시간들이
실의와 불면으로 뒤척일 때에도
어둠 속을 울려 퍼지던 너의 노래처럼
외로운 영혼 다독여
일어나라
일어나 떳떳하게 나가거라
불확실한 미래 속에 빛나는 너의 꿈을 향해

그리고 아들아
거짓은 스스로를 욕되게 하는 것일 뿐
진실만이 우리의 믿음을 든든하게 함을
인간의 위대함은
아픈 자기 성찰과
긴 장마와 폭염을 견디고 영글어가는
열매들의 아름다움을 즐길 줄 아는데 있음을
알아야 한다

또한
길섶 외로운 들꽃 한 송이도
태양과 바람
대지의 사랑으로 흔들리며 자라듯
너는 결코 외롭지 않다
정한 샘물로 늘 싱싱하게 가꾸고 싶은 엄마의 소망을
잔소리로 치부하던 네가

울며 기뻐할 날이 있을 것이다
세상은 그렇게 사랑으로 가득 차 있음을

과일을 깎아 나눌 때마다
너를 생각하는 가족과 함께
일어나 나아가라
쓰러지지 않는 젊음과 그리움으로
부지런히 가꾸어
땀과 눈물의 양식을 수확하고
너의 꿈도 빛나게 하거라
자랑스러운 나의 아들아

1998. 8. 14.

겨울, 목련에 관하여

스산한 겨울 풍경 속에서
바람의 현을 고르며 흔들리는 목련
가지 끝에 아슬하게 매달려
시린 바람으로 세수하며
은밀하게 눈부신 날을 채비하는 꽃망울
속에 웅크리고 있는 것이 내 꿈일까

언 땅 깊이 침전된 수액을 빨아 올려
헝클어진 미로의 끝에 도달하기 위한
나무의 처절한 수고처럼
보이지 않는 내 삶의 실체
그러다
청명한 봄날 눈부시게 개화한
너의 모습까지가 내 꿈일까

때로는
봄비의 시샘조차 견디지 못하고
속절없이 무너져내려 뭉개지는
덧없는 너의 화려함 같은 것이
순진한 내 꿈의 진실은 아닐까

늘 현실의 그물을 빠져나가지 못하는
어리숙한 나의 삶과 꿈이
지금 창 밖 자목련 가지 끝에 걸려

흔들리며 떨고 있다

1999.1.2.

꽃동네 순례기

동지 지난 겨울 칼바람이 남루한 옷깃을 파고드는 자정 무렵의 서울역 대합실, 막차의 여운도 사라지고, 만신창이로 객혈을 해대며 죽음을 차비하고 있는 사나이에게 함께 노숙하는 노인이 말했다. 꽃동네에 가보게. 그곳에 가면 자네도 살 수 있네. 세상과 인간에 대한 증오를 피로 토해내며 찾아간 꽃동네는 세상 밖으로 내쳐신 무수한 목숨들이 살아 숨쉬고 있었다. 사랑의 이름으로. 가진 것도 줄 것도 없는 야윈 손들이 모여 가꾸는 삶터에는 싱싱하고 아름다운 꽃들의 빛깔과 향기로 가득하고 풍성했다.

꽃동네에 가보기 전에는 사랑의 크기를 말하지 말라. 누구도. 세상에 대한 복수심과 증오와 저주로 이글거리는 사나이의 가슴에 사랑의 불씨를 지펴, 오히려 인간에 대한 무한한 사랑을 실천하게 하는 부활의 땅, 꽃동네에 들리기 전에는 세속적인 욕망으로 마비된 너의 사랑을 사랑이라고 부르지 마라. 사랑해야 할 이유와 가치가 있을 때만 사랑하는 너의 연가를 버리고, 강가에 나가 갈숲이 어떻게 철새들을 품어 기르는지 눈여겨 보라. 사랑의 이름으로 너에게 경고한다.

왜 몰랐을까. 지하철에서, 남대문 시장에서, 무수한 교회 앞에서, 공원의 비둘기떼 옆에서 우리들의 눈살을 찌푸리게 하며 비굴하게 구걸하던 인간들이 사랑을 일깨우는 예언자들임을. 그들의 어깨 위로 평등하게 빛나는 햇살처럼 평등하게 사랑 받아야 함을. 무료 급식시설 엉성한 나무의자에 썰렁한 한기를 등에 지고 쭈그리고 앉아, 허겁지겁 국밥을 먹던 노인을 측은하게 바라보던 내 눈시울이 부끄럽구나. 사랑의 이름으로.

무수한 시와 소설에서, 영화와 음악에서, 부모님과 선생님 말씀에서, 우리의 마음을 설레게 하던 사랑이라는 추상 명사가 이렇게 구체적이고 명백한 행동으로 실천될 수 있다는 사실, 이제 사랑은 추상 명사가 아니다. 보여줄 수 없는 사랑은 사랑이 아니다. 메마른 대지 위에 촉촉히 내리는 봄비처럼 조건 없이 주는 사랑을 할 줄 알아야, 그것이 어떻게 다시 생명을 일으켜 세워 꽃피게 하는지를 , 네가 하는 사랑이나 내가 하는 사랑이 얼마나 이기와 위선의 몸짓이었는지를 알 수 있다. 꽃동네에 가면.

꽃동네에 다녀온 아이가 소감을 묻는 엄마에게 말했다. 그곳은 사랑을 할 줄 아는 마음이 착한 사람들만 사는 성지였어요. 인간에게 중요한 것은 육신의 건강함도, 지식과 재능도, 재물과 명예도, 젊음도 아닌, 가장 비천한 이웃에게 사랑을 실천할 줄 아는 것임을. 세상을 바꾸는 것은 결코 전쟁이나 혁명이 아니다. 들꽃 위에 꿀벌이 내려앉듯이 일상적이고 사소한 사랑이 인간을 울리고, 희망의 새벽 하늘이 열리게 하고, 세상을 바꾼다.

한 밤에 깨어 홀로 외롭고 불행한 사람들은 꽃동네에 가라. 현실을 견딜 수 있는 꿈이 없는 사람도 가라. 사랑 받지 못해 심심한 사람도 가라. 가서 어떻게 피울음 울게 한 시련이 더불어 사는 행복으로, 내팽개쳐진 개 같은 목숨이 싱싱한 생명으로 꽃피어 꽃동네를 이루는지 똑똑히 보라. 사랑의 이름으로 기도한다.

*지난 동기 휴가때 생도들과 꽃동네를 다녀왔다. 입으로만 떠드는 신앙이 아니라 행

동으로 실천하는 신앙이 되어야 한다고 늘 생각하던 내게 꽃동네는 몸둘바를 모르게 하는 부끄러움과 사랑의 위대함과 아름다움, 그리고 인간의 존엄성을 일깨워준 성스러운 땅이었다. 그것은 사목회장이라는 어울리지 않는 봉사를 시작하는 내게 주시는 주님의 격려와 사랑의 선물이었다.

사랑의 진실과 꿈에 대하여
– 준성에게

무더위와 장마비 속에서 건강하게 훈련 잘 받고 있다는 네 편지 받고 엄마는 녀석 기특하기도 하다며 목이 메더라. 나도 덩달아 너는 분명히 꿈을 이루는 아이가 될 거라고, 우리 아들들 누구네 아이들보다도 괜찮은 사내들이라고 엄마의 기분을 거들었지. 그렇게 너를 사랑한다. 아들아. 너도 알게 될 것이다. 사랑의 진실을 . 너를 지치고 아프게 하던 잔소리와 성냄까지도 네 꿈을 이루게 해주고싶은 소망의 일부임을

진실한 사랑을 이루기 위해서는 기다림과 아픔을 견디어야 한다. 꽃나무들이 이른 봄 화려하게 빛나기 위해 맨몸으로 겨울 칼바람 버티듯이, 알곡들이 더욱 풍성해지기 위해 땡볕과 폭우 속에 서있어야 하듯이 너의 젊음도 시련을 견디어야 한다. 너의 허한 정신을 추스려 고통과 실의를 잠재우고 일어나 나아가야 한다. 너의 꿈을 향해

사진첩 속에 갈무리된 천진난만한 너의 유년의 표정들을 보면 네가 내게 못다한 말들과 넉넉하게 받아들이지 못한 나의 옹졸함이 눈에 밟힌다. 학창 시절 네가 스스로 견디어야 했던 좌절과 방황의 시간들은 소중한 추억으로 재생되어 너의 미래를 수놓을 무늬들이다. 그러나 그것들이 아름다워지기 위해서는 냉혹한 자기성찰과 사물의 빛과 그림자를 분별하는 지혜를 갖추어 모험과 도전에서 살아 남아야 한다. 불확실한 미래의 어둠 속으로 길게 드리워진 불안의 장막을 걷어내고 네 젊음의 불꽃으로 빛나게 하거라. 네 꿈과 사랑을 . 장마 걷힌 후 쏟아지는 햇살 속에 서있는 느티나무의 푸르름에 눈이 시리다.

오늘도 식탁에서 시원하게 수박을 먹으며 너를 생각했다. 찜통 더위

에 훈련받는 네 모습이 안스러워 미안하지만, 당당히 선택한 너의 의지와 신념이 자랑스럽고 든든하다. 아들아 너는 결코 외롭지 않다. 행군하는 길섶 하찮은 들꽃 한 송이도 제 빛깔과 향기로 꽃피우는 태양과 바람과 대지의 사랑을 보아라. 그렇게 이 세상은 보이지 않는 사랑으로 가득차 있다. 너도 세상에서 스스로의 빛깔과 향기로 빛나도록 가꾸고 싶은 엄마의 소망과 사랑의 진실에 감격할 날이 있을 것이다. 우리가 함께 기뻐하며 네가 신명나게 노래하는 모습을 보게될 그날까지 쓰러지지 않는 정열과 깨끗한 그리움으로 나서거라. 천천히 그러나 떳떳하고 씩씩하게. 네가 일구어야 할 약속의 땅, 그 길은 아직 멀다.

2000년 7월 10일 막내가 보고 싶은 시간에 아버지가 썼다.

그리운 남대천 은어떼

은비늘 반짝이며 남대천을 오르던 은어떼들 지금도 잘 있는지. 가끔 꿈길 속에서 모천을 찾아가는 나의 그리움처럼 싱싱하게 안목 바다로 몰려와, 키 큰 미류나무 줄서있던 송정 앞 개울 지나, 부서진 철교 교각 사이로 빠져 나와 내 유년의 즐거움이었던 단오터와 흙소를 지나, 가끔 천렵가던 회산 금산도 지나, 성산 쪽으로 재빠르게 거슬러 올라가던 그 반짝임의 무리들은 지금도 내 영혼의 물길 속에서 여전히 반짝이고 있다.

가끔 시장이나 식당에서, 또는 여행길에서 우연히 그 특이한 말씨를 만날 때의 반가움처럼 강릉은 내겐 늘 그리움의 대상이다. 그러다 보니 내가 어쩌다 끄적거려 보는 어설픈 시편들에는 늘 고향에 대한 그리움이 고여있다.

초등학교 2학년 봄 소풍 때였다. 엄마도 같이 가야 한다고 떼쓰던 나에게 가게를 비울 수 없어 못 가니 소풍을 가지 말라고 하는 바람에 도시락도 없이 쫓아간 쓸쓸한 소풍길과, 점심 시간에 부끄러움 때문에 친구들을 피해 찔레 덤불 뒤에 숨어서 남몰래 흘리던 눈물과 허기짐, 고향은 그런 아픈 추억의 현장이기도 하다. 그렇게 나를 철들게 한 어머니도 한줌 뼈로 남대천을 따라 흘러 안목 바다로 나아갔을 것이다. 그리고 동해 바다 깊이 침전한 넋이 따뜻한 밥 한 그릇조차 제대로 올리지 못한 자식의 불효를 깨우치기 위해 죽두봉 바위에 철썩이는 파도로 와 닿고 있을 것이다. 나는 늘 그렇게 그리움을 앓고있다.

비 개인 교정으로 쏟아지는 햇살 속에 서있는 느티나무의 푸르름에 눈이 시리다. 내 시의 언어들도 내 영혼의 물길 속에 반짝이는 은어떼들처럼 그렇게 반짝일 수 있을까?

2000. 7. 29.

떠나가는 것에 대하여

떠난다고 사라지는 것은 아니다
어제 내린 비처럼 세상에 스며들어
모든 뿌리들을 적시고
새잎 돋아나는 미로의 끝까지
이슬하게 흘러
다시 세상을 푸르게 하고
아름답게 하고
때로는 바람에 흔들리며
승천하는 넋들은 보이지 않는다.

그리운 것들 만나기 위해
우리는 떠나야 한다
가을 깊어 가는 풍경 속으로
그리운 땅으로 돌아가기 위해
살찌운 몸으로 경쾌하게 비상하는
천수만 철새들처럼
개펄 위로 튀어 오르는 물고기들과
들끓는 식욕에 대한 아쉬움도 버리고
조금은 시원섭섭한 듯
홀홀히 떠나야 한다

교훈탑 공원 한 구석에는
은밀하게 감나무 두 그루가 자라고 있다.
올 가을에도 가지마다

깜찍하고 귀여운 빛깔들이
고향집 뒤란 풍경처럼 설레더니
첫 추위 몰고 온 바람에
앙상한 가지만 남아
상처받은 내 그리움을 흔들고 있다
잎도 열매도 남김없이 내려놓고
허전한 가슴으로
또 다른 풍성한 시간 꿈꾸는
감나무의 넉넉한 기다림을
우리는 알지 못한다.

또한
천만리 물길을 부지런히 헤엄쳐
남대천으로 회유하는 어족들의
반짝이는 은빛이
모천에 대한 그리움의 몸짓임도
알지 못한다.
우리도 그렇게
비늘과 지느러미를 단련하여
견디어야 할 미지의 시간 속으로
억세고 유연하게 나아가야 한다
우리가 배우고 익힌 정의와 신념이
축제의 밤하늘을 장식하던 불꽃놀이처럼
세상의 어둠 속에서 반짝일 때까지

우리의 젊음을 아프게 하던 사랑과 진실
그것은
탄화된 지층에 깊고 아늑하게 묻혀 있는
씨앗들처럼
제 철이 되면 깨어나
깨끗한 빛깔과 향기로 산천을 물들이리라
세상의 낯선 논리가 잠시
우리의 꿈을 뒤척이게 할 수 있어도
깊고 아늑하게 묻혀 있는 씨앗들의
넉넉한 기다림과 그리움으로
일어나 나아가야 한다
떠난다고 결코 잊혀지는 것은 아니다

2002. 12. 2.

사모곡思慕曲

연구실 창가
난 잎에 반짝이는 봄볕을 만지작거리다
문득 어제 밤 내 잠 속을 서성이다
사라진 꿈과 그대들을 생각한다.
불확실한 미래를 향해
씩씩하게 떠나가는 그대들도
알고 있을 것이다.
가방 속에 든 소지품들처럼
소중한 시간의 흔적들이
사무치는 그리움으로
몸 속 핏줄 닿는 곳마다
차곡차곡
쌓여 있다는 것을.

강의 시간에
졸면 내 꿈이 죽는다고
엄숙히 선언할 때
빛나던 그대들의 눈빛,
조국의 산하에 메아리친 함성들은
봄바람에 잠깨어
제일 먼저 교정의 봄을 빛내는
산수유 꽃망울처럼
추억 속에
탄화된 언어로 묻혀 있다가

그리움을 앓는 봄날이 오면
그대들의 흐린 정신을 일깨워
정든 노래를 부르게 할 것이다.

참으로 길고 아득했던 시작과
어느 날 갑자기
즐기지도 못하고 끝난 축제처럼 다가온 졸업과
설레는 미래의 시간들
두려워하지 마라
불면으로 뒤척이게 하며
어둠 속에 서성이던 수상한 그림자들은
도전을 기다리는 그대들의 꿈이다.

떠나기 위해 채비해야 할 것은
힘들게 끌고 가야하는
여행 가방 속의 짐이 아니다
그것은 오히려
너무도 가벼워서 보이지 않던
사진 속의 바람처럼 소리처럼
세상을 가득 채우고 살아 움직이게 할
정의와 신념
겨울 칼바람 이겨내고
첫 핀 봄 꽃 같은
그대들의 꿈과 사랑이다.

숨차게 달려야했던 고통의 시간들
그대들은 알게 될 것이다
고통을 견딘 사랑과 젊음이라야
아름답다는 것을
탐스러운 열매를 수확하기 위해
땀 흘려야 하는 수고의
즐거움과 행복을
우리들의 눈시울을 적시지 못하는 것은
결코
진실이 아니다.

이 풍진 세상 살아남기 위해
그대들이 이겨내야 할 첫 시련은
바로 자기와의 싸움이다
부디 몸과 마음 부지런히 단련하여
봄꽃 지천으로 핀 이 산하의 아름다움과
그대들의 꿈과
사랑과 진실을 지켜내야 한다
그리하여 마침내
풍성한 들판 가꾸며 스스로 흘러
바다에 이르는 강물처럼
그대들의 꿈과 사랑에 가 닿아야 한다.
그리하여 그대들의 삶도

봄 햇살처럼
따사롭고 반짝여야 한다.

2008. 3. 28.